白　春

竹田真砂子

集英社文庫

白春　目次

白春

京屋敷

一

誰かがこちらに向かって駆けてまいります。仏光寺様の御門前を過ぎた辺り。昼日中息せききって、往来の人々が訝しげな目つきで見送るのも厭わず宙を飛ぶように駆け抜けている様子が伝わってまいります。

ひょっとしてこのお屋敷に御用のお人か、と、お庭先に舞い落ちる桜の花びらを掃き集めながら次第に追い付いて来る気配を感じておりましたが、ふと帚を持つ手を止めて振り返りましたところへ、大きな塊のようなものがお屋敷内へ転がりこんでまいりました。人でございます。裏玄関の式台際に蹲って肩で息をしています。私は帚をしっかり握りしめ、用心深く近寄りました。

その人は喘ぎながらしきりに手を振り廻しておりました。なにかを訴えようとしてい

るらしいのですが、息が切れて声が出ません。けれどもその口の開け方で私には、いいたいことの意味が判りました。その人は「ご注進」と叫ぼうとしていたのです。私は帚を放り出して庭先からお丹様のお部屋に廻り、玄関の方を指差しながら申し上げました。

「お使いでございます、お使いでございます」

障子が開いておりましたのでお丹様は、すぐに気付いてくださいました。私の様子から容易ならぬ事態とお察しになったのでしょう、すぐさま立ち上がって廊下伝いに裏玄関へ出ていらっしゃいます。私も元の所に戻りました。

「水を」

式台に立ったお丹様は、まだ息をはずませているお使いを見て、私にお命じになりました。私は踵を返して台所に行き、土間の水瓶から汲んだ水を茶碗に移して運びます。

二口ばかりその水を呑んでから、お使いはやっと口を開きました。

「江戸表から赤穂へ早使いが向かいました。途中、宿継ぎの大津でことづかりましたお手紙でございます」

お丹様のお手にはすでに一通の書状が握られておりました。

夜を日に継いで先を急ぐ早使いが江戸表の藩邸から国元に向かうとは、よほどの大事件が出来したに違いありません。このお使いは大津の問屋場に詰めている飛脚のようでした。国元だけでなく、京屋敷にも一刻も早く知らせなければならないほどの大事が、

殿様参勤の江戸で起こったのです。

このとき赤穂藩京屋敷留守居役、小野寺十内秀和様はご不在でした。ご子息の幸右衛門様同道で、室町の呉服所にお出ましだったのです。

京屋敷の主なお役目は殿様、奥方様のご装束やらお持ち道具を揃えることで、特に殿様の場合、公式の席では位階によってご装束の色合いから紋様、布地まで定まっておりますので、少しでも間違いがありますとお立場を危うくすることにもなりかねません。その上、お一人お一人にお好みもございます。万事遺漏なきように致しますには、誂え先の呉服所の協力も必要で、その辺りを上手に運びますのが留守居役の才覚でもございました。

旦那様は長年このお役に当っていらっしゃいまして、つい先頃も、殿様、御勅使御饗応役という大役をお務め遊ばすにつき、必要なご装束を全部こちらで揃えて江戸藩邸へお届けしたところでございます。本日はその折の後始末を兼ね、幸右衛門様のお引き合わせもあって、呉服所へお出向きになったのです。旦那様は、そろそろ後事をご子息に託し、ご自分は隠居するお心積りのようでした。

その旦那様宛の書状でございます。お丹様は中を確かめることもできず、お使いの労をねぎらうと、

「ろくや」

手招きで私を召され、旦那様をお迎えに行く役目をお申しつけになりました。

とても重要なお役目です。なにごとか御状の中味は知れませんが、別棟にはお屋敷直属の若党、中間（ちゅうげん）もおりますのに、お家（いえ）の大事と覚しき中で旦那様お迎えのお使いを、この私に、単に小野寺ご一家に召し使われているだけの小女（こおんな）のろくに、お丹様はお命じになったのです。こんなときに不謹慎ではございますが、晴れがましい気分でした。それで気が昂（たかぶ）って、

「はい」

つい大きな声で返事をしてしまいました。お丹様は私の目を見ながら付け加えます。

「ことごとしくならぬように、気をつけて。旦那様にはただ一言、お戻り願いたいと申し上げればよい」

お丹様のご様子はいつ、どんな場合でもお静かです。上背がおありで、お体つきは決して華奢（きゃしゃ）というわけではないのですけれども、佇（たたず）まいが時折、匂い立つようにお美しく、そこにおいでになるだけで辺りが明るくなるような華やぎを漂わせていらっしゃいます。それなのに諸事控えめになさるせいでしょうか、あまり大柄という感じがいたしません。実際は殿方にもひけをとらないくらいの背丈なのですが。

「行（い）て参じます」

私はたすきと前垂れをはずして袂（たもと）に入れてから、式台に手をついて当屋敷の束（たば）ねをお

勤めになる小野寺十内秀和様のご内室お丹様に一礼し、外に出ました。

「ことごとしくならぬように」というお丹様の一言を胸の奥に抱き、駆け足にならぬよう気をつけながら足を速めます。私、足の速いのが取得でございます。

　これまで十年余り、小野寺家のご厄介になっておりますが、外出なさった旦那様を私ごときがお迎えに参じるなど、ただの一度もございませんでした。それだけ今日のお迎えは大切な意味をもっているということになりましょうか。私が迎えに来た、というだけで、旦那様は異常をお感じになる。それがお丹様のねらいだったのでございます。もしお迎え役が手馴れた若党などであったら旦那様は「何用だ」とお訊ねになるでしょう。お訊ねがあっても「これこれのご用事で」とはっきりしたお答えは今のところできないのです。江戸表からの知らせで判明していることは、なにか一大事が起こったらしいということだけ。内容が判らない分さらに不安と緊張が増して、その思いは歩を進めるに従って私の胸の中でも、どんどん大きくなっていっておりました。

　さらに大切なことは、赤穂藩浅野家を支配しつつあるこの不安と緊張を、余人に気付かれてはならないということです。混乱を悟られると、その隙に乗じていずくからともなく不穏な風が吹きつけてくることも考えられます。平穏無事、これが家中経営の鉄則のようでした。その鉄則があったからこそお丹様は私をお迎え役になさったのです。必ず旦那様が、ご自分の真意をお悟りになると信じて。

旦那様もまた、一厘ほどの欠(かけ)らもないくらいお丹様のお人柄を信じていらっしゃいました。

「赤穂藩京屋敷からまいりました。お留守居役様にお取次ぎ願います」

室町の呉服所に着いて案内を乞いますと、しばらくしてまずご子息の幸右衛門様が現れ、なにかおっしゃりかけようとしたところへ旦那様がゆったりと姿をお見せになり、

「すぐに戻ると伝えよ」

顎を少し突き出すようにしながら仰(おお)せになりました。お丹様の真意は正確に旦那様へ伝わりました。

私は無事お役目を果たして、一足先にお屋敷へ戻りました。

およそ旦那様が、駆け出したり狼狽(うろた)えたりなさるのを私、お見上げ申したことがございません。お年齢(とし)は六十近くになっておいでですが、二十代の幸右衛門様よりお背が高く、痩身でいらっしゃいますのに骨組みがご立派で、やはり大柄のお丹様とお揃いのときなどは、その典雅で風格のあるご夫妻ぶりについ見とれ、しかけたご用が疎(おろそ)かになることさえございました。

おそらく旦那様は、なにごとが起こったのかと逸(はや)る幸右衛門様をさりげなく制しつつ、名残(なご)りの桜や、したたるような緑の若葉を愛(め)でながら都大路を南に下っていらっしゃるのでしょう。そのご様子からは、大事を抱えたお身の上などと、誰も見破れはしなかったでしょう。

しかし、一歩お屋敷内に足を踏みこまれてからは、様子が一変いたしました。

待ち構えていたお丹様のお手から御状を受け取ると、すぐに開封して目を通され、家人方に次々と指図して非時の態勢をおとりになったのです。

表門裏門とも門番を配置して外からの者の出入り禁止。内側の者も禁足。女たちは炊き出しをして幾つもお結びを拵えました。

江戸からの御状には、こういうことが書いてあったそうでございます。

『殿様、御城大廊下にて吉良上野介殿に対し刃傷におよばれ候事』

日付は三月十四日。江戸から京までは百三十里の道程を、この御状はわずか四日で駆け抜けたことになります。

殿中での刃傷は大罪と承りますが、殿様、赤穂藩主従五位下浅野内匠頭長矩公が、なぜそんな大罪を犯されたのか、斬られたという吉良様との間にどんな経緯があったのか、この御状だけではなにも判りません。けれども細かい事情がどうであれ、藩公の罪は藩の浮沈に関わる一大事であることに変りはありません。

旦那様はまず京屋敷を静謐の内に置くことを第一に屋敷内の者をまとめあげ、その上で、国元との情報交換のために幸右衛門様を赤穂へ遣わす手筈を整えていらっしゃいました。

京から赤穂まではざっと三十里、若い殿方の歩幅で急いでも二日がかりの旅路でござ

います。

赤穂には親類縁者もいらっしゃいますことですから、大仰な旅仕度はなさいませんが、それでもお丹様は、

「夜道をかけての山越えゆえ」

と提灯(ちょうちん)を用意なされ、火種に困らぬようにと火打石もお持たせになりました。沢山拵えましたお結びも、もちろんお役に立ちましてございます。元禄(げんろく)十四年(一七〇一)三月十九日、幸右衛門様は夜明けを待たずにご出立になりました。

二

「早使いもそろそろ赤穂に着いた頃であろう」

幸右衛門様を見送った旦那様がおっしゃいます。私共でさえ昨日昼過ぎに御状を受けてから、ひと所に座る隙(ひま)もなく、夜もまんじりともせずに過しましたものを、お国元ではどんな騒動になることでございましょうか。旦那様にはその有様がお心に浮かんでいらっしゃるようでした。

春とはいえ朝夕はまだまだ風が冷とうございます。床の間を背に、お居間でじっと座ってなにごとかお考えを巡らしておいでの旦那様の後ろから、お丹様がそっと袖無し羽

織を着せかけていらっしゃいました。

しだいに空が白んでまいります。小鳥の声もいたします。明六つの鐘が鳴りました。人が眠ろうと眠るまいと新しい一日は訪れます。お屋敷内にただならぬ気配は漂っておりますが、私は、薄くかかっている頭の中の靄を振り払いながら、いつも通り御膳の仕度やら洗濯やら、定まっている務めを果たしておりました。

洗濯物を干し終える頃には、お天道様もぐっと高くなります。気になっていたお庭の草むしりをすませてしまおうと、裾を端折ったときでございました。昨日と同じような飛脚が、同じような格好で駆けこんで来て、裏玄関の式台際に蹲ったのです。飛脚の周りをお屋敷に勤める侍、若党の方々が取り囲みます。誰の顔にも先行きを案じる不安がはっきり出ておりました。

式台に立たれた旦那様は、飛脚からじかに書状を受け取り、その場で開封して目をお通しになりました。

お見うけしたところ、普段と少しも変らぬお顔つきでいらっしゃいましたが、御状の中味が昨日の凶事より更に重いものであることは、ともすれば力みがちになるお体の、肩を二、三度上げ下げし、しきりに緊張をほぐそうとなさるご様子からも見てとれました。

『殿様ご切腹、お家は断絶』

これが赤穂藩京屋敷に届いた第二報でございました。

幸右衛門様はまだ赤穂にお着きではありますまい。途中で第二の早使いに出会ったか、或いは後を追う形になっているか、いずれにしても赤穂ご城下に到着早々、天と地が逆さまになったような大変に遭遇なさることになるのです。

殿様ご切腹、お家は断絶……

旦那様は屋敷内の者一同に、指図をするまでそれぞれの持ち場で待機するように仰せ渡しになり、仏間に入って瞑目していらっしゃいました。その後ろに控え、お丹様も合掌なさいます。

殿様、浅野内匠頭長矩公は御年齢三十五歳。昨年五月、参勤で国元をご出立になり、江戸表へお向かいになりました。そのご道中、伏見から瀬田まで、京屋敷留守居役である旦那様はお行列について、お見送りをなさいました。

今年に入りましてからも、二月初めに御勅使御饗応のお役目が殿様に下り、お仕度のための時間が一月しかございませんために、江戸藩邸はもちろんでございましょうが京屋敷でも、お知らせを受けましてからの二十日間というもの、まことに忙しい毎日でございました。旦那様は幸右衛門様ご同伴で毎日外出なさいます。行く先は二條にあります京都御所司代やら勅使、院使をお勤めになるお公家様のお屋敷でございます。

「此度、赤穂藩主、従五位下浅野内匠頭長矩御勅使御饗応役拝命いたしましたこと、ま

ことに恐悦に存じおります。この上は一所懸命に御用を務める所存にございますれば、国家老、江戸家老名代といたしまして、まずは京屋敷留守居役小野寺十内秀和ご挨拶に罷り出ました次第でございます」

当時、御所司代は丹波摂津五万石松平紀伊守信庸公で、殿様のお役目と直に繋がる立場のお方ではございませんが、京においては将軍家の代官でいらっしゃいますので一応の筋は通しておかなければなりません。まして江戸表において、間近にご接待申し上げることになる御勅使、柳原前大納言資廉卿、高野前中納言保春卿には、前もって当日の饗応役は浅野内匠頭長矩であることをお伝えしておかなければ礼を失することに相なります。両卿が浅野内匠頭の名前を聞き流しになさったり、留守居役が礼を尽して挨拶に来たことをご記憶にお留め遊ばさずとも、とるべき手段をとっておかなければ、必ずや後日、憂いの種になりましょう。

御勅使様だけではございません。ご同行遊ばす上皇様のお使い、すなわち院使、清閑寺前大納言熙定卿のもとにも、お付添いの公卿方のもとにもそれぞれご挨拶に出向きまして、殿様の大任の下準備を手順よく旦那様はお運びでいらっしゃいました。

ご挨拶の際に持参するお納め物の品定めもまた留守居役のお仕事で、あれやこれや、ひとつひとつ吟味したお品に添えて、赤穂藩では極上の塩をお目にかけますのが恒例となっておりました。赤穂の塩はその製法が独特なもので、名産のひとつでございます。

ご挨拶のほかにも急を要するお手配が江戸から届くこともございました。

『殿様御着用の烏帽子の事』

江戸城内での式日に召す烏帽子に些か傷がついている。ついては至急、誂えて当日間に合うように送って欲しい、というご注文が、それでございます。

旦那様は早速、懇意の烏帽子折りに頼んで、この難題も無事にお果たしになりました。日頃から町人、職人とも親しくお付合いになっていらっしゃる旦那様のお人柄がこういう非常の場合に活きてまいります。京から江戸まで、日限切ってのお届け物も、飛脚のいる問屋場と、なにくれとなく誼みを通じていらっしゃればこそできることで、ほんとうに目の廻るような二十日間でございました。

お家の経営が円滑に運ぶよう、殿様のお勤めが将軍家の御意に適うよう、一藩の家臣の願いは上も下もなく、これ一つでございます。なればこそ旦那様も、本藩赤穂からも江戸表の藩邸からも離れた京屋敷で、お留守居役という一見、閑職と侮られかねないお役目にいながら、いつ起こるか知れない非時に備えて、日々怠りなくその職責を果たしていらっしゃるのでございます。

二月二十七日、御勅使様御院使様、江戸へ向けてのご発駕の折にも、旦那様はお見送りをなさいました。すでにこの時から赤穂藩主の御饗応が始まっていたと申し上げても過言ではございますまい。

三月に入りまして、十日頃から毎日のように京屋敷では、

「御勅使ご一行は江戸にお入りになったであろうか」

とか、

「今日あたり、殿様は伝奏屋敷にお移りになったに違いない」

などとお噂申し上げておりました。

十四日の朝でございます。

「殿様のご大任も今日一日にならっしゃいましたなァ」

一服の薄茶を差し出しながらお丹様がおっしゃいますと、

「あゝ」

旦那様は深いお声でお答えになりました。

心の底から、ほっと安堵の息をおつきになるのが傍にも伝わってまいりまして、数ならぬ私共まで「おめでとうございます」と空に向かって叫び出したいくらいの気分になっておりました。

それから程ない刻限に、遠く離れた江戸城内で一大事が起こったのでございます。そして、その日のうちに殿様はご切腹、お家は断絶。信じられません。夢の中にいるような、ぼんやりした気分のうちに時が過ぎて行きました。

「吉良殿か」

仏間でのご回向をおすませになった旦那様が、ぽつんと呟かれました。

吉良様……吉良上野介様。

このお名前には覚えがあります。本年初め、将軍家の年賀のお使いとして御所に参内なさったお方様でございます。

将軍家が禁裏様へ年賀の礼をおとりになりますのは二代様以来の恒例になっておりまして、お使者は年によって変りますが、近年は高家筆頭の吉良上野介義央様の参内が目立ちました。このとき将軍家は大層嵩高なご進物を禁裏様に捧げると承ります。

吉良様はただのお使いにすぎませんが、直接ご進物をお渡しするお役目でございますし、なんと申しましても将軍家ご名代という肩書きがございます。ですから各大名家もお使者には一目置き、

『将軍家のお使者が到着なされた』

と布令が廻れば、留守居役が厳選した土産物を携えて二條の宿舎に馳せ参じ、

「つつがなくご到着遊ばされ、祝着に存じまする」

労をねぎらうのもまた、通例になっておりました。赤穂藩も例外ではございません。

本年も宿舎に入られたとのお知らせを受けますとすぐ、あらかじめ手配してあったお菓子を携えてご挨拶にあがっております。

こういうご挨拶が、六、七十もある各藩の京屋敷から来るのです。贈り物にいたしま

しても、吉良様からご覧になればどれもこれも、山と積まれた中の一つで、何がどこの藩から贈られたものか区別もおつきになりますまいが、持参する方の気苦労は並大抵ではございませんで、中味の吟味もさることながら、収める箱の木目の良し悪し、それを結ぶ打紐の色合いなどまで、選びに選んでお持ちするのです。つい、うっかりしてしまった些細な手抜きが、巡り巡ってお家の恥に繋がらぬものでもなく、旦那様のお勤め振りは、まことに慎重でございました。この点は、どの藩のお留守居役も同じ思いでいらしたと存じます。

いずれにいたしましても将軍家年賀のお使者は、京滞在中、将軍家のご威光を一身に受けていらっしゃるわけでございますから、悪いご気分ではいらっしゃらないでしょう。本年の吉良様も上々のご首尾でお役目を終えられ、大勢の見送りを受けて二月上旬、江戸への帰路におつきになりました。

三

その吉良様が、こともあろうに殿様の刃をお受け遊ばした。そして殿様はご切腹。なんということでございましょう。わずかの間にここまで世界が変ってしまうとは。

思えば、吉良様が京をご出立なさった後、五、六日経ってから届いた江戸藩邸よりの

知らせは、この凶事の前触れだったのかもしれません。その知らせこそ、『殿様、御勅使御饗応役拝命』だったのです。

　このとき旦那様は、

「この知らせが、今少し前に届いていたら」

　いつもは思いを面（おもて）にお出しになりませんのに、珍しく残念そうなお顔つきをなさいました。

　ごもっともでございます。吉良様京ご滞在中に知らせを受けていれば、なにをさておいても宿舎に出かけ、

「此度、浅野内匠頭に御勅使御饗応役のご下命がございました。つきましては内匠頭、首尾よく大任が果たせられますようご指導の段、何分よろしくお願い申し上げます」

　直々にご挨拶できたものをと、間の悪さを悔んでおいでだったのです。

　勅使院使が江戸にお下りになるのは将軍家の年賀に対しての返礼で、これも毎年決まった行事でございます。毎年毎年、将軍家のお使いと禁裏様のお使いとが東海道（とうかいどう）を往（い）ったり来たりなさることで、その繋がりを一層強くするといった意味合いがあったものと思われますが、同時に将軍家では、禁裏様にも各大名家にも、幕府の威力を示す因（よすが）に利用なさっていた気配がございます。いずれにいたしましても勅使饗応役は大任でございました。

そして、こういう場合、任命されたお大名は、有職故実に詳しい高家の方々に、おもてなしの仕様をご教示いただくのが慣習になっておりました。

武家は京振りの作法を心得ません。高家を勤める方々のご先祖は、ほとんどが室町御所の栄えておりました頃に世を張っていらしたお家柄で、京の風習、大内の諸礼に通じていらっしゃいます。家禄から申しますれば高家は、大名家とは比べものにならないくらい少のうございますけれども、その威信は格別でございました。

ですから旦那様は、大任を負った殿様のご首尾が、いいが上にもいいようにと吉良様への改めてのご挨拶を考え、それが間に合わなかったことを残念に思召したのです。

そのときの旦那様の無念は、今日この日、殿様ご切腹に繋がりました。

「吉良殿か」

旦那様の一言には万感の思いが籠っております。

吉良様へのご挨拶ができなかったこと。

それは決して旦那様の落ち度ではございません。けれども此度の凶事の一端に些かながら関わっていたであろうことは紛れもない事実でございます。

「不運であった」

お声に出されたのはそれだけでしたけれども、お胸の内に「殿にも家中一同にも」という言葉が続いていました。

「はい」

　お珠数を握りしめて、お丹様はお答えになります。お香の薫りがお部屋の外まで、そこはかとなく流れておりました。

しかしながら感慨にふけっている場合ではございません。旦那様はすぐ京屋敷の整理にとりかかられました。

まず赤穂城代家老大石内蔵助様に宛てお文を認められます。

『此度の大変につき、委細談合致したく存じ候えども、まず京屋敷の内外始末つけ、そののち御城下に馳せ参じ申すべく図りおり候間、倅幸右衛門差し向けおき候えば折々お役立て下さるべく願い上げ候』

お文を持って幸右衛門様は、ただちに赤穂へお発ちになりました。

数々の帳簿の整理、手元金の勘定、奉公人の解雇、各方面への挨拶。お仕事は際限がないように見えましたが、旦那様はその一つ一つを焦らず騒がず静かに穏やかに片付けて行かれます。なにをなさるにもいつも通りのゆったりとしたお体の動きで、とても、生涯に一度あるかないかの一大事を前になさっているとは思えぬ余裕が、お身の周りに漂っておりました。

そのお蔭でございましょう、屋敷内はこれといった混乱もなく、次々と始末がついてまいります。お丹様も内輪のものの取り片付けをお始めになっていて、道具屋を呼んで

不用品を引き取らせたり、暇をとる女中衆に形見分けをなさったりしていらっしゃいました。いつでもお屋敷を引き払えるようにとのお心積りを、早くもつけていらっしゃるのです。

そんな中にも赤穂からのご報告が次々と届きます。お使いはご城代大石内蔵助様お手配の若党であったり飛脚であったりしたこともございましたが、ほとんどはご子息の幸右衛門様がその任にあたっていらっしゃいました。

いったい幸右衛門様は一ヶ月ほどの間に、赤穂と京との間を何回往復なさいましたでしょう。二日がかりで野山を越えて、京に着いて旦那様に赤穂の有様をお伝えなされ、こちらの始末の状況も把握なさった上で、再び赤穂にお戻りになります。ご滞在は一日か二日。その間、夜も昼もなく旦那様と何事か談じていらっしゃいますし、そうでない時はしばしの仮寝で英気を養うといった具合い。ゆるりとお食事をなさる暇もございません。

それでもお丹様は、さりげなく小ざっぱりした着衣の一揃いを幸右衛門様の前に置き、着更えを促します。

「忝い」

幸右衛門様もまた、すぐに気付いて汗と土ぼこりに塗れたお体を井戸端に出て拭き清め、母御様ご丹精の一揃いに手をお通しになるのでございます。そして爺やの半三郎お

じさんが呼ばれ、手早くお髪を整えます。旦那様と幸右衛門様のお髪に触れるのは、長年、半三郎おじさんのお役目になっておりました。

ずいぶん悠長のように見えましょうが、これらのことは、ほんのわずかな時間ですんでしまいますし、お侍様の世界では必要な身だしなみなのでございます。

旦那様は常からおっしゃっておいででした。

「武士たる者、いつでも死ねる用意を忘れてはならぬ」

お侍様の身拵えは死装束。まして只今、赤穂浅野家は非常の時に立ち至っております。大事を抱えて街道を往来なさる幸右衛門様のお身には、必ず危難が待っているとのご判断がお丹様のお心遣いの裏にもございました。

実際、幸右衛門様は、怪しい気配を何度も感じたと仰せでした。

「忍びでございましょう」

赤穂ご城下にも街道筋にも、おそらく京の市中にも、各藩の忍びが潜み、暗躍しているに違いないとのこと。

赤穂藩の凶事は他藩にとりましても見過しにできない事件で、いつ、どんな余波が襲ってくるやも計られず、密かにことの成行きを見守る必要に迫られていたと思われます。まことに気詰りな毎日でございました。

四

日々届けられるご報告で、次第にことの詳細が明らかになってまいりました。

殿様は即日、田村右京大夫邸において幕府の役人検視のもとにご切腹遊ばされた事。

御舎弟浅野大学長広様の跡目相続は許されず、お住まいの木挽町屋敷は閉門、身柄は御本家、芸州浅野家にお預けとなられた事。

奥方様は落飾遊ばし、お名を瑤泉院と改められてご実家、三次浅野家にお戻りになった事。

赤穂のお城は明渡しと決まり、四月中にその受渡しが行われる事。

江戸の藩邸も上屋敷から逐次明け渡されており、江戸詰の藩士がすでに赤穂への帰路につき始めている事。

藩札の引換え開始、家中には早くも立退きのために家財道具の売立てを行っている事。

お家の断絶は確かな姿を見せて、ご家中ご一同の面前に立ち塞がりました。

ほどなく、赤穂を引き揚げてきたという方が、旅の途中で京屋敷にも立ち寄るようになりました。

「大和の知るべを頼って、百姓になります」

とおっしゃる方、

「亡君の御供いたさんと、すぐに追い腹の覚悟をいたしましたが、ご重役方に引き止められ、恥ずかしながら生き永らえております」

と無念の涙をこぼす方。中には剃髪して僧形の旅姿で暇乞いに見えられた方もございます。

「ご本山に籠ります前に一目、小野寺氏にお目にかかりたく参上いたしました」

普請奉行をお務めになっていらしたとやら。旦那様とはどんなご縁がおありだったのか存じませんが、しきりに、

「小野寺氏には、なにかとお世話になりました。なんのご恩報じもできぬままお別れするは、まことに心苦しく存じます」

とおっしゃっておいででした。

旦那様はただ俯いて二、三度首をお振りになるばかり。

ご自分のことが話題にのぼると、すぐ照れておしまいになるのが、旦那様のお癖でございます。背筋を伸ばして座っていらっしゃるお姿がだんだん固まっていって視線が低くなり、今にも消え入りそうなほどご自分の体を持て余すご様子が、誰の目にも見てとれます。日頃はいかなる天変地異が起ころうとも顔色を変えず、物腰柔らかなうちにも大盤石の構えをお示しになる旦那様の、たった一つの弱みとでも申し上げましょうか。

人様から誉め言葉をかけられますのが、苦手でいらっしゃいました。

しかしながら、そういう旦那様をご覧になるときのお丹様のお顔つきは、いつにも増してなごやかに温かくおなりで、そんなお二人に接しております私共まで心の内が温かくなるほどでした。

殿様大変の御沙汰を受けましてから十日余り、張り詰め通しだった京屋敷の空気が、束の間なごんだ、旦那様の久々のご様子でございました。

このご出家は、これから越前の禅寺に入られるそうでございます。

お武家が俗世との縁を断ち切って僧侶になる。わずかな間にここまでのご決意を促すほど、お家断絶ということは大きな出来事なのだと、今更ながら気付きました。

遠い遠いお江戸とやらで殿様が、人を一人お斬り遊ばした。それが百里も二百里も隔てた国元にも及んで一家中、千人もの人間が路頭に迷い、否応なしに生き方を変えなければならない事態、それがお家断絶なのでございました。

殿様ともあろうお方が、殿中での刃傷がご法度であることをご存知ないはずがない。それでもあえて御法を犯された裏には、止むに止まれぬ経緯がおあり遊ばしたと重々お察し申し上げますが、でも、でも、家来の末々のことに思召しの一端なりと差し向けてくださったら、大事に至る一歩手前で踏み止まっていただけたのではないか、などと、まことに恐れ多いことではございますが、つい、つい、考えてしまいます。

「大名に仕える家臣の身のはかなさ、これといった取得もない我が身の愚鈍さに、やっと気付いた今を幸いと思い、出家の覚悟を極めました。お蔑みくだされ、逃亡でござる」

ご出家はこの一言を伝えるために、わざわざ廻り道をなさったのでございましょう。お心の内を他人に話して、それで更にご自身の決意を固めたかったのでしょう。それのできる相手は、ご家中に人多しといえども旦那様、小野寺十内様お一人しかいらっしゃらなかったのです。

「なにとぞご修行専一に」

旦那様のお声の滑らかな響きが、青葉の間から洩れる光の中に溶けこんで行きます。

「ありがとう存じます」

「お訪ねくださってうれしかった」

「お目にかかれて幸せでした」

どちらのお口からも、再会を約する言葉が発せられないまま、ご出家は立ち去って行かれました。お年齢の頃は三十になるやならず。一から出直しの旅立ちでいらっしゃいました。

その二日後でございます、旦那様が赤穂に向け、出立なさいましたのは。

予定ではもう二、三日あとになるはずでしたが急遽、出立をお早めになったのです。

理由は、先日のご出家の口から伝えられた一言でした。

「吉良上野介は生きております」

殿様は即日ご切腹。それなのに相手の吉良は生きている。生きて、お上の庇護のもと、ひたすら傷養生に励んでいる。

「吉良上野介は生きている」

旦那様は鸚鵡返しにおっしゃいました。

京屋敷でもこのことはずっと一同の気にかかっていることでした。殿様刃傷というばかりで、お相手の生死も手傷の様子も、まるで伝わってこなかったのです。その中で一同は各々、勝手な憶測をしておりました。

「ご高齢ゆえ、お命はもつまい」

「いや、それどころか即死であろう」

「よくても瀕死」

「こういう間にもご臨終かもしれぬ」

無礼な憶測は、いいかえれば家中一同の願望でもありました。

吉良様ご本人に誰も遺恨は持っておりません。けれども殿様が、五万三千石のお家を抛ってまで斬りつけられたほどのお相手、家来共にとりましても仇敵でございます。せめて死んでいて欲しいと願うのは当然ではございますまいか。

吉良様お年齢は数えて本年六十一歳。将軍家のお覚えめでたく、なんのお咎めもないまま、手厚い介護を受けていらっしゃるそうにございます。

この事実はお国元でもなかなか正確なところが把めず、やはりいろいろな噂が飛び交っていたようでございました。

「さようか、吉良殿はご存命か」

復唱なさる旦那様は、このとき、一刻も早い赤穂行きを決意なさったのです。そして、夜を徹して残りの務めをお果たしになり、赤穂へお発ちになる手筈を整えたのです。

「あとのことは頼んだぞよ」

「お引き受けいたしました」

発ち際、旦那様とお丹様が交わされたご挨拶でございます。

赤穂にはどんな事態が待ち受けているのか、見当もつきません。京屋敷も明け渡し、お丹様始め、小野寺家の者は近くの町屋に引き移らなければなりません。ことによったらこれが今生のお別れになるかもしれず、一寸先の見通しも立たない瀬戸際でございますのに、お二人の間には、そんな殺気立った気配は微塵も感じられませんでした。旦那様はまるで、堀川の学舎で知り合ったお仲間と嵐山辺りへ散策にお出かけになるときのような気軽さ。お丹様もまた、

「おみやげには山吹の一枝を」とでもおっしゃりかねないくつろいだご様子で、召使い

の私共まで大事を忘れ、つい笑顔でお見送りしてしまうほどでございました。

お供は中間一人。当分の着更えと手廻りのお品を入れた挟箱一つ担いで、旦那様に従います。

「ろく、よく使われてくれよ、頼んだぞよ」

御門を一足出たところで旦那様は振り向き、私に声をおかけになりました。

改めてのお言葉に私は一瞬たじろいでしまい、お顔を振り仰ごうとしたとき、御門の前を往き過ぎる一人の女の姿が視界に入りました。

扇折りでしょうか、仕上がった品物を先方に届けに行くらしく、それらしい包みを抱え、お侍とすれ違うときの町人なら誰でもそうするように、小腰をかがめ、軽く会釈して通り過ぎて行きます。その瞬間私は、ただならぬ気配を感じました。忍びです。この扇折りの女は忍びに違いありません。

どこから見ても京の町のどこにでもいる普通の女ですが、小腰をかがめながらも、すっすっと空気を切るように足を前に出す鮮やかな歩み、わずかに漂わせた口元の笑みの不敵さ。なによりも体全体から伝わってくる冷たく鋭い気の勢いは、間違いなく忍びのものでございます。

私は旦那様を見上げました。

旦那様の私を見下ろす目と出会いました。

（そうか？）

私はまばたきを一ついたしました。

（そうです）

旦那様は何事もなかったように、そのまま赤穂へお旅立ちになりました。

旦那様と交わした目の会話はほんの一瞬のことで誰も、お丹様でさえもお気付きにならなかったでしょうが、私は驚きました。いえ、この辺りにも忍びが徘徊しているということではなく、旦那様が忍びを見抜く目をお持ちであるということにです。さらには、私にその質のあることを、旦那様がご存知だったということにです。

私自身でさえ、いつ、どうして備わったのか判らぬ物ごとを見抜く質……

次第に遠ざかって行く旦那様の後ろ姿が朝日に映えて輝いて見えました。

やはり御門外にまで出てお見送りをなさるお丹様のお手が、私の肩にそっとかかりました。温かいお手でした。

男　山

一

私は耳が聞こえません。たぶん生まれつきでございましょう。詳しいことは判りません。なにしろ私は捨て子でございまして、両親とも、どこの誰とも知れません。でございますから私の身体の異常がどんな理由によるものなのか知る術がないのです。

私は洛外、男山八幡宮に四十幾つとある坊の一つ、太西坊脇の竹林に捨てられていたそうでございます。生まれてまだ一年と経っていない赤児で、親元の手がかりになるようなものは何もなく、身につけていたものといえば、端裂で拵えたらしいお守り袋一つだけ。中には愛宕様の守り札と『天和二年 壬戌生 ろく』と記した紙きれが入っておりました。

拾ってくださったのは太西坊のお住職、専貞様。筍を掘りに出られた折、見つけた

ということを後にうかがいました。

男山八幡宮は洛中から西南へ三里ほど隔てた所にございまして、八幡宮と護国寺と、神仏一体となった宮寺になっております。石清水八幡護国寺、即ちこれでございます。禁裏様とのご縁も殊のほか深く、伊勢の大神に次ぐ第二の宗廟として崇められておりますし、源家の八幡大菩薩への崇敬も、ここから始まっているやに承っております。いずれにいたしましても私は、そのような有難い聖域の端に捨てられていたわけでして、捨てた親を恨むより先に、まず恐れ多い気がして、お情深い専貞様に拾われた幸せとも合わせ、身をすくませること度々でございました。

この太西坊には専貞様のほか、修行中の若いお坊様が二人住んでいらっしゃいました。男手ばかりのお三人で、拾ってきた赤児に重湯を飲ませたり、古布を探してきて御襁褓にしたりと、ずいぶんお骨折りくださいましたようでございますが、なにぶんにも坊は手狭な上に、お三人のご出家が毎日を過すのにどうしても必要なもの以外の備えはなく、殊にご出家の身で、赤児がいては日々のご修行の妨げになります。

そこで専貞様は、当時洛中にお住まいでいらした御母公様に助けを求めるお文を、お遣わしになりました。

『連れておいで』

御母公様から快諾のお返事が届きましたのは、次の日の暮れ方でございます。

ただちに私は、お返事を携えてきたお使いの懐に抱かれ、夜道をかけて洛中、綾小路にあります先方様のお屋敷に引き取られてまいりました。

それまで何方も、私の耳の悪さにはお気付きにならなかったそうです。なにしろ泣き声だけは人並みにあげておりまして、それ以外のときは眠っているか、周囲を見渡しているか、でございましたから仕方がありません。初めて異常にお気付きになりましたのは御母公様でございました。

召使いに抱かれてお目見えいたしました赤児の私の顔をご覧になった御母公様は、

「ろくや、よう来やったの」
二、三度手を叩きながらあやしていらしたそうですが、すぐにそれを止め、お手廻りのお道具の中から鈴を取り上げてお振りになりました。赤児は見向きもしません。
次いで、そこに居合わせた者一人一人に鈴を廻して振らせました。やはり赤児は音に気をとられることはなく、抱かれたまま、誰彼の顔に視線を移しては「キャッキャッ」と笑い声をたてます。

「不憫や、耳が聞こえぬそうな」

周囲の者も、それで初めて気付いたと申します。

将来、赤児が長じたのち、たとえお端下でお使いくださるにしろ、耳が不自由ではあまりお役に立ちますまい。それでも御母公様は、

「これもなにかの縁であろう」

お見捨てなく赤児を引き取り、朝ごとに野菜や花を売りに来る出入りの者の親族だという人に乳を貰う段取りをつけ、早速、御襁褓やら一つ身の衣類やら、犬張子やでんでん太鼓の玩具まで、赤児の身の廻りの物一通りをお揃えになりました。

このお方こそ誰あろう、赤穂藩浅野家五万三千石の城代家老、大石内蔵助良雄様の御母公様でいらっしゃいます。従いまして男山八幡宮太西坊の住職専貞様は大石様とご兄弟、お住職の方が弟御にあたります。そして、この専貞様もまた、耳がご不自由でいらっしゃいました。いいえ、真言、陀羅尼も立派にお唱えになりますし、人の話に耳を傾け、きちんと内容を掌握もなさいます。そのご日常から、常人とは異なるお体の仕組みをお持ちと、一体誰が思いましょう。でも、それはすべて、長年のご修行の賜物とうかがいました。

ことによると私を捨てた親は、お住職のこうした経緯を伝え聞いていたのかもしれません。そういうお方なら、同じ病いを持つ赤児を拾って育ててくださるに違いないと、勝手な考えを巡らしたのではないでしょうか。

子を捨てるなど、いかなる理由があろうとも決して許されることではございませんし、理不尽な所業であることは重々承知しておりますが、太西坊を捨て場所に選んだのは、せめてもの親心であったかと、捨てられた本人は、それを些かの慰めにしております。

――幸せな星の下に生まれた――

今ではそう思えるほどでございますもの。

私は人に恵まれました。巡り逢う方が何方もみな、立派なお人柄で秀れたご器量をお持ちの方でいらっしゃいました。これを幸せといわずしてなんと申しましょう。

ともかくも私は九死に一生を得て、綾小路で育てられることになったのでございます。御母公様、お名前は久満女様と申し上げます。由緒あるお家のご息女で、大石家に嫁がれましてから内蔵助様、専貞様、それにもうお一方をお産みになりましたが、ご夫君が跡目相続なさらぬまま早逝されまして、久満女様は三十七歳で後室になられました。

以来、赤穂にはお戻りにならず、ずっと京住まいでいらっしゃいます。ご惣領の内蔵助様は、亡き父君を跳び越えて祖父様の跡目を継ぐお身の上になられまして、そのための手続きとして、祖父と養子縁組をし、実の祖父母を養父母と呼び換えることになりました。

「赤穂には、わたしの居場所がのうなってしもうてな」

実母の久満女様お一人が浮き上がってしまったわけでございます。

内蔵助様は十五歳で、母君の手の届かない高みに位置しておしまいになり、久満女様はご三男良房様をも舅君に託して、赤穂を後になさいました。

こうして私は、大石久満女様のご養育を受けることになり、人らしく振舞えるように

なりました。綾小路のお屋敷には足掛け十年ご厄介になっておりましたが、物心つく頃には、このお屋敷を、私、まるで自分の家のように思っておりました。お屋敷内は、掛人(かかりゆうど)の私を中心に、毎日が動いているようだったのでございます。

二

申し上げましたように生来、私は音というものを知りません。自分の声さえ聞こえません。でも赤児のときは泣き声をあげていたのですから、咽喉(のど)が壊れていたわけではないのでしょう。しかし育つに従い、声を出すことが稀(まれ)になっていきました。

久満女様はなんとか私に声を出す習慣(くせ)をつけさせようと、いろいろな手立てを尽してくださいました。

久満女様のご養育の方法は厳しい半面おおらかでもありまして、一つ一つ手をとって教えたり、叱ったりするのではなく、ご自分の日常を私にお示しになることで自然に物事の決まりとか礼儀、作法などを会得させるなさり方でした。

たとえば朝、私の顔を見て一番最初になさることは、

「おはようございます」

正座して畳に手をつき頭をさげるお辞儀でした。私は、歩いたり座ったりする動作と

同じ要領で、お辞儀という動作を覚えました。そして、そのとき一緒におはようございますと口の動きをまねることも忘れませんでした。

　同じ動作でする口の動きは、ほかに「おやすみなさいませ」「ありがとう存じました」というものもあり、また、同じことを召使いがするときは、久満女様は座った姿勢のまま、

「おはよう」

と、お口の動きが短いことにも気付きまして、次第に久満女様と、私を含めたほかの者との立場の違いが判ってまいりました。

　久満女様はほどなく、私に向かって頭をさげるお辞儀をなさらなくなりました。私は初めに覚えた通りの動作でご挨拶いたします。

「賢い子じゃな」

　久満女様のお口元は、そう動いていました。その動きは私にとりまして、とても快いものでした。私は、誉(ほ)められることと、うれしいという感情が一続きになっていることを知りました。

　花の名前も覚えました。

　香る梅、散る桜。地から天に向かって咲くほかの花とは逆に、天から地に向かって咲く藤の花。鳥が止まっているような木蓮(もくれん)。たんぽぽは草花、連翹(れんぎょう)は木に咲く花。でも、

色は同じ黄色。

菊には大きいの小さいの沢山種類があって色も黄だの白だの蘇芳だの、あ、椿にも赤や白がございます。

お庭の池に咲くのは花菖蒲、藤の花や桔梗によく似た紫色です。

「危ない」

お池に近寄り過ぎたときいわれる言葉です。

つまずいて転ぶと「痛い」。膝を怪我して「血」が出る。

花をご覧になったとき、久満女様のお口はよく「きれい」「美しい」と動きます。それは呉服所で縫いの小袖を見つけられたとき、出入りの道具屋が螺鈿の手文庫を持ってきたときとも同じ動きでした。

食事どき、私は久満女様と向き合って頂きます。五歳のお正月からそうなりました。お箸の持ち方、茶碗を持つ手の高さ、どのお菜から箸をつけるか、口への運び方まで、鏡に映すように私は、久満女様の仕草をまねました。

「おいしい」

私は南京の煮付けが好きでした。それがお膳に載っていると「うれしく」なり、口に含むと、「おいしい」と思いました。

久満女様は酢で締めた鯖がお好みで、一口召し上がったあと、常はあまりお変えにな

らぬ相好が急にゆるんで、おいしいとおっしゃいます。私はそういうときの久満女様がとてもとても好きでした。大変なご年輩ですし、赤穂藩城代家老のお世継ぎの御母公であり、備前池田家ご一族のご息女でもいらっしゃったお方。切髪に被布を召して凛然とした姿勢を崩さぬ、どこか近寄り難い久満女様が突然、その頃の私とあまり隔てのない、幼女のようなお顔付きになってしまわれるのです。

　そのお顔付きにつられるのか私は、嫌いな酸茎漬までおいしく感じて、すっかり平げてしまいます。

「こぼさずに、上手に食べやったの。偉い偉い」

　食事が終ると誉めてくださいます。こぼしたものは、召使いの手を借りながら自分で始末する取決めになっておりました。まことに久満女様は厳しいうちにもおやさしく、おやさしいうちにも厳しく私を躾けてくださいました。お蔭で私は人らしく生きる術を身につけることができましたが、少しずつ分別がついてくるうちに、大きな支障が自分の前に立ち塞がっていることに気付いたのでございます。

　私は人様のおっしゃることが判ります。お口の動きからだけでなく、お体の些細な動き、いえ、たとえ目に見えない所にいらしても、その方の気配だけで、なにを考え、なにをしようとしていらっしゃるか悟れるのです。いつのまにか、本当に自分でも気がつかないうちにいつのまにか、そんな能力が私には備わっておりました。

けれども、人様のお心の内まで察しがついてしまう私でございますのに、私には自分の気持ちを人様にお伝えする術がございません。私が心に感じたことは、誰にも伝わらない、誰にも理解してもらえないのです。

あれは師走も押し詰った日暮れ方のことでした。私は一人でお屋敷の門の外に出て、なんということもなく道往く人を眺めておりました。お屋敷内はみんな、お正月の仕度で忙しく、幼い私は、これといった役にも立たせてもらえず、手持ち無沙汰になっていたのかもしれません。

綾小路は四條三條の繁華な通りとは違い、至って人通りは少のうございます。それでもさすがに極月ともなれば、いつもよりは人の数が多く、みんな忙しげに往来しております。そんな人々の中で私は奇妙な二人連れに目を留めました。

一見したところ若い父親と、四つ五つの、その息子といった様子ですが、私には読めました。この二人は親子ではない。男の子の怯えたような顔つき、からみがちな足取り。子どもの手を引く父親らしき男の力の強いこと。手を引くというよりは、引っぱっているといった方が正しいくらいの邪険な扱いです。まさしく他人、よしんば血の繋がりがあったとしても、なんらかの悪心を潜ませて男は、幼な子をどこかへ連れ去ろうとしているに違いありません。

——人買い——

咄嗟に私はそう理解しました。このごろ、京の町に人買いが出没し、あちこちで子どもが攫われるという話を、私もおぼろげながら脳裏に刻んでいたのです。私は急いで屋敷内に入り、手近にいた庭男に往来を指差しながら告げたのです。

（人買いが通ります。男の子が攫われます）

でも庭男は帚片手に私の指差す方をちょっと見やったきりで、とりあってくれませんでした。

私は台所に行って、そこにいる飯炊き、お端下、久満女様付きの小間使いなど、誰彼となく同じことを告げ、遂には久満女様のお部屋にまで駆けこんで大事を告げました。

（人買いが通ります。男の子が連れて行かれます）

久満女様は床の間にお花を活けていらっしゃいました。こちらに背を向けているので、次の間との境の敷居際に座って告げる私にお気付きになりません。私は、そうするようにと教えられている通りに軽く会釈してから敷居を越え、久満女様の側近くに寄って同じことを申し上げました。

久満女様はやっと気付いてくださいまして、薄く目元をほころばせながらおっしゃいました。

「おや、ろく、丁度よいところへ来ておくれだった。水注ぎを取っておいで。水屋の瓶の脇にあるはずじゃ」

ご用です。私にご用をお命じになったのです。

いつもでしたら私、ご用をいいつかると、それがどんなに小さなことでもうれしくてうれしくて、はじけ跳ぶように立ち上がって果たします。自分がなにかのお役に立つ、こんなにうれしく有難いことがほかにありましょうか。でも、このときは違いました。自分の思惑とはまるで逆の反応にびっくりし、目を丸くして、活けたお花の位置を改めて少しずらしていらっしゃる久満女様のお顔を見つめておりました。

「おや、なんじゃえ、ろく、水注ぎじゃ。お花にたんと水を飲ませてやらねばならぬ」

判っております。これは私の仕事です。

久満女様がお花をお活けになったあと、ひたひたにしか水の入っていない花器に、口の細い赤銅(あか)の水注ぎから、こぼさないように水を注ぎ足すのは、私に与えていただいた、幼い私にもできる、大事なお手伝いなのです。

「ほれご覧、水を沢山注いでもらってお花が喜んでおる」

水を注ぎ終りますと、いつも久満女様は、私の労をねぎらってくださいます。久満女様だけでなく、お花の役にも私は立っていたのです。お花の水注ぎは、なによりも好きなお手伝いでした。

「おや、ろく、気合いでも悪いかえ」

一向に立とうとしない私を、久満女様は訝(いぶか)しげにご覧になりました。そして手を叩い

てほかの召使いを呼び、水注ぎを持って来させました。

私はそっとその場を立ち、もう一度御門外に出ました。しばらく付近を歩き廻り、さきほどの二人連れの姿を捜し求めましたが、もうどこにも、それらしき人影は見えません。

薄闇が迫り、氷を砕いたような星のまたたきが空に散らばる刻限まで、私は御門外に一人佇(たたず)んでおりました。

三

解せませんでした。なぜ私の思いは人様に伝わらないのか。

伝わらないばっかりに、あの男の子は人買いに連れ去られました。このことは二、三日後、明らかになりました。出町(でまち)辺りに住む、さる親王家に仕える者の息子がわずかな隙に攫われ、母親が半狂乱になって捜し廻っているとの噂(うわさ)が流れてきたのです。

——あの子に違いない——

確信いたしました。あのときすぐ、誰か屈強の者が跡を追えば、子どもは取り戻せたかもしれないのです。それをみすみす逃したのは、私が大事を人に伝えられなかったからです。

攫われた子どもは人商いの手から手へ渡って、遠国の長者屋敷の囲われ者になったり、色商いをする群れの稼ぎ人になったり、見世物小屋に売られたり、中には妖教の活仏に祀(まつ)りあげられたりする者もあるそうにございます。特に京人(みやこびと)のお子達は、子柄がいいので高値がつくとやら。伝え聞くだに身の毛がよだつ話でございます。

私は捨て子でしたが、よいお方に拾われて恵まれた境遇におります。あの子は一体どこに連れて行かれたでしょう。それを思うと胸が苦しくなります。

その上に私は、せっかくできるお手伝いまで、ほかの人の手に委ねてしまいました。私は役立たずになりました。それもこれも、私が自分の思いを人様に伝えられないからです。

まったく思いもよらないことでした。私はこれまで私が人様の思いを理解するように、人様もまた、私の思いをそのまま受けとめていてくださると、ずっと信じこんでいたのです。

――なぜ、なぜ……

自分を見つめることに夢中で、私は周囲のことに気を配らなくなっておりました。

久満女様に声をかけられても気付きません。誰かが前に立っても、気配も感じません。

胸が詰って食欲がなくなり、久満女様と向かい合わせのお膳を前にしますと、吐き気さえ催すようになってしまいました。

——なにかが違う——

考えに考えているうちに、どうやら私の体の仕組みが余人と違っているらしい、ということに思い至りました。なにかが欠けている。人様にはあって私にはない、なにかが。

それは一体なんなのか。

私は一人で、今まで過してきた日々の朝起きてから夜寝るまでの光景を一つ一つ思い返します。誰かと接する、私はその相手の口の動きを見て、その人が今、なにを伝えようとしているのかが判る。けれども人は、私がいくら口を動かしても判ってくれない。いいえ、それどころか私が相手の口元に目を凝らすようには私の口元を見ていない。

——そうだ、見ていない——

久満女様が召使いにご用をお命じになるときにしても、召使いはそのお口元を見ていないのに承って、命じられた通りのことを果たしますし、召使い同士がご用の合い間に交わす会話に至っては、お互いが向き合いもせず、並んで同じ方向に顔を向けていたり、ときには後ろ向きのままでいることさえあります。それでも思っていることが相手に伝わる。やはり気配だけで感じとっているのでしょうか。きっと人様には、私の知らないなにかが備わっているのです。私の知らない世界を、私以外の方々はお持ちなのです。

——それはなに？　なに？　なに？——

考えました。頭の中が煮えたぎるお湯のように熱くなるまで考えました。

熱くなって熱くなって、耐えられないほど熱くなって……

気がついたとき私は、床の中で、明けて九歳のお正月を迎えていました。

皆様が心配してくださいました。

真綿入りのちゃんちゃんこを着ました。鳥の卵を入れたお雑炊が夜のお膳につきました。赤いきれいな布でくるんだ貝殻を幾つも頂きました。甘酸っぱい橘（たちばな）の実のおいしかったこと。みな、久満女様のお心入れでございます。

「疱瘡神（ほうそうがみ）によくよく祈ったによって、思いのほか軽うすんだ」

七草が床上げの日になりました。私は疱瘡を患っていたのでした。久満女様は、朝晩お仏間でお経を唱え、疱瘡神に少しも早く退散せよと、祈っていてくださったのです。

「吾助（ごすけ）は七日の塩断ちをしやったそうな」

吾助というのは庭掃きの爺（じい）やさんのことです。こんなにも皆様にご厄介やご心配やらをおかけしていながら、自分の身のことばかり考えて悩んでいた思い上がりが恥ずかしく、それ以後は、物ごとをあまり深く考えないように努めておりました。

けれども、どういった巡り合わせでございましょうか、私が元気を取り戻すにつれ、久満女様がお体を害され、しだいに床につく日が多くなっていきました。

初めのうちは、

「どうも気分が優れぬ」

とおっしゃる程度だったのですが、夏が過ぎ、秋が行き、底冷えの冬が来て、再びお正月が巡って来る頃には、枕を離れられぬご病状になっておりました。

すっかり痩せ衰えて、お顔つきも別人のように険しくおなりでした。お医師のお話では、お腹の奥の方に腫れ物ができていて、それがどんどん大きくなり、膿んで、さらに数もふえていく病いだということでした。どんなにお辛いことでございましょうか。実際そのお苦しみというものは、尋常ではございませんでしたが、その頃の私のお役目は、そんなご病人の枕辺にじっと座っていることでした。

「ろく、ろく」

お屋敷に勤める者で、はっきり名前を呼ばれるのは私だけでございます。

私はなにもできませんが、お側にいるだけでお慰めになるのなら、それで少しでもお苦しみが和らぐのなら、と昼も夜も枕辺に座っておりました。もちろん居眠りをいたします。それどころか、お布団の端につっ伏して、ぐっすり眠りこんでしまうこともございます。あるときなどは気がつくと、私の体が久満女様が常着になさっているお被布で、すっぽりくるまれていることがありました。ご病人が私の身を案じて、召使いにお命じになったものとみえます。

こんなに可愛がっていただいておりますもの、私にいたしましてもご病人のお伽など、少しも苦になりません。ただ、枯れ枝のようになったお手をのばして私の腕を摑み、

「ろくや、苦しいよ、助けておくれ、ろくや」

と、のたうち廻るお力さえ失せたお体で精いっぱいお訴え遊ばすときだけは、恐ろしくて逃げ出したい気持ちになりました。一度などは私の手をご自分の首にあてがって、

「いい子だから、力を入れて、強く、もっと強く、いい子だね、いうことをお聞き」

くぼんだ目で宙を見据えておっしゃったこともございます。躊躇しておりますと、今にもすっくと立ち上がるかと思えるほどの勢いで私の顔を睨み据えました。

「ええ聞き分けのない、殺せといっているのだよ」

恐ろしさに身をすくませながらも私は、必死でご病人の手を振り払い、召使いたちが屯している台所に駆けこみました。

震えの止まらぬ私を見て誰かが事の重大さに気がついたのでしょう、まもなくお医師が駆けつけ、痛みを忘れて眠れるという妙薬をくださいましたが、その後も数日、病魔は苦しむ力さえなくなっているご病人の体を、玩ぶように蝕み続けつつ、遂には生命の灯を喰いちぎってしまったのです。花のすっかり散り終えた桜の木に、若葉が萌え出で始めた頃でした。

亡骸は近くの聖光寺に埋葬されております。

深い穴の中にお棺が納まり、土がかけられて、久満女様の五十五年の生涯がすっかり埋もれてしまうまでを、私はしっかりこの目で見届けておりました。

私は久満女様によって人間になりました。

そうです、久満女様は全身全霊で私を普通の人間と少しも変るところのない人間に仕上げてくださいました。本当に最期の最期まで、私の養育に心を砕いていてくださったのです。

亡骸を納めた柩は座棺で、冥想なさる御仏と同じお姿にして納めます。ところがご病人は長い間、病床に横たわっておいででした。納めるときに無理が生じます。数人の男たちが亡骸を柩に納めているところを、偶然垣間見てしまった私は、なにかを感じて手で目を覆い、その場にしゃがみこんでしまいました。男たちは、納めるというより押しこんでいたのです。

――あ、あ、痛い、痛い。あ、あ――

私は亡骸の身になって叫んでいました。

細く枯れた骨が、カリカリと音をたてて折れています。

カリカリ、カリカリ……

聞こえます。骨の折れる音です。目を覆っても判ります。

――音――

私の未知の世界。私に欠けていたもの。自分の思いが他人に伝えられなかった原因。

音、音、音です。

久満女様は最期の最期に、現身(うつしみ)と魂とをみごとに合体させた無色透明の光のような精力をもって、私に『音』というものの存在を教えてくださったのです。

若くしてご夫君を失い、お二人のご子息を赤穂に残し、一人のお子を出家させせながらも優雅に京住まいをなさる久満女様に、世間の風はとかく冷とうございました。

「鉄面皮な女子(おなご)じゃ」

などと噂したそうです。

そんな中で久満女様は、見ず知らずの捨て子の私を引き取って育ててくださいました。ずいぶん可愛がっていただきました。けれども決して、娘のような扱いではありません。あくまでも掛人(かかりゆうど)、長じれば奉公人として召し使われていたでしょう。当然でございます。それが私の分(ぶん)というものでございます。

そんな立場の私に、久満女様は、一人前の人間として生きて行けるだけの術が備わるように心を砕いてくださいました。自ら一本の線を引いて、そこから一歩も踏みはずさないやり方で、捨て子を引き受けた責務を、完璧に成し遂げられたのです。

——ありがとう存じました——

土に埋もれ、跡かたもなくなったお棺に向かって、私は手を合わせました。

四

朝から雲が低く垂れこめておりましたが、午の刻（正午）を過ぎた頃からとうとう降り出してまいりました。手を合わせる私の肩にも雨粒が落ちます。久満女様という大先達を失って、これから先、どうやって生きていったらいいのか見当もつかない十歳の私には、雨にしろ晴にしろ途方に暮れることに変りはありません。

世間の仕組みなど、まだなにも判ってはおりませんでしたが、主を亡くした奉公人が、このままお屋敷に留まれるはずがない、ということくらいは理解できました。実際、召使いたちは早くも次の奉公先を探しております。

「あの子は一体どうするのだろう」

「引取り手がいるのだろうか」

「太西坊も無理であろうなァ」

耳の悪い私には伝わらないと思ってか、召使いたちは、あからさまに私の身の上を話の種にしておりました。久満女様の前では「ろくさん」といっていた呼び名も、急に「あの子」になりました。

——お屋敷にはもう住めない——

だからといって、どこへ行くというあてもありません。それならいっそこのまま久満女様のお墓の側に立っていよう。冷たい土の下にお一人きりでは久満女様もさぞお淋しかろう。

ご臨終の知らせを受けて赤穂から急ぎ駆けつけたのは、ご三男の良房様お一人だけでした。ご長男内蔵助様はお見えになりません。すでに城代家老の重職についていらっしゃる上に、父君ご他界ののちは実の祖父様の嫡子になられたお身の上であってみれば、母御様との縁は切れているというお考えのようでした。上辺はどうあれ、実の母御様であることは間違いありませんのに、お武家のしきたりとは、実に厄介なものでございます。

男山太西坊の専貞様はおいでになりました。ご臨終の枕辺で真言をお唱えになり、最期の引導もお渡しになりました。

実のお子様に最期をお託しになるご安堵からでしょうか、久満女様は、それまでのお苦しみが嘘のように治まり、穏やかなお顔つきで息をお引き取りになりました。土の下でも、その穏やかなお顔つきは変ってはおりますまい。でも、お一人ではお淋しいでしょう。これまで通り私がお側にいてお伽すれば、久満女様もお喜び。私自身も一人であちこちさ迷わなくてすみます。

――それがいい、そうしよう――

私は決意を固め、雨の中に一人佇んでおりました。そのときです。冷えきっていた私の体が、急に温かくなりました。

私の背後に誰かが立って傘をさしかけてくれています。咄嗟に、久満女様が戻って来てくださったのかと思い、いそいで振り向きました。

そこに立っていた方。それは久満女様ではありませんでした。もっとお背が高くて、お若い方です。私はこの方を存じ上げております。よく知っています。小野寺様のご内室、お丹様です。久満女様とはお話が合うようで、以前から、お屋敷に時折お立ち寄りでいらっしゃいました。特に久満女様が煩いつかれてからは繁くお見舞いくださいまして、ご病人のお心が少しでも安らぐようにとのお気遣いを、さりげなくしていらっしゃる方でした。

「さ、行こな」

お丹様は私の手をおとりになりました。

少し腰をかがめて、私の体が濡れないように傘を傾けながら歩き出します。私は、ふわりとそれに従いました。まるで、こうすることが初めから決まっていたことのように自然に、些かのためらいもなく私は、お丹様の温かいお手の内に自分の手を委ねて、一緒に墓地から本堂に向け、歩いておりました。

「ろく、今日からわたしがそなたを預かるよって、そう心得てな。久満女様とのお約束

やよって」

　本堂のご本尊の前でお丹様はおっしゃいました。その場にいらした専貞様も、とくよりご承知の様子で頷(うなず)いておいででしたが、私は、あまりに突然のことでお話の経緯(ゆくたて)がよく呑(の)みこめず、精いっぱい目を見開いてお丹様のお顔を仰ぐばかりでした。

「久満女様は、ご自分亡き後のそなたの身の振り方を、殊のほかご案じなされてであったよ。それでの、及ばずながらと、わたしがお引き受けしましたのや。どうであろうの、そなたに異存がなくば、今日からそなたの住まいは綾小路ではのうて仏光寺通りに変りますのやが」

　膝と膝を突き合わせて私の手をとり、真正面から私の目をご覧になるお丹様の、この上なくやさしい覇気を受けて、私は体中の力がいっぺんに抜けていくのを感じておりました。

　私は路頭に迷わずにすみました。それどころか、願ってもない方のお手元でご奉公ができるのです。大変申し訳ないことですが、ついさっきまで雨の中に佇んで、

　――いつまでも久満女様のお側にいよう――

と決めていたことなど、頭の中からすっかり消え去っておりました。

　私は久満女様のもとをお訪ねになるお丹様が、以前から好きでした。格別着飾ってはいらっしゃいませんのに、華やぎがあって、大柄でいらっしゃいますのに頑丈な感じで

はなくて、物静かなのに淋しげではなくて、お丹様がお越しになったと判っただけで、私の胸の中がぽうっと温かくなるのでした。

――こういう方が実の母親であったら……

胸の奥深いところで、私はそんなことを考えていたような気がいたします。

久満女様に対しては一度も抱いたことのない思いでしたが、それはお二人の二十年というお年齢の差、或いはお立場の差というものがあったせいかもしれません。お丹様は百五十石取り、京屋敷留守居役のご妻女、久満女様は千五百石、城代家老の母御様でいらっしゃいます。幼い私にとりましては、たとえ日夜起き伏しを共にしておりましても久満女様は別世界のお方、お丹様は、一所懸命に手を伸ばせば届く所においでのお方、勝手ながら、そんなふうに自分なりの割り振りをしていたように思います。

その大好きなお丹様のお側で、これから暮らしていける幸せ。その幸せを、亡き久満女様が授けてくださった有難さ。いろいろな思いが胸の中で錯綜して収まりがつかなくなってしまったとみえ、私は息苦しくなっておりました。

そのときです。お丹様はそっと、ご自分の腕の中に私を包みこんでくださいました。静かに撫でさする柔い掌のぬくもりが、私の背中から胸に通り、体中に広がってまいります。

生まれて初めて私は、人様の腕の中に包みこまれました。

久満女様は藁の上から私を育ててくだされ、人らしく生きられるように躾けてくださいました。けれども一度も私をお手ずからお抱きになったことはなく、手を引くことさえめったにありませんでした。それが普通でしたから抱いていただきたいなどと、私は願ったこともありません。でも、なんという心地よさでしょう、人様に抱かれるということは。

温かくて温かくて、あんまり温かくて快くて私は悲しくなってしまい、胸にこみあげてくるものを抑えきれずに泣き出してしまいました。

涙が止めどなく溢れ出ます。

お丹様の掌が私の背中を撫でます。やさしく、何度も何度も。

思えば私は、十歳のこのときまで人前は愚か一人でいるときでも、泣いた、という記憶がありません。たぶん、どういう場合に泣くのか知らなかったのでしょう。泣くような場合に一度も立ち至らなかったということでしょうか。それが、この時、自分でも思いがけないことでしたが、すらすらと泣けました。

お丹様の懐に抱かれ、安心して泣きました。

一度切れた涙の堰は容易に塞がりません。泣いて泣いて、泣き疲れて眠くなってしまうくらい泣いてから、ふと気付きました。私が顔を埋めているお丹様のお胸の内側から、なにかが響いてきて私の頬をくすぐります。

同じ拍子の、なんとなく懐しい響きです。

この響き。覚えています。生まれる前、母親の胎内で感じていた響きです。あゝ、思い出しました。母親は小川の辺(ほとり)で私を産み落とし、片袖にくるんで家へ連れ帰ったのです。

粗末な家でしたが中には父親もいて、土間でなにか作っていました。土を捏(こ)ねて、器のような形にしていたように思います。

母親は逆に外出が多く、私がお腹(なか)にいる間も、生まれてからも、いつも野山を駆け巡っていました。時には、どこかで誰かに出逢っていたような気もいたします。

そうです、母親は忍びでした。父親はおそらく炭焼きで、合い間に素焼きの皿や壺(つぼ)を作って手間賃を稼いでいたのでしょう。足が悪かったかもしれません。そして父親は、女房が忍びであることを知らずに所帯を持ったのでしょう。母親は、どんなに忙しく動き廻っていても、家に帰るときには必ず刈りとった柴(しば)の束を背負い、手には山菜や川で獲った魚、どうかすると兎(うさぎ)や雉(きじ)をぶらさげておりました。

母親はたいてい赤ん坊の私を連れて出ましたが、ある日、赤ん坊を置いて出たまま帰って来ませんでした。谷底に落ちたか、殺されたか、とにかく死んだのです。

判ります。私には判ります。胎内で感じていた響きが、母親のすべてを私に教えてくれます。母親はなにか大きな力に雇われて、忍びの役目を果たしていたのでしょう。そ

れが、誰の、どんな役に立っていたのかは判りませんが、雇い手にとって忍びは使い捨て、生きて役に立つ間は利用しますが、死んだからといって格別不自由はないのです。

母親が父親と一緒になったのは、忍びであることを世間の目から隠すためです。父親を利用したのです。同様に赤ん坊も利用しました。身重であろうと乳呑み子を抱えたままであろうと、山仕事にかこつけて外に出ていたのは、やはり夫と世間の目をくらますためです。赤ん坊を置いて出た日は、なにか、よほど危険なことがあると判っていたのかもしれません。

そして父親は、母親が帰って来なくなって七日目に、赤ん坊の私を男山に捨てました。ひどくあっさりと、なんの未練も残さずに。

私がそういう両親の間に生まれ、捨てられ、あまつさえ身に支障のあることは、巡り合わせです。誰を恨むことも、誰を羨むこともありません。

――私は私。それで充分――

ずっとそう思ってまいりました。そして今、お丹様の懐に抱かれてお体の内側から伝わる響きを感じているうちに、ますますその思いは強くなってまいります。生まれる前からの記憶が甦(よみがえ)り、両親との薄い縁(えにし)を改めて確認しても、我が身の上を殊更忌わしいと、卑屈に考えることもありません。

頰をくすぐるお丹様のお体の響き。それは私をもう一度新しく、生まれ変らせてくれ

ました。

――もう迷いません。まっすぐ前を向いて生きて行きます――

私は、お丹様の温かい懐に誓いました。

「ろ、く、そなた……」

泣き疲れ、ついうとうとし始めた私の両肩に手をかけたお丹様が、なにかおっしゃりかけています。

「そなた……声が出るではないか」

声？　声が出る？

「ろ、く、声を出しなさい。もっと、もっと」

声とは音のこと？　私には欠けていると思っていた『音』が、実は私にも備わっていたらしいことが判りました。『声』という音が。

私は声をあげて泣いていたのです。お丹様がそれを教えてくださいました。私はこのときから『声』を持つようになりました。

元禄四年（一六九一）三月のことでございます。

虹の女御

一

初めは『いろは』でした。毎朝、いろは四十八文字を唱えるのです。唱えると申しましても、自分の声が聞こえない私には、どうすれば唱えられるのか判(わか)りません。

「ろく、泣いてやったやろ、それ、思い出してみなはれ」

お丹様のご指導はごもっともなのですが、まったく無意識で泣き声をあげていた私には雲を摑(つか)むようなお話で、自分では声を出しているつもりでも、それはただ、口から息を吐き出しているに過ぎないという状態が幾日か続きました。

「どういうて聞かせたらよろしのやろなァ」

何回試しても声を出せない私を前に、お丹様はご自分をお責めになります。

申し訳なくて申し訳なくて、私は私で自分の非力を恥じます。そのうちにお丹様はなにかを思いつかれたご様子で、私の手をとり、指先をご自分ののど元におあてになりました。

私の指先にごくごく小さな震えが伝わってまいります。お顔を仰ぐと、お口元は『い』の字に開けられておりました。

続いてお丹様は私のもう一方の手の指先を私自身ののど元におあてになります。

『い』

私はそういっているつもりです。でも私ののど元は震えておりません。

(判りました、この震えが『声』なのでございますね)

改めて私はお丹様のお顔を振り仰ぎました。お丹様は頷かれます。

私は自分の指先をのど元にあてて、どうすれば震えるのか、何度も何度も試しました。

お丹様は根気よく、そんな私を見守っていてくださいます。そうしてどれくらいの時が経ったでしょうか、私は指先にかすかな震えを感じました。

「出来た、出来た、ろく、ええ声が出てるえ」

お丹様のお口がそう伝えています。

「い、ろ、は、に、ほ、へ、と……」

のど元に指をあてたまま、夢中で私は『いろは』四十八文字を唱えました。一字一字、

唱える度にお丹様のお頭(つむり)が縦に動きます。途中で声が薄くなりますと、お丹様はご自分の指をご自身ののどにあてて、こすります。もっと強く、しっかりと、という合図です。そして最後までいい終るとお丹様は、私を抱き寄せて、何度も頬ずりしてくださいました。

いいにつけ悪いにつけ、お丹様は毎日一回は必ず私を抱きしめてくださいます。それは私にとって一番うれしい時の間でした。毎日毎日わくわくしながら、その時を待ったものでございます。

それにいたしましても『声』を出すということは、なんと身も心も強くするものでございましょう。ただ身の丈が伸びた、肉置(しし)きがよくなったということではございません。声を出す度に新しい馥郁(ふくいく)とした風が身内に流れこみ、いらないものを一吹きに洗い出していくような感じさえいたします。洗われた身内からは余分な隙間が消え、人の心を彩る知恵が湧き立ちます。なんですか体中が光で満たされたような気分になるのです。

これが声なのですね。普通の人なら誰でも持っている声なのですね。これで私も、ほかの方と同じように自分の思いを人様に伝えることができます。

〽暇(いとま)申して帰る山の
春は梢(こずえ)に咲くかと待ちし　花を尋ねて山廻(めぐ)り
秋はさやけき影を尋ねて　月見る方にと山廻り

冬は冴えゆく時雨の雲の　雪を誘ひて山廻り……

謡曲『山姥』の一節を教えていただいた私は、それをくり返しくり返し唱えました。声が出るようになっても、それを聞き分けられるのはお丹様のみ、ほかの方は誰も、私の言葉を正確に聞きとってくださいません。私自身は人並みに声を出しているつもりでも、ひとひらの花びらが風に舞うのを見るような、ふわふわとはかなげな、息が洩れているのとほとんど違わぬ、といった程度のものだったらしいのです。

お丹様は、余人にも聞きとれる声を出させたいと様々な手立てを試みてくださいました。姿勢を正しくして、下腹にしっかり力を入れて、鳩尾の辺りをふくらませて、と実際にご自分で手本をお見せになり、私の掌をそこの所に当てて、声をきちんと出すとき、体のどこに力が入るかをお示しにもなりました。そのとき唱えるのが『山姥』なのでございます。

これも初めのうちはただの言葉として覚えておりましたが、お丹様のお体に触れておりますうちに、どうも力の入り具合いが一様でないことに気付きました。長短があったり、強弱があったり。

『節』でした。私は言葉に節がつくと『謡い』になることを知りました。

〽……山又山に　山廻り　山又山に　山廻りして　行くゑも知らずなりにけり

声を出すお稽古を始めて半年ばかり経った頃のことでございます。

いつもの通り私は、朝のご挨拶をしに旦那様、小野寺十内様の前に出ました。たいていは床の間を背に座っていらっしゃるのですが、その朝はこちらに背を向けて立ちながら、お庭の菊の花を眺めておいでででした。

後ろからご挨拶していいのだろうか。第一、後ろ向きではご挨拶しても気付いていただけないのではないか、などとためらいながらも精いっぱいの声を張りあげたつもりで、

「おはようございます」

と申し上げました。

振り向いてくださいました。旦那様は気がついて私の挨拶を受けてくださいました。私の声は届いたのです。私の言葉は、お丹様以外の方にも理解していただけるようになったのです。

続けて旦那様はおっしゃいました。

「ろく、だいぶ謡いらしくなってきたの」

うれしいやら恥ずかしいやら、

「はいっ」

大声でご返事申し上げ、もう一度頭をさげると、私はお部屋を駆け出てしまいました。

その後は声の出し方もどんどん上達して、まもなく、なにも事情をご存知ない方には、

私が自分の声さえ聞こえないほどの支障を持っていると気付かれぬまま暮らしていけるようになりました。小野寺家に属する者として扶養を受け、長じました私は、今も召使いとしてお屋敷内に住んでおります。

小野寺様ご一家がお住まいになるお屋敷は、仏光寺通りにありました。以前の大石久満女様のお住まいがあった綾小路から一筋南に寄った小路でございます。

お屋敷は広うございました。と申しましても全部が小野寺様のお住まいではございません。ここは赤穂藩浅野家の京屋敷、大方は藩公が上洛なされた折、ご逗留遊ばすためのお部屋で、御座の間だの広間だの、立派なお部屋が続いております。お玄関、お湯殿、お台所なども専用のものが設えてありまして、この所をご家来衆は御殿と呼び習わしておりました。

けれども私が知る限り、藩公が京屋敷に足をお留めになったことは一度もございません。

なんでもお大名には厳しい掟があって、入洛なさるためには、いちいち幕府におうかがいをたて、許可がなければ洛中に足を踏み入れることはできないのだそうです。そのためにご家来衆が代って京屋敷に滞在し、必要なお役目を果たすことになっておりました。

赤穂は京から三十里、そう遠い所でもございませんので、必要に応じて国元との間を往復することもできますが、四国、九州など遠国の大名家では、参勤途上の藩公を京との境界ぎりぎりの場所、伏見か瀬田辺りで、京屋敷留守居役が待ち構えていてお目通りを果たす由。なかなか難しいお定めが、大名家には課せられていたのでございます。

それでも京屋敷は、いつでも藩公をお迎えできるように万事を整えております。お掃除も怠りませんし、雨戸を開けてお部屋に風も通します。お庭の石灯籠の手入れは、庭掃きの爺（じい）やさんが丹精こめてしておりますし、私もお掃除のお手伝いが日課でございました。

留守居役、小野寺十内様ご一家を始め、それに従うご家来衆のお住まいは、御殿から渡り廊下で隔てた所にあります。別にお長屋があって、ここには若党、中間（ちゅうげん）が詰めておりました。

お掃除のとき以外は、渡り廊下の向う側へ行くことを禁じられております。こちら側に立って眺めますと、お廊下の先はいつもしんと静まりかえっていて人の気配など微塵（みじん）も感じられません。それなのに、さっと襖（ふすま）が開いて何方（どなた）かお姿を現しそうな佇（たたず）まいが、藩公の御殿にはありました。ご家来衆が常に藩政を考え、藩公のお身の上の安からんことを祈っている、そんな思いが御殿の内に籠っているのでしょう。実際のご逗留はなくとも、京屋敷にはいつも藩公のご威光が満ちておりました。

二

赤穂浅野家京屋敷、留守居役小野寺十内秀和様のご妻女お丹様は、京のお生まれで京育ち。私をお引き取りくださいましたとき、お年齢は三十六歳におなりでしたが、一度も京の外へ出たことがないとうかがいました。お国元の赤穂はおろか、西は嵯峨野より奥、南は宇治より先へ行ったことがないとのこと。

「北は北山、東は東山で行き止まり」

わっさりとおっしゃって微笑まれます。

そうでございましょう、全体ご実家が大原野灰方の荘のご出身で、姓もそのまま灰方をお名乗りというほど京に根をおろしたお家柄でございます。

灰方家も浅野のご家来ですが、それ以前は京極様にお仕え遊ばしていたものを、わずかな科でお家を追われ、長らく浪々の身でいらしたとやら。浅野の家臣に加えられたのは祖父様のときからで、以来五十年と、ご奉公はまだ浅うございます。

その頃浅野家は、関東の笠間から関西の赤穂へお国替えになりまして、いろいろ藩の仕組みが変り、ご家来衆の入替えも盛んでございました。京の事情に詳しい灰方様は、ずいぶんお役に立ったのでございましょう。当然、京には知り人も多く、京屋敷を開く

にあたりましても相当に力を尽されたと承っております。

それから二代、灰方ご当代はお丹様の兄君で、現在武具奉行を務め、百五十石のお扶持に与っていらっしゃいます。もちろん今は赤穂ご城下にお住まいですが、

「京を出るは本意でない」

ご当人は京屋敷留守居役を望んでいらしたため、お国元へ動くについてはかなり異をお唱え遊ばしたようですが、藩の決定には逆らえず京を去られたとうかがいました。

そのようなわけでご一家は赤穂城下にお移りでしたが、お丹様だけは京にお残りになりました。当時すでにお丹様は、飛鳥井家に北の方付女房としてお仕えでいらしたのでございます。

飛鳥井家は和歌を詠むのを専らとするお公家様で、お丹様は十五歳から十年間ご奉公なさいました。

「朝な夕な、お和歌をお詠み遊ばす北の方の傍にいて、墨をすったり料紙そろえたり」

折にふれては、

「そなたも詠んでみよ」

お声がかかってお付きの女房も、一首認めてご覧に供することもあり、

「自然と敷島の道に親しんでしもうたが、ほんに冷汗ずくめの毎日であったわいの」

おかしそうなお話しぶりでございましたが実は、冷汗をかくどころか、お丹様はかな

りの詠み手と洩れ承っております。飛鳥井家をお暇なさってからもずっとお和歌を学んでいらっしゃいまして、それがご縁となって小野寺十内様ともお出逢いなされたほどでございますもの。お丹様とお和歌は切っても切れない糸で結ばれております。

それから更に、奇しきご縁と申せますことは、十内様とお丹様との結びつきに、亡き久満女様のご子息、大石内蔵助様が関わっていらしたことでございます。

内蔵助様十代、まだ部屋住みでいらした頃、よく京へお上りになりました由。すでに父御様はご他界で祖父様の養嫡子になっていらっしゃいましたが、京住まいの母御様、男山でご修行中のご舎弟専貞様をお訪ねになると同時に、堀川通りにある儒学塾で講義をお受けになるのが、大きな目的であったと承っております。

塾を主宰なさる伊藤仁斎様とおっしゃる学者先生は大変人望の厚いお方で、近隣の若者のみならず、ずいぶん遠くからも、そのお考えのほどをうかがうために集まって来るとのことでございました。内蔵助様もそのお一人で赤穂からはるばるお越しだったのです。

この仁斎先生の塾を紹介なさったのが小野寺十内様でした。十内様は当時、京屋敷留守居役次席でしたから洛中の事情につきましては相当お詳しくいらっしゃいましたし、ご自身すでに、堀川の塾にお通いでした。

「小野寺さん、今日の先生の講義、すばらしいと思いませんか、人間を理解するものは

人間である、なんて。人間は天から大きな恵みを受けていることは自覚すべきであるが、天の支配を受けるべきではない。本来、天とは偉大なものです。恩着せがましく恵みを与えるはずがない。慈愛あるのみです。だから人間は魂を解放しておおらかに生きられる。これが一度、天が絶対の力をもって君臨したらどうでしょう、人間には服従があるばかりです。そんなの許せません、許されませんよね、ね、小野寺さん」

「人間一人一人が自分自身に責任をもてばいいでしょう。生半可な責任ではない、絶対の責任」

「なるほど、人間が人間であることの自覚をもつということでしょうか」

十内様と内蔵助様は塾の帰り道、肩を並べて堀川通りを歩いた、とうかがいました。

お二人のお年齢の差は十六。ご身分は年嵩の十内様が百五十石、若年の内蔵助様は千五百石城代家老のお跡取り。間の隔ては大きうございます。それでもお二人はお互いを尊敬され、お年齢の差もお立場の差もつけずにいながら、さりとて親しすぎ、馴れ合いすぎることもなく、水の如き交わりを続けていらっしゃいました。

内蔵助様のお宿は浅野家京屋敷の離れ家でございます。決して御母公のお屋敷にご逗留にはなりませんし、藩公用の広い御殿が空いておりますのに、当然のことながらそこをご使用になることもありません。

ご滞在中のお世話は京屋敷に勤める召使いたちがいたします。夜は書物に目を通すの

が習慣のようでしたが、飽きると十内様のお部屋を訪ねて、夜更けまで話しこんでいらっしゃるとのことでした。当時、十内様はまだ次席のお立場でしたからお部屋は玄関近くで手狭でした。そこでお互いの考えをぶつけ合い、冬の夜など火桶の炭火が燃えつきて灰になっているのも気付かず、震えながら侃々諤々論じたこともあるやにうかがっております。

その頃のことでございます。内蔵助様お一人でお出かけになった日のこと、夕暮れどき、お戻りになると、丁度お納戸で調べ物の最中だった十内様の側にぴたりと身を寄せて、ささやかれました。

「虹が出ました」

と。

その直前、俄か雨が降り、それもすぐにあがって日が差していたそうでございます。

「そうですか、出ましたか、どの辺でご覧になりました」

十内様はずっとお納戸に籠っていらしたので虹にはお気付きになりませんでした。

「二條です」

「鞍馬の方角ですか」

「東洞院の西寄り」

「ややこしい所に見えましたな」

「つけたのです、後を。はしたないとは思いましたが」

「後を？　虹の？」

「いえ、虹も出ました、確かに出ました。東か、いや西だったか。見ました。きれいでした」

「それは結構」

「一緒に見たのです、その人と、虹を一緒に」

「その人？」

「ええ、小野寺さん、その人はまるで虹でした。七色に輝いていました」

内蔵助様は堀川塾同門の士、虎屋吉三郎(とらやきちさぶろう)という方のお宅を訪ねた帰り道、雨上がりの小路で、被衣(かずき)をかぶり、女童(めのわらわ)を供に連れた公家に仕える女房と覚しき女性(にょしょう)とすれ違いました。顔は見えませんでしたが物腰、格好、京でなければ見かけられない優雅で嫋(たお)やかな風情に、つい視線がそちらに向いてしまいます。

と、すれ違いかけたとき供の女童が、

「あ、虹、虹でございます」

空の一角を指差しました。

女性は足を止め、頭からすっぽり被(かず)いた薄衣(うすぎぬ)を途中まではずして空を見上げました。

つられて内蔵助様も虚空から虚空を渡る虹を認めました。けれども虹を見上げていた

のはほんの一瞬で、あとはずっと虹を見上げる被衣の女性に見とれておいでだったそうにございます。けれどもすぐ相手に気付かれ、慌てて会釈をなさいました。

被衣の女性は恥ずかしげに俯きつつ会釈を返されてから、再び被衣を目深にかぶって歩き出してしまいます。

内蔵助様は後をおつけになります。そして御所堺町御門近くの公家屋敷に姿を消したのを見届けて帰って来た、というわけでございました。

「ほんの一瞬でしたが、その方のお顔を見ました。色が白くて、被衣をかざす掌がほのかな桜色で、なにかこう、ふわぁっとした感じの、美しい女性でした」

「ほう」

「ええ、目をつむると、あのお顔、あのお姿がはっきり浮かんでまいります」

「結構ですな」

十内様がよそながらとはいえ、お丹様を知った、これが最初でした。

もちろん私はまだ生まれてもおりません。けれども、その後のいろいろな出来事を繋ぎ合わせてみますと、この時の光景の一つ一つが納得できます。

まことに内蔵助様は、お二人の縁結びの神様でいらっしゃいました。いえ、この時だけではございません、後年再度、その功徳をお示しになったのでございます。

三

内蔵助様は十九歳で城代家老の席を相続なさいましたので、それ以後、京へのお上りは稀になりましたが、やはり御母公様もおわしますし、伊藤仁斎先生とのご交流もあり、何回かご入洛をお果たしでいらっしゃいました。私も久満女様のお手元におりますとき、ご城代、大石内蔵助様にお目見えした記憶がございます。

再び内蔵助様がお丹様に出逢われたのは、虹の出逢いから七、八年の後、場所は久満女様のお屋敷でございました。

久満女様とお丹様とのお付合いは、偶々同じ先生にお和歌のご教示を受けていたところから始まっております。

二十五歳で飛鳥井家からお暇の出たお丹様は、堀川通り三條の西寄りに独り住みをしていらっしゃいました。

飛鳥井家を去るにつきましては、なにやかやと入り訳があったようでございますが、お丹様は特にご説明もなさいません。ただお察しいたしまするに、殊のほかお丹様のお詠みになるお和歌が秀れていたために余人の妬みを受けたこと。中でも身近にお仕えしていた北の方のお憎しみが、日毎に募っていったことが挙げられましょう。そのお憎し

みはやがて和歌の優劣を越えて、飛鳥井家ご当主様とお丹様との間に、なにか怪しからぬ事態があったとのお疑いにまで発展し、遂にはお暇が出たのでございます。

「わたしも病いもちゃったよって、早晩お暇願い出なならんとこやった」

お丹様のお口からは、これだけのことしかうかがえませんが、その病いも、元を糺せば周りの方々の嫉妬によるご心労が因かと存じます。お丹様のお煩いは、突然心の臓に痛みが走り、息苦しくなるというもので、これはそのまま持病になりました。

「一生奉公のつもりしてたよってなァ、実家にもよう帰れへん」

お実家の灰方様はご一家そろってすでに赤穂城下へ引き移られ、洛中には頼る所とてございませんでしたが、和歌の同門の方々の肝煎りで一軒家を借りることができた上、商家の娘相手に和歌の手ほどき、礼儀作法の一通りなどを教授する道もつきました。

「皆さんのお蔭様やなァ」

心底からのお丹様のお気持ちでございます。

久満女様とのお付合いが自然に深くなってまいりましたのも、ご両人ともお身内と離れて京の独り住み、身についたお嗜みの程といい、衒いのないお人柄といい、お互いに信じられるお相手だったからでございましょう。久満女様のご子息がご城代、お丹様の兄君が武具奉行、共に赤穂藩のご家来であることや、身分の上下が、お二人の結びつきを特に強くしたり弱くしたりということはありませんでした。

久満女様の方がはるかにお年嵩、それにお屋敷も広うございましたし、お丹様には出稽古もあって外出の機会が多いこともありまして、綾小路のお屋敷にお丹様がお立寄りになります。そのまま楽しげにお話をなさったり、陽気のいいときには近くへ、桜や藤や牡丹(ぼたん)の花の見物に揃(そろ)ってお出かけになることもありました。

大石内蔵助様は、御母公のお屋敷に立ち寄られた折、丁度来合わせたお丹様に対面なさったのです。

「小野寺さん、奇縁ですね、虹の女御に再会しました」

そのときの感激を即座に内蔵助様は十内様にお伝えになりました。

「すぐに判りました、あのときの、あの女性(によしょう)だということが。ほんの束(つか)の間(ま)の出逢いでしたが、お姿は目に焼きついておりますのでね」

「なるほど奇縁ですな」

十内様はいつも通りの受け応えをしていらっしゃいましたが、まもなく話の矛先が意外な方向にむけられて仰天なさったそうにございます。

「で、ものは相談ですが、あの方を妻にお迎えになってはいかがですか」

「えっ、誰が？」

「小野寺さんが」

「突然、なにを仰(おお)せある」

「余人に渡したくないのです」

「だからといって、なにも某が……」

「いいえ、あの方を渡していい人物は小野寺さんしかいません。小野寺さんなら私も納得いたします」

「年上をおからかい召さるな」

小野寺十内様はこのときすでに不惑を越えていらっしゃいました。お若い頃、一度妻帯なさったのですがほどなく、そのご妻女がお亡くなりになりまして、以来、後添いのお話もいくつかおありでしたが、お返事を延ばしているうちに年月が経ってしまった、ということのようです。

最初の奥様が、この頃、留守居役正座でいらした建部喜六様のご縁辺でいらっしゃったことも一因になっておりましょう。京屋敷の住居の部分はほとんど、建部様がご家族と共に占有なさっていて、当時まだ留守居役次席でいらした十内様は母御様とお二人、お玄関に近い部屋を二間あてがわれて起き伏ししていらしたのです。

従いまして小野寺十内様が後添いのお話が出る度に逡巡遊ばす第一の理由は「妻を迎えられるだけの住み家がないこと」でございました。

「近くに一軒お借りなさい。その分くらいの役料は藩から出せるはずです。小野寺さんは京屋敷になくてはならない人物、あの方は小野寺さんにとって絶対必要な人物。小野

寺さん、この縁を逃すとあなたは一生後悔なさいますよ。間違いありません」

大石様は我がことのようにご熱心でいらっしゃいました。

それと申しますのも、ご自分にはすでに、定まった許婚がおありだったからでしょう。

城代家老という重いお役に就いていらっしゃるお方、身を固めておくことは藩政の中枢にいるお方としては当然のことでございました。親類縁者はもちろんのこと、藩公のご上意もありまして、ご縁組は早くから進められていたようでございます。

お相手は但馬国豊岡藩三万三千石のご家老職、石束源五兵衛毎公とおっしゃる方のご息女と承ります。

もっとも、定まった奥様がいらっしゃろうといらっしゃるまいと、大石様には脇にお通いになる所が以前からあり、女子にかけましてはお年嵩の十内様など足元にもおよばぬくらいの場数を踏んでいらっしゃるとの噂が、後を絶ちませんでした。

ですから大石様がお丹様をお誉めになる陰には、ご自身のお好みがないわけではございますまい。しかも、ことお丹様に限ってはご本人が仰せられる通り、それだけではなかったと思います。

「見染めました、確かに見染めましたが、天地神明に誓って浮いた心はありません。そういう人ではないのです。あの方は、もっともあの方にふさわしい生き方をなさらなければいけない方なのです」

「ご城代がそれほどにご執心の女性（にょしょう）、某には荷が勝ち過ぎましょう」

「いえ、小野寺さんほど、あの方にふさわしい男はいません。小野寺さんにも必要、あの方にも小野寺さんが必要です」

「まるで前世からの因縁を背負っているような話でござるな」

「ええ、そうです、きっと前世からの因縁です。逃れられない縁（えにし）です。逃げたら罰があたります」

「しかしながら、某は年寄りゆえ」

「先方も、あと一、二年で三十路（みそじ）のはず」

「それでも一廻り（ひとまわ）り以上の差がござる」

「伊藤先生をご覧なさい、仁斎先生は四十過ぎてから初めて、二十歳も年の違う奥様をお迎えになりました」

「伊藤先生は学者、私は武士、立場が違います」

「違っても同じです。人ですよ、小野寺さん、人が人を理解するのに年だの立場だの、男だの女だのの区別はいらない。これは、小野寺さんの持論ではありませんか」

ご城代になられてからの大石様はお若い頃のように京屋敷にはお泊りにならず、鴨川（かもがわ）沿いにある商家の別荘に宿をとっておいででした。にも拘（かかわ）らずこの日は、膝詰め談判で十内様を説得なされ、とうとう夜が明けてしまったそうでございます。ついには、

「小野寺さんがご承引なさらないことは、つまり某をお信じくださらない、と受け取りますが、よろしいですか」

とまでおっしゃる始末でした。

もとより十内様に不足のあろうはずがございません。ただ、お年寄られた母御様がおいでということもあり、諸々の事情を考えて決心がつかずにいらしただけのこと。旧知の間柄とはいえ、ご家老からみれば軽輩の縁組を、ここまで真剣に考えてくださる大石様のお志を、うれしく有難く、また可愛らしくも思っていらっしゃったことは間違いありません。

「某ごとき頑固者のところへなど来てくれましょうか」

十内様は折れました。

「来なくてどうします。花婿は赤穂藩きっての博識、小野寺十内ですよ」

「およしくだされ、赤面いたす」

「実は、母も前々からあの方を独り身のまま終らせたくないと願っておりまして、今回、それを私に洩らしたのです。私は即座に小野寺さんの名を挙げました。母はもうその気になっております」

「お待ちくだされご城代、某などより、まずご城代のご祝言が先でござろう。御母公も、なによりそれをお望みのはず」

もの柔らかな口調ではいらっしゃいますが、城代家老大石様に、ここまで屈託のない進言をなさるのは、ご家中に人多しといえども十内様のほかにはいらっしゃいますまい。さすがの大石様も一瞬たじろがれました。

ご祝言を先延ばしにしていらっしゃるのは、やはり余所に置いてある女子さんのことがお心の枷になっているせいでございましょう。

ご両親がお揃いでしたら、もっと滑らかに物事が運んだことでしょうが、御母公様は早くから別れて京住まい、頼りとする祖父様もご他界遊ばして十九の年から家臣の筆頭に立つ大石様。周囲もかえって遠慮して、私事につきましてはお膳立ても進言もなさる方がいらっしゃらなかったのです。

「いたします、お約束いたします。できるだけ早急に。ご進言忝い」

大石様のお応えも素直でした。

「ですから小野寺さんもぜひ妻帯を。おかしいですよ、四十で独り身はいけません」

「いけませんか。京住まいではさして不自由はございませぬが」

「国元では許されませんね。出来上がった枠の中でしか物事を考えられない連中ばかりですから」

「なるほど」

「それに、やっぱり格好がつきません。傍で見ていて心配です」

「申し訳ない」

「委せてください、悪いようにはいたしません」

「万事よろしくお願い致す」

遂に十内様は居ずまいを正して頭をおさげになりました。

翌日、大石様はご帰国のため早朝にご出立のはずでしたが、時刻を少し先に延ばされて御母公様のお屋敷に出向かれ、今後の手筈をおきめになったり、お丹様のお住まいに使者をお立てになったり、八面六臂のご活躍でいらっしゃいました。

十内様、お丹様のご縁組に大石様のお心添えがあった次第、かくの通りでございます。

四

翌、貞享元年（一六八四）、数えて二十六歳の大石様は、かねてよりお約束のありました石束家のご息女と祝言をおあげになりました。

さらにその翌年の春、小野寺十内様は灰方丹様とのご縁をお結びになり、同時に京屋敷留守居役正座に昇進なさいました。それまでの留守居役正座、建部喜六様は江戸屋敷留守居役に転出遊ばし、下屋敷詰になられました。まことにおめでたいことでございますが、十内様とお丹様のご祝言に足かけ二年もの時を費やしたにつきましては、些か理

由がございます。

「まずご城代から」

十内様のご進言を大石様が直ちに受け入れたため、京屋敷のご祝儀が後廻しになったことも、その一つではございますが、お丹様から初めに逡巡の意が伝えられたことが、大きな支障となりました。

お丹様には、お体の弱い実のお妹様がいらしたのです。

お名前はいよ様、お年は八つ違いでしたが、幼い頃に禁裏御用を務める陶工の家の養女に行き、十六歳の折、公家山野井(やまのい)様に召されてお側に上がりました。

山野井様は天文をご専門となさるお家柄で、占星術でも名の通っている方だそうにございます。

ところがなぜか邸内はいつも陰鬱で、それというのも北の方が先頃、狂死なされたばかり、と聞かされ、当時ご自身も公家にご奉公であったお丹様は、なにやら不安を覚えたとおっしゃいます。

その不安は当り、いよ様は四年でお宿下りを願い出ました。お気の毒なことに、口に出すのを憚(はばか)られるご病気に感染なさったのでございます。狂死と伝えられる北の方も、その原因はご病気にあったのではないかとも取沙汰されておりますが、いずれにいたしましてもいよ様の衰弱は身心共に激しく、養家では先方様(さきさま)との繋がりを慮(おもんぱか)るあまり引

き取ることをためらい、実家は赤穂城下の役宅住まいで、人の目、人の口の端を考えれば身を寄せるに適当な場所とも思えず、結局、町屋に住むようになっていたお丹様を頼ることになったのでございます。

「哀れな妹を一人残しまして、己ればかり幸せなご縁を得ますのは心苦しうてなりません」

扶養料は養家から出ておりましたので、人頼みにできないこともなかったのでしょうが、お丹様のお心柄では、それはご無理と申すもの。

「私のような行き届かぬ者に、ようご縁を下されたと、有難く思うております。なれど、かような事情ゆえ、先方様にようお詫びなされてくださりませ」

仲人役の久満女様の前で手をつかえて、お丹様はお断りなさいました。

この話を伝え聞いた十内様は一日、自室に籠って沈思黙考なさり、自ら久満女様のお屋敷に出向いて、ご自身の存念をお述べになりました。

「ご殊勝なお心がけと感服仕るが、些か得手勝手のようにも受け取れまする。なぜならば、妹御を楯にしてご自身の幸せを避けようとなさるは、妹御に対して、かえって無礼ではござるまいか。姉が幸せを見逃すは自分ゆえと、妹御が思召さば、それは妹御にとって重なる不幸せ。姉君の罪は重うござる。なぜ両人共に幸せになる道をお探しにならぬ。某に不足があるならともかくも、この申し出は甚だ奇怪に存ずる」

歯に衣着せぬ物言いながら、相手の聡明さを信じ、目上への礼儀も弁えた十内様のお人柄に、久満女様は初対面ながらすっかり魅入られておしまいになりました。

「内蔵助が惚れ込むのも道理じゃの」

そして、なにがあっても二人を一緒にするとの決意を改めて固められたそうにございます。なにがさて、お心に濁りのない方々の寄り合いというものは爽やかなもの。理と情と、知識と稚気がひとつになった成行きが、それからも続いていったのでございます。

まず十内様が妙案をお出しになりました。

「妹御と共にお出で願いたい」

お丹様が切り返されます。

「妹を私の添え物のように扱うわけにはまいりません。それこそ無礼でございましょう」

間に立った久満女様は、双方のいい分をお聞きになるので、ずいぶんお忙しい思いをなさいましたが、

「面白かった」

これが本音でもございました。

十内様、お丹様とも柔らかな物腰の中に一歩も退かぬ強い構えを潜ませていられますので、ことは一進一退、なかなか捗りませんでした。けれども大変興味深いことには、

その間にお二人のお心がどんどん近付いていった節がございます。と申しましてもお二人が直にお逢いになる機会はなく、いつも久満女様を通してのやりとりでございました。久満女様の本音「面白かった」は、目の当りになさったそこの経緯を示しているのかもしれません。

結局、最後に決め手となりましたのは、十内様の次のようなご要望でございました。

「妹御、いよ殿を、某の養女に頂戴したい」

お丹様との縁談を後廻しにして、いわば搦手から攻める作戦でございます。だからといって決してただの思いつきではなく、深いお考えののちに出した最良の手順でございました。

十内様には姉君がいらっしゃいます。同じ赤穂藩士の大高家に嫁ぎ、男子二人をおあげになりました。その内の次男を、跡継ぎのいない小野寺家の養子にするという話が、以前から内輪で決められておりましたが、この際その件も実現させ、いよ様養女の届けと一緒に藩に提出したい、とのご要望なのでございます。但しお二人を婚合わせるつもりはなく、あくまでも同格の養子であることを付け添えられました。

「されば嫁ぐ早々、成人した姉と弟、二人の者の母親となり、気の毒には存ずるが、これも宿世の縁とご理解くだされ、曲げてご承引のほど願わしう存ずる」

もとよりお丹様は、頑なお心根の方ではございません。妹御の心細いお身の上を考

えればこそ、今のお暮らしのままでいようとのご判断でしたもの、十内様のこれほどまでのご配慮、人並み秀れたお心の広さを痛いほど感じられまして、

「まことに身に過ぎたご配慮。いよいよ儀養女の件は、この上ない引出物と存じます。小野寺様よりのお話、有難うお受けいたしまする」

めでたくご縁談は整いました。

折から大石内蔵助様ご祝言。そのご祝儀が一段落いたしますと、ご城代大石様を始めご重役方の決定によりまして、藩士数名の役職配置換えの通達が出ました。

京屋敷留守居役建部喜六様は江戸屋敷へ。その後には小野寺十内様がつく、という人事もこのときの決定でございます。

お丹様は三條の借家を引き払い、いよいよ様共々、浅野家京屋敷にお入りになりました。

十内様のお住まいも以前のようにお玄関脇の手狭なお部屋ではなく、藩公の御殿と渡り廊下で繋がった、立派なお部屋に替りました。

『ご貴殿の此度(こたび)の祝儀により、この方(ほう)、思いがけなく親孝行いたして候。誰も誰も祝着に存じ候は、ご貴殿の功徳にて候』

まもなく十内様宛に届いた大石様のお文(ふみ)には、こう認(したた)めてありました。

五万三千石、赤穂藩浅野家家臣の頂点に立つ大石様とて人の子、長年離れたままになっている御母公の日常を気にかけていらっしゃいます。無聊(ぶりょう)をかこっているのではない

か、人恋しいのではないか、世をはかなんでいはしまいか、と思いつつ京の方角をご覧になることもありましょう。

大石様が火をつけた十内様とお丹様のお喜び事（ごと）は、久満女様の手に委ねられて、大きな炎になりました。その炎は、周囲の者をくまなく温め、静かに沈静して京の風の中に同化いたしました。

この間、大石様は幾度となく御母公と文のやりとりをなさったそうにございます。とかく疎遠であった母子の仲が、十内様のご縁組のお蔭で急速に近付いたのです。

『母の人となり、愛（め）でたき心持にも立至りて候　返すがえすうれしく存じ候』

大石様のお文には、こうもありました。

貞享二年（一六八五）春三月、十内様四十三歳、お丹様三十歳のご祝儀でした。

みちの奥

一

二十になれば子どもの一人や二人連れているのが普通の世の中に、お丹様は三十の声を聞いてから、やっと人の妻になりました。と同時に二人の子を持つ母親にもなられたわけですが、そのお子達のお年齢は姉が二十二、弟が十歳。さらに十内様の御母堂がご健在でいらっしゃいましたし、ほかのご家来衆とも常に顔を合わせるお暮らしで、妹御と共に、ひっそり過していたこれまでとはまるで違った大所帯を切り盛りするお立場になりまして、勝手が判らず戸惑うこともおありだったでしょうに、お丹様はこれまでと少しも変らぬ佇まいで、お屋敷内のあれこれを、順々に始末していらっしゃいました。

その合い間には和歌のお嗜みも怠らずなさいます。それは、お丹様がご自身で作ってこられたこれまでの生き方を、できる限りそのままにしておきたいとの、十内様の思召

しでもございました。

十内様はお丹様の身についたお嗜みを高く評価し、それをご自分のお仕事に活用することまで考えていらっしゃいました。お丹様のご婚姻は、単に小野寺家の嫁になることではなく、持ちまえの才覚を活かして公のお務めにまで関わり、京屋敷留守居役のよき片腕となることでもあったのです。

京育ちのお丹様には独特の、美しいものを見極める目がおありでした。京屋敷の重要な仕事である藩公のご装束、持物などのご調達に、お丹様の目は役立ちます。

前のお留守居役は、あまり得手ではいらっしゃらなかったようで以前から、これらの仕事は十内様お一人で携っていらっしゃいました。これより二年前の天和三年、藩公浅野内匠頭長矩様が十七歳で初めて御勅使御饗応役を拝命されたときも、装束など必要なものはすべて、十内様のお見立てでご調達申し上げたと承ります。

この年はまた、ご幼少のため正式なご祝言を先延ばしにしていた奥方阿久利様とのご婚儀がとり行われた年でもあります。ご成長遊ばしたとはいえ阿久利様はこのとき十歳という、まだまだだいたいけなお年齢でいらっしゃいました。

けれども、どんなにご幼少であられましても、お大名の奥方様ともなりますれば、諸事お扱いが違ってまいります。お振舞いはもとより、お召物お持物お手廻りの品々までお姫様でいらしたときとは違ってまいりまして、充分に吟味いたします。これらを整え

るのも京の留守居役のお役目でございました。

「そもじの目で選んでもらいたい」

十内様は奥方様用の品々の目利きを、安心してお丹様にお委せになりました。

奥方様は江戸屋敷にお住まいで、一歩たりとも江戸の外へは出られない掟になっております。お丹様は京の外をご存知ありません。もとよりお逢いになる機会はなく、お丹様は奥方様の背恰好をご承知ではありません。ましてや奥方様は、お丹様の存在さえご存知なく、京から取り寄せた品々とお聞きになっても、どこの誰が、どうやって選んだかということにまで、お心を留められることはございませんでしょう。

それでも、お丹様が選んだ品々は殊のほか、奥方様の御意に適ったとうかがいます。分けても、匹田鹿の子の雲型に、『阿、さ』の字を縫取りした白地の裲襠は大変お気に召して、お側去らずの戸田の局から留守居役宛に、礼状が届いたほどでございました。

戸田の局は奥方様のお実家から差し遣わされているお方で、お実家で調えた物以外は奥方様の周りに置かぬ、というほど忠義厚いお方ですが、以後は扇子やお髪の差し物までも、京へ注文をお出しになり、その仕上がりについて、とやかく仰せの出ることは一度もございませんでした。

藩公のご装束などにつきましても、

「小袖は熨斗目がよかろうか、それとも無地にいたそうか」

十内様はお丹様のご意見をお訊きになります。

「熨斗目がよろしいように存じます」

お丹様もぼんじゃりとしたお言葉遣いながら、ご意見をはっきりおっしゃいます。

「色は？」

「鉄色はどないでございますやろ」

「肩衣の幅はどうであろうの」

「広めにお誂え遊ばしてはいかが。殿様のお好みに、適いますように存じますが」

式日のご装束から常着に至るまで、藩公および奥方様のお身の廻りのものは、ほとんど京で調達され、その多くは、お丹様の目を通した品々でございました。

元禄十四年三月十四日、江戸城松のお廊下で刃傷におよんだ際、藩公がお召しになっていらした浅葱大紋、長袴のご装束も、お丹様がお口添えしながら十内様がお調え遊ばした一揃いでございます。あの、さわやかな色合いの大紋は、お相手の傷口からとび散る鮮血を浴びたのでしょうか。血を浴びた大紋は今、どこにあるのでしょうか。

もし藩公がなにごともなくお役目をしおおせていらしたら、大紋も小袖も次の式日に備えて、大切に仕舞われていたでしょう。けれども此度のような大変に出逢っては、ご装束一式も二度と日の目を見ることなく、殿様と同じ運命を辿ってしまうに違いありません。それは、お留守居役様始め京屋敷にご奉公する者すべてが、血を浴びたのと同じ

ことでした。十内様やお丹様のご奉公は、藩公の一瞬のご決断で無に帰してしまったのです。

藩公のご無念は家来の無念、と思いつつも、その無念の向かう先が、主従では少々ずれているようにも思えます。

「ご当代に格別の恩義はなけれど」

十内様のお心の内には、常にこの思いがおありでした。それでもお家の大事には、なによりも家臣の結束が必要と赤穂へ出立なさいました。城代家老大石内蔵助様のご心中をお察しすれば、居ても立ってもいられないお気持ちだったでしょう。

「いわば百年来のご恩報じじゃ」

十内様は、このとき、連れ添って十六年になるお丹様と、今生の別れになるとの覚悟をつけていらしたのです。

二

小野寺十内様のご先祖は遠く平安の御世に興り、その後奥州出羽の国に於いて四百年以上にわたり、一大勢力を誇った豪族でした。しかし、その勇壮をもってなる旧家も、かの関ヶ原の合戦の折、徳川軍に味方しなかったことが原因で滅亡してしまいます。

ご一族浪々ののち、十内様の祖父様に当るお方が、浅野采女正長重公にお仕えするようになったということでございますが、元を糺せば、浅野家のご先祖と小野寺家のご身分は逆でございました。浅野家は織田信長公に仕える弓役です、そのお娘御には、木下藤吉郎、のちの関白太政大臣豊臣秀吉公の御台所となられた於弥様がいらっしゃいます。

関白殿下ご他界ののちは東照権現徳川家康公のお味方になり、ご隆盛を保ち続けていらっしゃるお家柄。采女正様はその分家に当り、常陸国笠間がご領地でございました。赤穂に転封になりましたのは正保二年（一六四五）二月、ご当主は分家二代の長直公で、ご当代長矩公の祖父君にわたらせられます。

笠間から赤穂へ転封になったとき、十内様は三歳であったそうで、当然のことながら関東についてのご記憶があろうはずもございませんが、それでも常から、

「生まれ故郷は笠間、父祖の地は陸奥仙北」

と仰せでした。

小野寺家の家禄は百五十石。当初は使番をお務めでしたが、寛文十二年（一六七二）に大幅なご家来衆の入替えが行われた折、隠居なさった父君に代って当主となった十内様が、京屋敷に転ぜられたのです。お年齢は三十歳でした。

もともと学識豊富で歌道にも明るく、能書でもいらっしゃいましたので、早くから京

屋敷留守居役の最適任者といわれておりましたが、なにぶんにも前任者が古参の方で、席をお譲りになる気配がなく、のびのびになっていたと申します。それで結局、十内様が留守居役正座にお就きになるには十年の余も時間がかかりました。波風を押さえ、人の和を尊びつつ、藩政を円滑に進めてまいりますのは、英邁な藩公の下、器量骨柄秀れたご重役方がいかほどお集まりでも、なかなか難しいもののようでございます。

　もっとも、十内様が京屋敷に転出なさってからわずか三年の間に、赤穂藩では続いてお二人の藩公のご逝去に遭遇するという混乱に見舞われたことも、末端の人事にまで目が届かなかった一因かもしれません。

　まずお一人目は先の藩公、浅野分家の二代目となられました長直公。当時はご隠居遊ばし、江戸下屋敷にお住まいでいらっしゃいましたが、寛文十二年（一六七二）七月、六十三歳でご他界遊ばしました。高輪泉岳寺がご葬地でございます。

　長直公ご隠居に伴いまして赤穂浅野家をご継承遊ばした長友公が、ご当主の座にいらしたのは六年、延宝三年（一六七五）享年三十三というお若さでのご逝去でございました。

　ご早逝の父君の跡を襲われましたのが、ご当代内匠頭長矩公でいらっしゃいます。御年齢九歳。いたいけなご主君を頂き、ご家来衆はみな、藩の存続に必死であったと承っております。

この混乱の余波を受けたままにさしおかれていたのが大高源五様でございました。

大高家は小野寺家と同じく奥州出羽の名門秋田家の流れ。戦国の血で血を洗う時代を経て、新興の浅野家に仕えるという、小野寺家と似たような路を経て、ご当代源五様まで続いております。

父御様のご扶持は二百石でした。四十八歳で亡くなった時、お跡取りの源五様はやっと五歳でした。これではまだご奉公はできかねる、ということで二百石は返上、藩から下されるお扶持は二十石五人扶持になってしまったのです。それでも、成人ののちはきっと旧に復していただけるに違いないと、源五様は陰日向なくご奉公に励みます。しかし十年経っても二十年経っても、大高家の禄高は元に戻りませんでした。藩政の目は、末端の家臣にまでは行き届かないもののようでございます。

この大高源五様の母御が、十内様の姉君にあたります。出自を同じくする由縁もさることながら小野寺家と大高家は、もっとも近い姻戚関係にもありました。そして、源五様には弟御もいらっしゃいまして、父御が亡くなられた時、この弟御様は生まれてまもない赤さんでした。二人の幼な児を抱えられた姉君のご苦労を思い、十内様は、その赤さんをご自分の養子にお迎えになりました。と申しましても、十内様は当時、ご妻女を亡くされたあとでお独り身、加えてご養子もまだ女親の胸にすがりつく乳呑み子でございます。源五様にとりましても姉君にとりましても遺された三人が急にばらばらになる

ことはお辛(つろ)うございましょう。大高様のご家族は赤穂にお住まいのまま、ご次男幸右衛門様の小野寺家養子縁組が決まりました。

お丹様とのご祝言の際、持ち出されたご養子の一件は、この大高家ご次男のことでございます。

ですから決してその場凌(しの)ぎの思いつきではなく、内輪の決めごとであったものを公にしたまでのことで、十内様はお独り身ではありましたが、実際にお子持ちでいらしたのです。お丹様も女子(おなご)の身でお独り身を通しつつ、妹御の身柄を引き受けていたお方。世間の月並みな考え方からすれば、どちらもいびつなお暮らし振りであったものを、お二(ふた)方(かた)が共に一つ屋敷内にお住まい遊ばすことで、夫婦にお子達二人、それに姑(しゅうとご)御様という、世上どこにでもあるようなご一家の体裁が整いました。そのご一家の中に、大石久(く)満女(まじょ)様ご他界後、私は入ったのでございます。数えて十歳。若葉の季節でございました。

たかだか十歳ではございましたが、私の身分は小野寺家の召使いでございます。これは久満女様のお手元におりました時と変りません。幼いからといって格別の地位を与えずにいては、かえってどの輪の中にも入って行けず、小野寺様ご一族からも、その使用人たちからも、また藩所属の京屋敷詰奉公人方からも浮きあがった存在になってしまいます。はっきり小野寺家の召使いとしての立場を与えていただいたことは、私の居場所が定まっていることを意味しておりました。

私は誰に遠慮することも、気兼ねすることもなく赤穂藩京屋敷の住人になったのでございます。

ここで私に与えられた仕事というのは、妹御いよ様と一緒のお部屋で寝る、ということでございました。

いよ様はご病身でいらっしゃるせいか、お顔の色もあまり艶やかでなく、お丹様より八歳もお年若でいらっしゃいますのに、八歳は年上のように見えました。

暑い日は暑さに負け、寒い日は寒さに凍えるご体質で、夜となく昼となく軽いお咳が出ますし、夥しい汗のために一日に何回も、お召物を着更える時もございます。うっかり召し上がりますと、全身に痘瘡のような斑点ができてしまうのです。

「小さい頃は好物で、よう食べたものや」

ご奉公先で患いついてお宿下りしてからというもの、お体が変って好物にも手が出せなくなっておしまいになりました。

このようなご病身ではありましたが、だからといって、いつもいつも床に臥せっていらっしゃるわけではありません。ご気分に障りのない日は、

「ご調度の清拭きしょう」

藩公御座の間に据えてある蒔絵のお厨子、御文庫、火桶などの塵を拭うため、髪を白

い布で覆い、片だすきして働くお姿をお見うけすることもございますし、河原へご散策にも出られます。また、手先の器用な方でもいらっしゃいますので、縫物もよくなさっておいででした。

呉服所の手代(てだい)に頼んで取り寄せた沢山の端裂(はぎれ)を彩よく並べ、一つ一つ縫い合わせて大きな布にする手際など、当の手代が、

「商売物になります」

と感嘆するほどで、ご自身の寝具(よるのもの)は一式、この方法で拵(こしら)え上げたものですし、私にも掛布団を作ってくださいました。上等の反物の端裂で作りますので絹布団でございます。

掌(てのひら)ほどの布を何百枚と縫い合わせていくのですから、それはもう気の遠くなるような作業ですし、お気合いが悪くなれば、すぐお休みになりますので、布団一枚分作るにも、かなりの時間がかかりますが、いよ様は根気よくそのお仕事をお続けになります。そのお側で私は、お仕事のお手伝いやら散策のお供やら、お髪(ぐし)を梳(す)いたり、お腰をもんだり、折々に必要と思われることはなんでもしておりました。

それもみんな、お丹様のお計らいでございます。いよ様にも、ただ大事に扱うばかりではなく、お屋敷内で役に立つと思われることを、自分で見つけて実行するという責務を、きちんと負わせていらっしゃいましたし、それをお手伝いすることで、私が知らず

知らずのうちにいろいろな手業（てわざ）を覚えるようにも、しむけてくださいました。

いよ様は私に必要な物ごとを、あれこれ教えてくださいます。私は、いよ様のお身の廻りの世話をいたします。そんな間柄を保ちつつ、いよ様と私は、京屋敷の内に溶けこんでおりました。

「ろくが来てから、いよは明るうなった、ひどい苦しみも少のうなったようやし、なによりもわたしが助かっている。ろく、おおきにえ」

お丹様には毎日一度は必ず、声を出す稽古をつけていただきます。わずかな暇を見つけての短い時間ですが、私にとりましては一日で一番うれしい時間でございます。その折、お丹様は、いつものように柔らかく私を包みこんでそうおっしゃいました。

とび立つばかりにうれしくて、一段と大きな咽喉（のど）の響きを感じつつ、謡曲『山姥（やまんば）』の次に覚えた物語を唱えました。

『今は昔、竹取の翁（おきな）といふものありけり。野山にまじりて竹を取りつつ萬（よろ）づの事に使ひけり。名をば讃岐造麿（さぬきのみやつこまろ）となむいひける。その竹の中に本（もと）光る竹一筋ありけり。怪しがりて寄りて見るに、筒の中光りたり。それを見れば三寸ばかりなる人、いと美しうて居たり』

三

私が小野寺家にご奉公いたしましたのは大石久満女様ご他界の直後、元禄四年のことでございます。お丹様がいよ様と共に浅野家京屋敷にお入りになりましてから、六年の歳月が流れておりました。

その間もお丹様は、万事遺漏なくお屋敷内のお務めを果たしておいでだったに違いございませんが、小野寺家には母御様もご健在であり、まだお年若でいらしたご養子幸右衛門様もいらっしゃいます。まず、そちらの御用を果たすのが先で、どうしても妹御のことは後廻しになりましたでしょう。

いよ様も女子（おなご）のこと、遠慮がちになることが多かったであろうとお察し申し上げます。それやこれや、なにかにつけてお丹様の気がかりの種になっていたことが、私のような者でも、常にいよ様のお側におりますことで、ひとまず、その種がとり除かれた、という程度のお役には立ったようでございます。

ご奉公するようになりましてから私は、小野寺十内様を旦那様とお呼び申し上げるようになりました。この呼び方は、お丹様もほかの奉公人も同じでございます。

同じ屋敷内でございましても藩公御座の間のあります棟に勤める方々は藩士でござい

ますので、旦那様のことはお名前か、お留守居役様と、役名でお呼びになります。藩公直属のご家来と又家来とは越え難い区別がついておりました。

お丹様は丁度その中間に位置する方と申し上げてよろしいでしょう。京屋敷のいわば女留守居役といったお立場でいらっしゃいます。

旦那様が関わる藩政の一部を、陰ながらご支援なさいますし、屋敷内の召使いたちを束ね、決められたお仕事を段取りよく仕上げさせる才覚も求められます。また、お身内へのお心遣いも必要でございます。まことにお忙しい日々でございましたが、お丹様は、普通ならば手に余るであろう細かいお役目の数々まで、苗から育てた菊や百合や芍薬がみごとに花開くのを見るように、楽しみながらも淡々と、いつのまにかしおおせていらっしゃいました。

なにか輝かしいものでぎっちり埋まっているような、実に誇らしい毎日でございました。

男山太西坊脇に捨てられ、両親の名も知らぬ生い立ちを思い返しますと、この日々が信じられない時さえございます。

でも、どんなに誇らしい日々を送ろうとも私の耳が聞こえるようになることはありませんでした。声を出してお話しするようになりましても、自分の出す声は私の耳には届きません。音らしきものといえば、時折、空の彼方で起こるうねりのような、ごうォと

いう響きが耳の底でするばかり。

　しかし、それが私の暮らしを苦しめることは毛筋ほどもありませんでした。むしろ、思いがけない効能をもたらしたのです。

　もっとお役に立ちたい、もっと人様のおっしゃることが判るようになりたいと願い、全身で皆様のお心の内を伝える言葉というものを受けとめているうちに、私は、言葉がなくても、その方がなにを考えていらっしゃるのか理解できるようになりました。また、声を使っている言葉が、実はお心の内とは違う場合があることも察知できます。ただ私自身は、それを不思議とも特別とも思わず、どなた様も同じようにおできになるのだと思っておりました。

　そうして、このお屋敷に来て十年経ち、二十歳(はたち)になりました時に、お殿様の松のお廊下での刃傷、それに続くご切腹という一大事が出来(しゅったい)したのでございます。旦那様は、お丹様に後事を託して、三月晦日(みそか)、赤穂へお発(た)ちになりました。その折でございます。御門前を通りかかった扇折りらしい女が、実は忍びであることを私が見破り、同時にその両方を旦那様がお見通しでいらしたことが判明いたしましたのは。

　これまで旦那様は、私について特に関心をお持ちでない、と考えておりました。同じお屋敷内とは申しましても、普段、身を置く場所が隔たっておりますし、私が旦那様か

た。

ら直に御用を承ることもございません。お目にかかる折といえば朝晩のご挨拶くらいでしたから、私にとりまして、旦那様は遠い存在でございました。そんな方が、私の身についた術をご存知でいらしたのです。しかも、ご自分の判断の確認を私にお求めになった。

(あの女は忍びだな)

(はい、さようでございます)

まばたき一つで意は通じました。

旦那様は、静かに私をあるべき方へお導きくださるお丹様の背後で、無関心を装いながらも、しっかり私の成長を見つめていてくださったのでございます。

旦那様の底知れぬお心の深さを知った一瞬でございました。

そして、このときが、赤穂藩浅野家京屋敷の最後でございました。明渡しです。

すでに前日までに、小野寺家の引越しはすませ、邸内の調度品の始末もすべてつけてありました。奉公人も中間が二人残るのみ、屋敷内には検使として、御奉行所のお役人が手下十数名を引き連れて、御座の間においでででした。

藩公が一度もお使いになることのなかった御座の間。それでも毎日毎日お掃除し、いつ藩公のお成りがあっても困らないように整えておいた御座の間。その御座の間が今日初めて使われました。

「赤穂藩京屋敷留守居役、小野寺十内秀和、これより赤穂に向けて出立いたしまする。長年のご懇情、謝し奉るものにござりまする」

旅仕度の旦那様が、御座の間の真ん中にふんぞり返っているお役人に頭をおさげになります。

「急ぎ、罷（まか）り立て」

お役人はどこまでも威丈高でした。

「ろく、や、さ、行こ」

旦那様の後ろ姿が朝日の中に消えるのを見届けると、お丹様の手が軽く、私の肩を押しました。

中間二人がお丹様に別れを告げます。

「達者でお暮らしなされ」

お丹様の声に送られて、二人は何度も頭をさげながら、裏門から去って行きました。

お玄関には、お役人の手下が二人、六尺棒を構えて立っております。つい、さっきまで日常を過していたお屋敷も今は他人のもの。一歩たりとも立ち入ることは許されぬ、といった様子に、いい知れぬ無念さを覚えましたが、お丹様は至って気軽に声をかけていらっしゃいました。

「ご苦労さまでござります」

お玄関の式台の隅に風呂敷包みが大小三つ。小野寺家の最後の荷物です。大きい荷物は私が背負い、小さい二つをお丹様と一つずつ分けて持って私共は、今しがた旦那様をお見送りしたばかりの表門から外に出ました。

本来でしたら私ごとき、表門から堂々と出入りできる身分ではございません。ちょっと気後れしておりましたら、お丹様の目がささやきました。

（ろく、小そうなるまいぞ）

私は大荷物を背負ったまま胸を張り、足の歩幅を大きくとって表の御門を通りました。歩き出してからも後ろは振り返りませんでした。

藩邸と申しましても京屋敷は町屋の中に組みこまれている建物で、地面は所の商人所有の借り物でございます。赤穂藩が明け渡したあとは、また、どこかの藩が借り受けて、京屋敷として活用するのでございましょう。それに小野寺家が引き移ります新しい家も、この場所からそう離れてはおりません。万寿寺通り。赤穂藩京屋敷から三筋南へ下った、五條に近い西寄りにありました。

そこへ向かう道すがら、お丹様は幼な児のような笑顔を見せておっしゃいました。

「裏門から出たら廻り道やろ」

お屋敷の裏門は北側にあります。それだけのことです。それだけのことですが、表門

から出たことで、京屋敷を明け渡してご家来衆がちりぢりになり、小野寺家も借り受けた手狭な町家に移らねばならなくなったことなど、特段悲しい経緯とも思えなくなってしまい、大きな風呂敷包みを背負った私の足取りは、自然に軽くなりました。

万寿寺通りの新しく住まいとなる家までのほぼ一丁ほどの間、お丹様と二人きりで歩む道筋は、ほんに楽しうございました。

四

新しい住まいで暮らす人数はとりあえず五人。お丹様、母御様、いよ様、下男の半三郎おじさん、それに私でございます。急なことで家を見立てる暇もないまま引き移りましたので、たった二間という狭さ。それでもお丹様は無駄に広かった京屋敷とお比べになります。

「掃除がらくになったなァ」

いよ様もお応えになりました。

「ほんに、御座の間のお掃除はしんどうおしたなァ」

狭い家の中をたすきがけで雑巾がけなさる姉妹お二人は、まるでままごとで遊んでいるように見えました。

夜は、半三郎おじさんが台所の板の間に休みます。ほかは女四人、二間続きの部屋の、間の襖を開けて休みます。お年寄られた母御様のお世話で、お丹様は夜中にお起きになることがあり、いよ様が咳きこんで大騒ぎになることもございますが、四人がいつも一つにいることで各々が心強く、不自由がちな暮らしも格別苦労には感じませんでした。

ただ、この暮らしがいつまで続くのか、それを考えますと、お丹様がおいたわしくてなりません。どれほど不安でいらっしゃいましょう。旦那様のお身の上も判らず、生計の糧も至って乏しくなっております。

許されるものならば独り身でいらしたときのように、出稽古などして商家の娘御に礼儀作法、和歌など教え、謝礼にあずかりたいというお気持ちが、お丹様にはおありでしたろう。しかしながら、旦那様がご浪人遊ばしたとはいえまだ日も浅く、主家のその後、ご家中の主立った方々の行く末も知れぬときに、ご妻女が喪にも服さず、人中に出るなど、できることではございません。

幸い、京屋敷に出入りしていた商家の者が訪ねてくれまして、

「お留守居役様には別してお世話になりました。ご不自由なことあらば、なんなりとお申しつけくださいませ」

あまりに狭い家に驚いて、

「いま少し、住みやすい家を探しましょう」

と請合ってくれましたり、米野菜などを届けてくれたりもいたします。さらには、お丹様の申し出を受けて、端裂で作る這い這い人形の手間仕事を廻してくれるようにもなりました。わずかではございますが、幾分かの暮らしの足しになりました。

幼い頃からいよ様の端裂縫いのお手伝いをしておりましたお蔭で、私もお役に立てます。水仕事を早々に片付けて、毎日毎日お人形作りに励みました。

「やァ可愛らしいなァ」

「よう出来たなァ」

家具調度のほとんどない、日当りの悪い家の中に、色とりどりの小さな人形が一つ、また一つと増えてゆきます。

「やァ、ろくの作ったんは、誰やらに似てるような。ほれ、その首すくめたような格好」

「仏光寺さんのお住持さんやおへんか」

決まった形に作っても、人手が違えば這い這いの姿にも小さな差が出るようで、それはそれで楽しい一刻でございましたが、そんな最中でもいよ様は突然咳きこんだり、お熱が出たりなさいます。ご病気も年毎に数がふえてゆくようで、恐らくご本人様は、一日として快く過した日はおありにならないでしょう。

「いよは病いに惚れこまれたのであろう。可哀そうに」

以前、旦那様がそうおっしゃったことがございます。本当に、ご一家の病いを一身にお受けになった感がございました。

それにご病人はいよいよ様だけではありません。母御様も寄るお年からくるお体の衰弱で、お足元が悪い上、近頃ではお目もかなり薄くなっていらっしゃいました。お家の中を動くだけでも、お怪我のないよう、また一人だけ別扱いにしてお淋しい思いをさせないよう、お丹様のお気遣いは一通りではございません。

二間続きの部屋の間の襖を開け放しておきますのも、昼となく夜となくお寝り遊ばす母御様に目を行き届かせようため。また一つには、人形作りの仲間入り気分を味わわせてさしあげようため。そのお気遣いが届きましてか、母御様は格別のお苦しみもなく、わやくもおっしゃらず、いつもにこにこと、人の動きに目を馳せていらっしゃいました。

「十内は、どうしやったかの」

旦那様がお発ちになって四日目の朝でございました。お丹様の介添えで御膳を召し上がりながら、ふと母御様が仰せになりました。

すかさずお丹様がお応えになります。

「文、遣りまひょ」

旦那様は今頃、どうしておいでか。それはお丹様が日々、胸が張り裂けるほどに思っていらっしゃることでした。

御膳のあと片付けを手早くすませると、お丹様は、母御様のお目の届く所で手紙をお書きになりました。左手に持った巻紙の上にさらさらと、筆の先から文字が流れ出てまいります。

『一筆示しまいらせ候。お国元のご様子いかがさまにわたらせ候や、陰ながらご案じまいらせ候……』

なんの音沙汰もないということは、無事の知らせでございましょうが、ほんの手廻りの物だけを挟箱（はさみばこ）に入れての旅立ち。日数が重なる毎にご不自由も出てまいりましょう。またご城下の様子、ご城代を始め残るご家臣のその後の安否も気にかかります。まさか、ご一同様揃って、はやご切腹ということはないと存じますが、忠義には厚いご家来衆が数多（あまた）いらっしゃることでもございますし、いかなる事態に立ち至るかは誰にも判りません。

生と死。それは紙一枚の裏表をなしておりました。

『……この方、新宅に落着き、女ばかりの所帯ながら格別の難儀もなく、ははさま至ってお健やかにわたらせられ、いよいよこのところ、むずかしき煩いもでず過しおり候間、ご休心くだされたく存じ上げまいらせ候。

綿屋（わたや）、福田屋（ふくだや）、折々見舞いの使い寄越（よこ）され候えば不足がちなることなにひとつ候わねば、これもそもじ様、永年のお勤めの余りと、みなみな感じ入りまいらせ候。

返すがえすこの方のことご懸念なきよう願い上げまいらせ候……』

手狭な家にひしめいて暮らす不自由を、お丹様は毛筋ほどもお見せにならず、むしろ女所帯の気らくさを自慢げにお認め遊ばしたのでございます。

旦那様は、とりあえず藩務を整理なさっただけで、ご家族の今後につきましてはなにも手当てなさらず、すべてをお丹様に委ねて急ぎ赤穂に向かってお発ちになりました。さぞやさぞ、お心残りでいらっしゃいましょう。

お丹様とご祝言をなさる決意をおつけになったとき旦那様には、

（この女が、もっともこの女らしく生きていくための力になれる人間は自分しかいない）

との自負がおありでした。

お丹様が、よりよい生涯を送るための力添え。それは旦那様がご自身と交わした契約であり、無言の誓いでした。そしてお丹様は、無意識のうちに旦那様のその自負にお応えになっていらっしゃいました。

日々の当りまえな暮らしのくり返しの中で、旦那様は思い描いた通りの、快い時間を味わっていらっしゃったのです。旦那様とお丹様はお二人で、お二人にとってもっとも適した生き方を見つけられ、その通りに生きていらっしゃいました。お二人にとって適した生き方とは、もちろん母御様やいよ様も含めてのことですし、さらには京屋敷にご

奉公する者すべてが含まれております。

周囲の者が快く生きてこそご自身も安らぐ。それがお二人の目ざすところで、事実、お二人は揃って殊更らしくなく、それを実践していらっしゃいました。けれども、その快い暮らしは、過ぐる三月十四日、藩公の刃傷沙汰によって断ち切られました。

旦那様は一切の私事を投げ捨て、主家の大事に命ごと当っていらっしゃいました。

（小野寺十内は武士であり、浅野家の家臣である）

一人の人間としてのご自身は、その次に配列されます。そういう世界に身を置くことで、旦那様の現在が成り立っているわけで、快い暮らしの基軸もそこにありました。

（そうどす、そもじ様はお武家で、浅野家のご家来であらっしゃいます）

お丹様はその現実をよくご承知でした。同時に旦那様が、なろうことなら身を二つに裂き、一つを京に留めて、ご自身の契約を完うしたいと思召して、歯噛みしていらっしゃることも。

『……なおなお、お入用の品など候わば、往来の使いにお申しつけくださるべく願い上げまいらせ候。急ぎとりそろえ遣わせ申すべく候。書き記したきことやまやまござ候えども惜しき筆止めまいらせ候、あらあらかしく……たん』

水茎の跡も美しい巻紙がお丹様の左のお手の内からくり出されてまいります。その様子はまるで昼日中から幻術を見ているような、あえかに艶めいた光景でございました。

母御様もお床の内から、一心に筆を走らせるお丹様のお姿を目を細めてご覧でしたが、その視線をお感じになるのか時折、お丹様も顔をおあげになって、母御様へ、にっこり笑いかけます。その笑顔を受けたときの母御様のお顔つきというものは、まるで生まれたてのややさんのように和やかで、邪気を知らぬものでございました。

「はは様、こんなことでよろしゅおすやろか」

お文を書き終えたお丹様は、残りの巻紙を丁寧に巻きしまい、母御様に読んでおきかせになります。

「ええなァ、ええなァ」

母御様はお床の上に座ったままお寝り(よ)も遊ばさず、そのあともしばらくお丹様が、なにかと御用をなさるお姿を頼もしそうに目で追っていらっしゃいましたが、まもなく、こっくりこっくり居眠りが始まりました。

書き上げたお文を持ってお丹様は、自ら室町の綿屋に走ります。呉服所の手代が頻繁に赤穂との間を往き(ゆ)来していると聞き及びましたので、旦那様へのお文を託そうというわけでございます。ところが綿屋の赤穂行きは明後日(あさって)になるそうで、急ぎの用には立ちませんでした。その代り、

「行きがけにお寄りしまひょ、いうてくれはったよって、も一つ二つ、お文が書けます」

お丹様は次の日の朝夕、二通お手紙を書いて、翌日の早朝寄ってくれた旅仕度の綿屋の手代にお託しになりました。

紙を無駄に使わぬよう、あとの二通は懐紙ほどに切ったものに、細かい文字で二段、ぎっしり認めてありました。

それからのお丹様は毎日毎日、暇を見つけては反古紙を利用して、旦那様宛のお文を認めるようになりました。赤穂往来の人にいつでも託せるようにとのご用意でございます。

『母様、殊のほかごきげんよく、本日は少しばかり外歩きも遊ばされ候』

『団子の到来物あり候て、半三までも相伴いたさせ候、みなみな口の果報に与り候て、喜びおり候』

お団子ご持参で主の留守宅をお見舞いくださいましたのは、旦那様ご夫妻が長年お教えを受けていらっしゃいました和歌のお師匠様、金勝先生のお内方でございます。

このところ、毎日の御膳も二、三日先のことまで考えて区切り区切り口にしておりますほどでしたから、お団子の頂き物は、ほんにうれしうございました。

そんな日々のあれこれを認めたお文が、綿屋の手代藤助さんの手に託されたのは四月七日のこと。赤穂藩御用達の呉服所綿屋にはまだ精算されずにいる売掛けの残りがあって、その支払いを受けるのが藤助さんの赤穂通いの一番の目的でございますが、ほかに

ご城内から出される売払い用の品々の品定めをしたり、買取り手を斡旋したりというお仕事もあるそうでございます。

「お城明渡しのお沙汰が下るか下らないかという頃から、売払いをあてこんだ買い手が各地から集まってまいりましてなァ、もうもうご城下はごった返しておりまする」

お道具類の売払いはご城内だけでなく、土地を離れて行かねばならぬ家臣の家々も、品物の良し悪しにかかわらず行います。

「集まる買い手は近隣だけではございません。ずいぶん遠方からも来ているようで、丹波、備前、中には淡路島から船を仕立てて来る者さえあるくらいで、なにもかも飛ぶように売れております」

藤助さんが最初にご城下に入ったときからこの動きは盛んで、一時はご城内に暴徒が乱入し、弓張提灯やら手あぶりやら、壁に掛けてある行灯を力まかせに引きはがしてまでも盗んで行ったそうにございます。

「お家お取潰しとはこういうことか、と乱暴狼藉を働いた賊徒共を咎めるより前に、なにやら虚しい気持ちになりまして、無残なご城内の様子を目にいたしましたときは、しばらくぼうっとしておりました。おそらく、ご家中の皆々様も、失礼ながら手前共と同じような思いでいらしたと存じ上げます」

まもなく心きいたご家来衆が暴徒を鎮め、城外に追い出したそうですが、

「惨めなことなァ」

ぽつりとつぶやいたお丹様の一言は、まことにお家お取潰し、お城明渡しに関わるすべてに通じる一言でした。

暴徒も惨め、ご家来衆も惨め、お城も惨め、その様子を見た者も聞いた者も惨め……

五

赤穂のお城は浅野分家二代長直公が、旧領常陸国笠間から播磨国(はりまのくに)赤穂へ転封なされた後にお築き遊ばしたもので、所の名に因(ちな)みまして加里屋(かりや)城とも呼ばれるそうにございます。当時、徳川将軍家は三代様で、世の中はすでに戦国を脱し、太平の御世(みよ)安泰の行く末が見えて来た時期でもございましたので、三方を山に囲まれ、南は海に面するという格好の要塞の地にありながら、太平の御世にもふさわしくあるべしと、ご城門の一つに船入りを設けまして、海とお城との往来を容易になさいました。

赤穂は塩の国でございます。ご城下に広がる塩田は日の本一と承ります。

浅野長直公は築城のみならず塩の生産にも流通にもお力を注がれまして、赤穂の塩は年々増産されると共に、古くからの塩問屋が繁栄しております大坂だけでなく、遠く江戸までも、直に運ばれるようになりました。

また赤穂は、このように海辺の土地でございますので井戸を掘りましても汐水が出て飲用になりませず、川の水を引いて日常の用にあてておりました。

これも長直公が従来の水道をさらに整備なさいましたお蔭で、ご城内は申すに及ばず、城下の家々までも水道の水が簡単に飲めるようになったのでございます。

長直公は、ご城下に住む領民の暮らしも共々に、子々孫々まで伝えることを目標にこのお城を、お築き遊ばしたのでございましょう。完成までに十四年の歳月を費やしたとうかがいます。

そして完成から四十年、お城は今、人手に渡ります。水道も塩田も、塩の俵を山積みして、播磨灘、遠州灘を往来した船舶もご城下の繁昌も、みんなみんな浅野家の手の届かないものになってしまいました。

侍屋敷引払いで、武具や調度の売立てに群がる人々のことも私は、

——まるで甘いものに群がる蟻ではないか——

浅ましく感じてしまいます。

以前、大石久満女様のお手元におりました折、きれいなお菓子を拝見したことがございます。それは禁裏御用を務める虎屋黒川のもので、丸めた小豆の餡の周りを、細かく刻んだ若竹色の餡で飾り、頂点に一粒、真紅の餡を添えた結構なお菓子でございました。

その折の久満女様のお話には、

「将軍家も三代様まではご入洛あって、御所への案内をお果たしなされたが、四代様家綱公もご当代綱吉公も、ご上洛遊ばされぬ。それゆえ、お気の毒なことに、虎屋の生の菓子をお口になさったことがない。我ら、京に住む者の果報は公方様以上じゃ」

とありました。

生菓子は日保ちいたしません。従いまして虎屋が江戸の将軍家に献上するお菓子は干菓子でございます。干菓子も意匠を凝らした結構なものが沢山ございますけれども、生菓子の舌ざわり、風味はまた格別で、これをご存知ない公方様は、確かにお気の毒と申せましょう。その典雅で繊細な味と見た目の美しさに接することのできる京人は、公方様に優る果報を得ている、と申しましても過言ではございますまい。

久満女様は決して物惜しみをなさる方ではございませんので、地下の者では得難い結構なお菓子でも、少しずつ切り分けてお相伴させてくださいます。その折も二つ頂いたうちの一つを切り分けて、私にもお味見をさせてくださいました。舌に染み入る雅びな甘さをなんと表現いたしましたらよろしいでしょう。雲に乗って虚空を漂ってでもいるような夢見心地になりましたのを、今でもよく覚えております。

そのお菓子、今一つありましたのを久満女様は大事に遊ばし、食籠に入れてお居間のお厨子の上に置き、翌日召し上がるのを楽しみにしていらっしゃいましたところ、なんと、そのお菓子に蟻がたかってしまったのでございます。翌朝、「おはようございま

す」のご挨拶にお居間へまいりますと、久満女様がお厨子の前で立ちすくんでいらっしゃいます。

――なにごと？――

ふと目をやりますと、お厨子の上に置かれた食籠から黒い線が一本のび、それは小刻みに動きながらお厨子の柱を伝い、畳を這い、縁先に出て中庭まで続いておりました。蟻でした。何千匹、いえ何万匹でございましたろう。こんなに沢山、一体どこにおりましたものか。どうして、ここにお菓子のあるのを知りましたものか。食籠の身と蓋、上下ぴったりと合っているはずのところからその黒い線は忍び込み、若竹色のお菓子の表面は、その形のまま黒一色に覆われておりました。

大変不謹慎ではございますが、赤穂のご城下に群がる人々が、私にはこのときの蟻のように思えてなりませんでした。

久満女様はこのあと、

「菓子供養じゃ」

と仰せられて、お庭で焚き火をさせ、蟻に蹂躙されたお菓子をそのままくべて、灰にしておしまいになりました。

たかった蟻にとりましては火炙りでしたが、そのほかの一本の線になっていた数多の蟻は、まもなくいずくへともなく姿を消してしまいました。

久満女様はずいぶん、いまいましく思召していらしたようですが、騒動が一段落いたしますと、なにやら愉快そうなお顔つきになっておっしゃいました。

「どうでも蟻に生まれねばならぬのなら、京の蟻に生まれたがよい。公方様さえ上がれぬ生菓子を存分に喰らいおる。果報なやつ」

京の蟻は果報でも、赤穂ご城下の有様は思うだに浅ましい。けれども藤助さんがいうように、これこそがお家取潰しというものの真実の姿なのでございましょう。目をそむけることも避けて通ることも許されず、否も応もなくご家来衆は、その渦中に引きずりこまれたのでした。

四月七日、綿屋の藤助さんに託された旦那様へのお文の返事は、四月十六日夜、別人の手によって京の留守宅に届けられました。

文使いの頼まれ手は輪違屋長兵衛というお方で、四條にある屛風所の主人でございます。長らく娘御を赤穂のご城内へ腰元奉公に出しておりましたが、此度の大変でお暇が出たため、迎えに行った由。娘御を四條の自宅に送り届けてから、旅装もとかぬまま訪ねてくれました。

「小野寺様のお手からじかにお預かりしたお文でござります」

懐中から取り出したものは、油紙に包んだ分厚いお文と金包みでした。

「確かにお渡し申しました」

「確かに受け取りました」

お丹様は二包みを両手に受け、お顔の前で二度、ゆっくりと押し頂きます。夜中のことで、母御様といよ様は先にお休みでしたが、お丹様は早速お文を広げ、端近に出て折から中天近くにかかる十四日の月の光を頼りに文字を拾っていかれました。

宛名はおたんどの。紛れもない旦那様のご筆跡でございます。

お丹様はまず一気に目を通し、それから書かれた文字を一字一字、脳裏に染みこませるように読み直していらっしゃいます。

日付は四月十日。旦那様はまだご存命でした。

お文には大旨次のようなことが認め(したた)てありました。
○母様ご無事をうれしく思っていること。
○一層の介護を頼むこと。
○丹、いよ共につつがなくあることを祝着に思っていること。
○我が身の上についての気遣い、さぞさぞと察していること。
○小野寺家は小身といえども父祖代々百年の君恩に与(あずか)っていること。
○小野寺の一族は日本国中に多くいるゆえ、こういう場合、自分がうろたえては一門の恥になること。従って時を得しだい潔く死ぬ覚悟でいること。

○老母、妻子を忘れているわけではないが、武士の義理なれば死も致し方ないこと。
○思いがけぬ事態になって我が身の上が、まるで昔語りの浄瑠璃（じょうるり）のように思えるが、今は日頃の欲もなく、氷のように清い心になっていること。
○再仕官を望んでいる者もいるが、今の世の中、それは覚束（おぼつか）ないこと。
○藤助に京の家族のことよろしく頼むと伝えたこと。知人に挨拶もせぬまま出京してしまったので各方面へよろしくと伝えて欲しいこと。
○赤穂城受取りのため、お目付衆が十三日に到着すること。
○金十両遣わすこと。こちらは一銭も必要ないので心配しないこと。
○半三郎、ろくへ。よく使われてくれること。

ご遺言でございます。旦那様はやはり、死ぬものと決めていらっしゃいます。それでもやはり後々に心が残るのでしょう。殊に、お年寄られた母御様にそう長い未来は残されておりますまい。そのご臨終に居合わせない不孝を思い、お丹様には後事をすべて託してしまう詫（わ）びをしていらっしゃるのです。

長いお文を何度も読み返すお丹様のお姿が、月の光を浴びて、黒く沈んだ家の中に浮かび上がります。

月の夜は灯をともしません。油代を節約しておりますので。

お文を読み返す間もお丹様は何度か、そっと懐の上を手でおさえられました。懐には旦那様から遣わされた十両が収められております。これからの小野寺家の、生命を繋ぐ十両でございました。

「ろくも、早う寝や」

お丹様の仰せのままに、私も床に入りましたが、なにぶんにも狭い家のこと、部屋の隅に敷いた布団の中からでも少し首をもたげれば、家中ほとんど見渡せてしまいます。お丹様は、お文を持った手を軽く懐の上にあてて、じっと月光の中に座っていらっしゃいました。

私は寝た振りをしながらそのお姿をそっと見つめておりましたが、ほどなく睡魔に襲われて寝入ってしまいました。

朝餉の前に、お丹様は、昨晩のお文を母御様といよ様に読んでお聞かせになりました。

「十内は息災でいやるか」

母御様は歯の少なくなった口元をほころばせて、幼児のようなあどけない笑顔をお見せになります。

「浄瑠璃の世界にいるようやて。まァ父様の暢気らしい」

お目に涙をにじませながら、いよ様はわざと強気におっしゃいます。ご養女なので、いよ様にとって旦那様は父君でございますし、姉君のお丹様のことも、お年の差は八つ

しかございませんが、人前では「姉様(あね)」ではなく「母様(はわ)」とおっしゃいます。

「武士の義理に捨つる道、是非におよばず候。がってんして深く嘆きたもうべからず……」

お丹様は淡々と読み進んでいらっしゃいます。けれども私は気がつきました。旦那様のお文を全部お読みではありません。お丹様がとばした箇処には、こう記されておりました。

『わずかの金銀家財、これを有り切りに養育してまいらせ、お命なお長く、宝つきたらば、ともに飢え死に申さるべく候』

生い先の見えた母御様のご臨終を、なんとしても見届けて欲しい。しかしながら、それより前に生命の糧の金銭が尽きてしまったときは、一緒に飢え死にしてもらいたい。

お丹様はこの件(くだり)を、旦那様と交わした、お二人だけの宝物として、大事にお胸の奥へしまわれたのでございます。

終りの始まり

一

思いもかけぬ一大事が出来(しゅったい)して一月(ひとつき)余り。あとからあとから心配事が追い討ちをかけてきて、もう大概のことでは驚きもせず、胸の詰ることもない、と開き直るような気持ちになっておりましたが、あの日のことだけは生涯忘れられぬと存じます。

四月二十一日、夜半のことでございました。

繕い物などの夜なべ仕事をすませ、床に入っての寝入りばな、雨戸の外に人の気配がいたしました。私は咄嗟(とっさ)に起き上がります。同時にお丹様も起き直り、枕辺に置いてある懐剣を手に取って身構えました。私は暗がりでも、かなり目が利きます。

いよ様も布団をはねのけ、雨戸の方に目を向けていらっしゃいます。誰かが雨戸を忍びやかに叩(たた)いているようです。

「誰じゃ」

お丹様が母御様の傍（わき）に、にじり寄りながら声をかけ、私は注意深く雨戸に近寄りました。

そのとき私は気がつきました、雨戸の外の気配の正体を。

「儂（わし）じゃ」

という外の答えと、お丹様が雨戸に駆け寄るのと、私の手が雨戸にかかるのが同時でした。

旦那様でした。手甲脚絆（てっこうきゃはん）に小さな包みを背負い、右手には小田原提灯（おだわらぢょうちん）、左手に菅笠（すげがさ）を持って立っていらっしゃいます。

一瞬、時間が止まりました。誰も動かず口をきかず、提灯のほのかな灯影だけが生き物のように見えました。

「ようこそお帰り遊ばしました」

ややあってからお丹様が手をつかえてご挨拶をなさいます。

「今戻った」

旦那様が生きてお戻りになりました。

私は大急ぎで台所の土間へ、お濯（すす）ぎの盥（たらい）を取りに走ります。

このころには板の間に寝ている半三郎おじさんも起きてきて私と一緒に外から廻（まわ）り、

洗足なさる旦那様の、脚絆草鞋などを片付けておりました。

「只今帰着いたしました」

旦那様は、まず母御様にご挨拶なさいます。お部屋に敷き詰めてあった寝具は片隅に寄せました。

「十内か、よう戻りゃったの」

母御様は、そこだけ残したお布団の上に正座なさって、お応えになります。

「ご不自由をおかけいたしました不手際の段、なにとぞご容赦くださいませ」

「お勤めは首尾よう果たせたか」

「当座の首尾は整いましてございます」

「それは重畳じゃ。まずはゆるりと休息したがよい」

「恐れ入りましてござりまする」

その場で旦那様はお着更えをおすませになります。

お丹様が夜なべ仕事に縫い直した小袖。これを縫っていらっしゃる間は、果たしてこの小袖に持ち主着用の時が与えられるのかどうか、見当がつきませんでした。ことによったら形見になってしまうかもしれない小袖を、お丹様は二夜さで縫い上げられました。

このところお丹様はとみに目が遠くなっておいでです。昼間はともかく、日が落ちますと細かい仕事ははかどりません。

「針のメドがよう見えん」

針に糸を通すのは、私のお役目になりました。その小袖に今、旦那様が手を通していらっしゃいます。

旅の塵(ちり)を落としてさっぱりとなさった旦那様は、ぼんやりとそのお姿を見上げておりました私に向けて、

(どうじゃ、似合うか)

両袖をぽんと、勢いつけて広げてお見せになりました。

ふいのことで私は狼狽(うろた)えてしまいましたが、旦那様が今、私がここにいることを、お心に留めていてくださったことがうれしくて、思わず小謡(こうた)を歌うときのような大きな声でお答えしてしまいました。

「はい、お似合いでいらっしゃいます」

お丹様を始め皆様のお目が私に集まります。今度は急に恥ずかしくなって、私は俯(うつむ)いてしまいました。皆様のお耳には旦那様の無音のお声は届かず、私の声だけが突然響いたのでございますから。

けれどもそれを機会(しお)に旦那様のご帰着を祝う宴(うたげ)が始まりました。と申しましても御酒は一滴もございません。日暮れ方、仏光寺様の井戸から汲(く)んで来ておいた水を御酒代りに、肴(さかな)は蕗(ふき)の煮物。どなた様も眠気が失(う)せたと見え、このお家にはめずらしく誰も誰も

が、なんじゃやらはしゃいだ気分になっておりました。

まもなく隅の方に緊張した面持ちで座っていた半三郎おじさんが居眠りを始め、お床の内で旦那様のご様子を頼もしそうに眺めていらした母御様もうつらうつら。お丹様、いよ様そして私まで交わって旦那様を囲み、ご不在の間のあれこれを互いに語らいましたが、お話の中味の深刻さに比べて、その場の雰囲気のなんと楽しげでございましたことか。小野寺家にまいりましてから、と申しますより生まれてこの方、私は、あんなになごやかで陽気で浮かれた時を知りません。

——朝になったら虎屋まで走って行って、水を汲ませてもらおう——

お菓子造りには名水が必要とうかがいます。虎屋の井戸はきっと上等の水が汲めるに違いありません。

——それとも遠出して、石清水様の湧水を頂いて来ようか——

石清水八幡宮まで、ここから三里はありましょう。しかも急な昇り道。一日がかりの水汲みになりましょうが、旦那様に喜んでいただくには、赤穂でお馴れになった水道の水でない、生まれたての清水をお目にかけるよりほか方策がないように思えたのでございます。

「ろくが、またなにか物思いをいたしております」

いよ様が目ざとく私の心の内をお読みになりました。お側近くにいることが多いので、

私の有りようもよくご承知でいらっしゃいます。

「お水を。旦那様にもっとよいお水を」

精いっぱいの思いを籠めて声に出します私の片言を受けてお丹様は、

「ろく、おおきに、朝になったら一番に、お寺のお水、頂いてきておくれ」

いつも通り、お寺様の水を汲んで来るようお命じになりました。

いつも通りとはいいながら、旦那様のご帰着のお祝いになにかをしたいと願う私の気持ちは、察していてくださいます。

なんですか明日からの水汲みが、特別楽しいことのように思えてまいりました。

それにいたしましても丸二日間、歩き通しでいらした旦那様はさぞお疲れでございましたろう。けれども、ここ一月ほど、ないものと決めていた生命(いのち)を拾い、二度と逢(あ)えぬと思っていたお丹様との再会も果たされたことで、さしも冷静な旦那様も幾分お気が昂(たかぶ)っていらしたのでございましょう。寝もやらずお話を続けられ、気がついたときは短か夜が明けかかっておりました。

二

旦那様のお話によります赤穂の様子は、次のようでございました。

晦日に京屋敷を発った某は、三日夜赤穂城下に着き、城内に直行して国家老城代大石内蔵助殿に逢った。

大石殿は凶事の第一報を受け取った直後から藩札の引換えを検討し、それは十日間で終了した。格別の混乱に至らなかったのは、ひとえに大石殿の即断による裁量のお蔭である。

「ご城代が一番大切になさったことは、浅野家の名誉と大名としての矜恃なのだ」

殿様が刃傷に及んだ事情については詳らかではないが、とにかく幕府からお家断絶の沙汰が下った。武家にとってこの沙汰は、経緯の如何にかかわらず最大の屈辱である。

「されど、屈辱をはね返す方法が一つだけある。大名家の誇りを失わずにことの始末をつけることだ」

幕府の定めた法に少しも触れることなく、しかも浅野家の名誉を傷つけずに大石殿は、みごとに断絶の後始末をつけていった。

その間に、赤穂から江戸へ向けて使いを出し、詳しい事情を訊ねたり、また家中一同の鬱憤を記した書付を幕府に提出しようともしたが、いずれも不首尾に終った。一度決まった幕府の裁断が覆るはずもなく、大石殿のやり方を批難する者もいたが、それは間違いである。

「ご城代は時を稼いだのだ」

主君の刃傷、切腹、家の断絶、城明渡しと、矢継ぎ早に襲ってくる出来事に加えて、その原因となった吉良上野介（こうずけのすけ）が存命の上、幕府の手厚い保護を受けていると知って、家中一同殺気立っている。今にも押っ取り刀で江戸の吉良邸へ駆けつけ、上野介の白髪（しらが）首（くび）を討ち取らんと血相変えている者もいれば、城受取りの使者が来たら迎え討って死ぬ覚悟と豪語する者もいる。加えてご親戚筋からは、とにかくことを穏便にすませるようにとの助言が、度々寄せられる。

それでなくても、体があと三つ四つ欲しいほど多忙を極める大石殿、万が一にもうかつな判断、無闇な発言があってはならぬ、と自らを戒め、そのための方便として、

「江戸へ遣わしました者の返事が着きしだい、ことの決着をつけまする。それまでご一同、個々の動きはお慎みいただきたい」

使者を利用したのである。踏むべき手順をきちんと踏んでいるという表向きの言い訳にも、使者の存在は通用した。

城下には隣国の忍びが潜入し、赤穂の動きを探っている。家財売立てをあてこんで集まった買い手の内にも、多数の忍びが紛れこんでいた。中には、わざと小競り合いを起こして、城方の出方を探る者もいる。

ただでさえ殺気立っている城方がもし、うまうまその手に乗って騒動を表沙汰にした

暁には、「それ、赤穂が合戦に出た」と注進が諸国に走り、幕府の采配の下、近隣一帯、再び戦国の世に戻るであろう。

武士は戦うことが本分であるゆえ合戦は望むところだが、まだことの実否が糺されてもいないうちに己れの腹が癒えぬからとて見境なく人を殺傷し、田畑を荒し、家を焼くのは合戦ではなく、単なる乱暴狼藉にすぎない。

抑々、武士が生命を賭けて戦う意味は、のちのちの幸せを考えてのこと。己れの一命を賭けても守るべき他の生命があればこそである。それは身内であったり、領民であったり、主家であったりと様々だが、いずれにしても己れの『死』の後に数多の『生』が約束されていればこその合戦である。

今、浅野の家臣が合戦に打って出たとしたら、守るべき身内の生命も、幕府に楯突く者の余類として共に重罪に処せられるであろう。浅野家は屈辱の上に恥辱を重ね、名誉も誇りも地に落ちて、後の世までも笑い草にされてしまう。

「それだけは避けねばならぬ。絶対に避けねばならぬ」

隣国の忍びとて、あえて戦いを望んでいるわけではなく、もしも赤穂が反逆に出た場合、巻き添えにならないよう万全の備えをしておくために城下に忍び、家臣の動きを探っているのである。

かくのごとき緊張の只中に、身辺からも、城代家老の真の存念を聞きたいと、やいの

やいのと詰め寄られる。大石殿の器がいかに大きいとて、堪忍なり難い一瞬も出て来よう。

「時を稼ぐのは、上分別であった」

それでもまだ、広島のご本家や奥方様お実家の三次浅野家からの使者が来て、「くれぐれも粗忽なきように」との申し入れがあったし、大垣藩戸田家に至っては、赤穂の一挙手一投足にぴりぴりとして、かえってこちらの方が気の毒に思うほどであった。

しかしそれも無理のない話ではある。大垣藩当主戸田采女正氏定公は、亡君浅野内匠頭長矩公とは従兄弟の関係にある。共に母君が、鳥羽三万五千石、内藤飛騨守忠政公のご息女で、内藤家現当主は弟君の和泉守忠勝公である。先年、そのご当主が、将軍家の法要が営まれた芝、増上寺において乱心し、同席していた丹後宮津城主永井信濃守を殺害した。忠政公はその場で取り押さえられて切腹。内藤家は断絶したのである。

同じ血筋の従兄弟同士、戸田氏定公もいつか乱心し、将軍家の重要な行事の最中に刃傷沙汰を起こすのではないかと、家臣はもとよりご当人も相当以上に気をもんでいたと思われる。

幕府は強かで冷酷だ。大垣藩の苦悩を逆手にとって、赤穂開城の後見役を命じる。もしも浅野家の遺臣たちに些かなりとも不穏な素振りが見えたら一蓮托生、大垣藩も無事ではすまないとの暗黙の契約がここで成立してしまった。

「くれぐれも心得違いのなきように、諸事穏便に、穏便に」

三月二十八日に到着した第一陣の使者を始め、第二の使者に立った大垣藩国家老、戸田権左衛門も二言目には同様の発言をしていたが、これも、そうした背景があったからである。

結局、戸田権左衛門は四月十九日の開城まで赤穂に滞在していた。その間、もっとも気にかかっていたのは、幕府看視の下、江戸藩邸内で蟄居中の大垣藩当主、采女正氏定公のお身の上についてであろう。殿様、内匠頭長矩公が起こした殿中刃傷の一大事は、芸州浅野ご本家はもとより、広くご親類中全体にその累が及んでいて、どちら様も出仕を止められ、謹慎を余儀なくされておわした。中でも同じ内藤家の血筋を継いでいる戸田氏定公は謹慎に入るまでの数日間、ほとんど不眠不休で事後の処理に当っていられたという。

氏定公が一大事の知らせを受けたのは三月十四日、江戸城内白書院にご勅使をお迎えし、将軍家の勅答の儀が行われる直前であった。

驚いた氏定公は他のご親類中と共に儀式への出席遠慮を申し出、直ちに別間で謹慎の形をおとりになったが、氏定公一人、大目付、仙石伯耆守様の呼出しを受け、

「内匠頭家来共、立ち騒いでこの上の騒動起こさざるよう、きっと看視すべきこと」

と申し渡された。

当家の家臣の多くは、御勅使御饗応の席となる伝奏屋敷に詰めている。氏定公は直ちにその場に向かい、当家江戸家老、安井彦右衛門に事の次第を告げ、

「とにかく今は、饗応役後任に役目を引き渡すことが先決。しかるのち、速やかにこの場を立ち去るべきこと」

大目付の命令を伝えた。

饗応役後任は下総佐倉藩、戸田能登守忠真公である。まったく突然のご下命で、公もさぞかしご迷惑に思召されたことであろう。が、ともかく、お役目の引渡しは穏便に終った。渡す方も受け取る方も狼狽えている暇さえなかったというのが本音であろう。

氏定公は伝奏屋敷内の引渡しを確認ののち一旦、呉服橋の藩邸に戻られたが、その間にも、当家藩邸へご家来衆を遣わされ、事の次第を告げると共に鎮静に努めるべき旨を厳しく伝えさせられたのち、直ちに謹慎に入られた。しかし、ほどなくご老中よりお呼出しがあり、当家鉄砲洲藩邸に赴き、藩士の動向を見届けるようご沙汰が下って直ちに着任された。

『内匠頭、切腹仕り候事』

殿様ご切腹の場所に指定された屋敷の主、田村右京大夫様からすべてが済んだ旨を知らせる切紙が鉄砲洲藩邸に届く。

幕府側の指示のままに当家家来が田村邸に出向き、殿様のご遺骸を受け取って泉岳寺

に葬る。

　奥方様ご実家三次浅野家からお迎えが来て、すでにお髪(ぐし)をおろされた奥方阿久利(あぐり)様が、藩邸を後になさる。同時に藩邸内の女子(おなご)どもも残らず引き揚げて行き、数名が奥方様のお供をしていったほかはみな、宿元へ戻った。

　三月十四日はかくして暮れ、そして明けた。

　赤穂浅野家江戸藩邸の明渡しは三月十七日。家臣共は十六日中に全員引き揚げ、幕府側へ引き渡す際、戸田公に従って立ち会ったのは、江戸家老筆頭藤井又左衛門(ふじいまたざえもん)以下、重臣数名だけであった。この間、戸田氏定公はずっと鉄砲洲藩邸に詰めておられ、お着更えもご入浴もままならぬ日々をお送りであった。

　さらに戸田公は、赤穂城明渡しについても幕府から、

『円滑に行われるべく、諭すべき事』

の任務を課せられ、

『城中みだりに手をつけざる事。武具、書付の類、すべてそのままに致すべき事』

などの暁諭書(ぎょうゆしょ)を携えた使者を赤穂に向け出発させた。

江戸を発した使者は途中、国元大垣に立ち寄り、供揃(ともぞろ)い整えて改めて赤穂へ向かう。

これが三月二十八日に到着した大垣藩使者の第一陣。第二の使者戸田権左衛門が赤穂入りしたのは四月六日。某、小野寺十内の赤穂到着はその三日前であった。

お使いは戸田家からだけではない。ご親類方が次々と重臣を使者に立てて赤穂入りなさる。その度に当家は国家老以下目付、用人などが宿舎までご挨拶に出向くのである。ご用向きはどちら様も同じことで、

「速やかに開城すべし」

これに尽きた。

応答するのは大石殿一人だ。その一言一言に敵味方を問わぬ数多の耳目が集中する。まことに想像を絶する緊張と抑圧の日々であったと思う。

「ご城代はよく耐えられた」

が、耐えられなかった者もいる。家老の一人、大野九郎兵衛である。

三

大野九郎兵衛は元々毛利家の領地、周防国徳山在の者であったが、縁あって赤穂藩浅野家の家臣となった人物である。時は貞享二年（一六八五）、某が丹と祝言をあげ、京屋敷留守居役の正座についた年である。

「大野九郎兵衛ほどの人物、そうそう見出せるものではござりませぬ。お抱えになれば必ずご当家の仕合わせとなりましょうが、他家からも多く誘いの手がのびております、

急ぎご決断を願わしう存じまする」

しきりに大野を推挙したのは重臣の一人、外村源左衛門だと聞いている。仕官の口を求めていた大野が、以前から知り合いであった外村に働きかけていたのだ。外村は、藩務にはあまり役立たぬが、口が上手く、なにやら裏で動き廻っては私財を肥やすのに躍起となっている、と噂されていた。

十九歳でおわした内匠頭長矩公は外村の進言を受け入れて、大野九郎兵衛をお抱えになった。

大野九郎兵衛は財務に長けていた。

この二年前、今回と同じように殿様は幕府から勅使饗応の役を仰せつかり、無事にお役目を果たし終えられていたが、出費が嵩み、藩の財政は非常に苦しくなっていた。また時期を同じくして、阿久利姫様とのご祝儀もあり、殿様はまた、初めての参勤の経験も遊ばした。財政の逼迫は度を増した。

そういう時期に大野は採用されたのである。

彼は藩の財政を豊かにし、藩政の向上におおいに貢献した。

この頃、赤穂のみならず各藩とも、一時期ほどではないにしろ人材の入替えをよく行っていた。世の中が戦いに明け暮れた時代から太平の御世に移り、藩の経営にも自然、変化が出て来たところから、どこの藩も政務の切替えを図っており、その一環に人材の

入替えも含まれていたのである。

武力一辺倒の家臣を放出し、より充実した藩政を推進できる文官を採用しだした時期であった。領地拡大を望めない太平の世にあって、藩を支え、発展させていくためには現領地からの収穫に頼る以外、方策はない。従って家臣に要求されるものは領地を戦い奪る武力ではなくて、限度ある領地から得られる収穫を、最も有効に活用させる能力であった。

ご当代は大野の能力を非常に高く評価しておられた。

「大野は利け者じゃ。父上の御代より儂の代になってからのほうが、ぐんと藩の経営がらくになった」

藩の経営がらくになったのは塩田からの上がりが増えたからだ。そして、その塩田は、ご当代の祖父君にあたられる長直公が従来からあった塩田を整備され、上質の塩が増産される仕組みをお創りになったものである。

赤穂藩は財政が豊かであると、諸国に評判が行き渡ったのも、塩田のほか、城下町や水道の整備をし、家臣のみならず領民の暮らしにまで配慮遊ばした長直公のご仁政の賜物である。もっとも、その評判のせいで、十八年の間に二度も勅使饗応役を幕府から命じられる羽目になったわけだが。

ほぼ三百もある大名家の中から、なぜ赤穂浅野だけが当主一代のうちに二度も大役を

拝命しなければならなかったのか。答えは判っている。赤穂が裕福だからだ。

幕府は大名家が裕福であることに危機感を持っている。軍備を整え、いつ江戸へ侵攻して来るか知れないという恐怖が、大名家に課す様々な夫役となって現れる。大名家は莫大な浪費を強要されるのである。

「再度御饗応役拝命とは、ご名誉なことでござる」

他人は無責任に羨しがってみせるが、その実、自藩に出費の厄難が降りかからなかったことを密かに感謝しているのだ。

確かに赤穂は恵まれている。此度の勅使饗応についても、一切の負担を藩が負ったが、それでも屋台骨は揺るがなかった。しかし恵まれているのは藩で、そこに属している藩士まで恵まれているわけではない。およそ藩士と名のつく者で、藩公のお為を思わない人間は一人もいない。みな、お家の為、藩公の名誉のために働いている。従って藩の発展を喜ばない者はいない。しかし、そうした藩士の働きに藩政は報いているか。藩公の目は行き届いているか。否である。

「たとえば大高源五を見るがいい」

父親が死んだとき源五は五歳だった。まだ児小姓に召される年齢でもなく、立派な嗣子でありながら禄を返上し、代りに従来の石高の一割に当る二十石が支給された。

「それは仕方がない。それが決まりになっているのであるから」

しかし源五は成人し、少禄にもめげず真面目に働き、お家の為、藩公の為に日夜、陰日向なく与えられたお役目を務めている。それでも禄高は元に復していただけず、二十六年間二十石のままだ。

しかるに大野九郎兵衛は、ご奉公以来わずか十六年の間に、六百五十石の高禄を頂く家老職にまで成り上がった。進言者であった外村源左衛門の四百石をしのぐ勢いである。

それもいいとしよう。大野の働きがそれだけ秀れていたのだと納得しよう。しかし、これがもしご先代であったなら、目立たぬところで黙々と藩務に勤しむ源五の存在も、決してお見逃しにはならず、必ず時機を見て禄高を元に戻してくださったはずだ。ご先代は、赤穂藩の基礎を家臣と共に築かれた父御様のご事業を、じかに御覧になっておられる。しかるに九歳で当主になり、十七歳まで国元を知らずに江戸でお育ちになったご当代には、笠間時代から代々浅野家に仕え、当主不在の赤穂にあって領地を守り、江戸表に仕送りしていた国侍の立場など、ご配慮の外にあった。

「些か僻み過ぎる、と人の謗りを受けようが、おもねる者とそうでない者との見極めがおつきにならぬご当代を拝見していると、そう思えてしまう」

だが、ここへ来て本性が出た。大野九郎兵衛には、浅野家への愛着心とか忠誠心というものの持合わせがない、ということが判った。

彼にとって浅野家の断絶は、ここでの実績を引っさげて次の奉公先を求め、よりよい

条件で仕官する機会以外のなにものでもなかった。この時、大野の一番の関心事は、殿様を殿中での刃傷にまで追いこんだ原因の究明でもなかったし、もとよりお家再興の嘆願書を幕府に提出することでもなく、ただひたすら家臣たちに配分される最後の報酬の高だった。

そのお金配分は前後二回に分けて行われている。

第一回は四月五日。城中に貯(たくわ)えてあった軍用金があてられた。

二回目は江戸藩邸から送られてきた亡君の遺財によって四月十一日に実施された。

「石高割で配分されるがもっとも理に適(かな)った方法であると存ずる」

という大野九郎兵衛のいい分に対して、大石殿は次のように主張される。

「石高の少ない者にまず厚く、順次上がるに従って薄くする所存でござる」

最後まで大野はこの方針に異を唱え続けていたが、同意する者はほとんどなく、形勢不利と見たか大野は翌日の登城を見送り、その夜、いず方へか逐電してしまった。目ぼしい家財はあらかた取りまとめて知るべの方へ預け、金めのもののみ身につけて出たということであるから、当初より浅野家の最期を見届ける気はなかったのであろう。

彼奴(きやっ)はしきりに、

「開城でござる。幕府の意に叛(そむ)いてはならぬ」

と叫んでいた。

若侍の中には、

「幕府より城受取りの一隊が到着した暁には、これを迎え討ち、城を枕に討死いたそう」

血気に逸(はや)り、先祖伝来の甲冑(かっちゅう)を早くも身につけている者もいたし、

「幕府の一隊を死装束で迎え、家中一同揃って切腹してみせるのが、無念のうちにお果てなされた亡君へのご恩報じと存ずる」

死を急ぎたがる者も多くいた中で、開城を口にするのは、なかなか勇気のいることで、大石殿にしても、まず開城と決めていたのだが、うかつにこれを主張するとかえって若侍の純情を逆撫(さかな)でることにもなりかねないため、発言は慎重にしていたのだ。

大野にその慎重さはなかった。開城を口にするのも勇気からではない。早くこの重苦しい空気から抜け出し、自らの意に添うた天地を求めて飛んで行きたい一心からである。

それならそれでよい。大野ごとき横道者、いない方が大石殿の足手まといにならず、かえって都合がよい。とはいうものの、藩の重職にありながら欠(かけ)らほどの責務も負わず、己れの欲望のままに行動する彼奴の有様は、いかにも腹立たしかった。

それにつけても大石殿は人物だ。卑劣漢大野九郎兵衛を引き止めようとしたのである。

「重役のご貴殿が不在では、幕府の使者に対して礼を欠くことになる。ぜひお留まり願いたい」

若侍たちは、そんな大石殿の態度を歯がゆいと批難した。中には、

「ご城代は腰抜けだ。大野のような狸侍におもねっている」

と極論する者さえいた。大石殿はそれらに対してなんの反論もなさらぬ。しかし、某には理解できた。

手順なのである。

止められたからといって大野は留まりはしない。よしんば此度のような不祥事が起こらず、浅野家が安泰であったとしても、他家から好条件で誘われたとしたら、彼はあっさりそちらに動いたであろう。ただ、当今、どの藩も体制が落着いている上に財政が逼迫しているので、新しい人材を求める必要も余裕もないため、大野も仕方なく浅野家に腰を据えていただけなのである。

ご当代はそういう大野九郎兵衛を重用され、塩田からの収穫の向上までも大野の手柄になさった。

大石殿が踏む手順は、今は亡君となられたご当代浅野内匠頭長矩公への御手向けである。あの重用を考えれば、無駄と判っていても引き止めざるを得ない。

「亡君は実によいご家来をお持ちなされた」

もっともよい家来である大石殿が、家臣の筆頭、城代家老であることは、なによりも亡君にとって結構なことであったし、我ら家来一同にとっても幸せなことであった。

某は赤穂に着任するなり自らの存念を大石殿に告げていた。

「すべて、ご城代と同腹でござる」

詰所の若侍たちにいきなり、

「小野寺殿は開城か、切腹か、幕府軍と一戦交えて討死か、いずれでござる？　ご所存が承りたい」

と問い詰められたときも、いうことは一つだった。

「憚り（はばか）ながら、ご城代のお考えを某の考えといたす所存でござる」

大石殿が切腹といったら切腹、討死と決めたら討死。どんな場合も某は大石殿と同じ行動をとる決意をしていた。その決意は今も変っていない。なぜなら大石殿は、浅野の遺臣がとるべき行動はなにか、それを明確に把握しているからだ。

間違いない、大石殿の腹は決まっている。ただものの順序として、大名家の遺臣がとるべき手順を踏んでいるだけだ。

「某はご城代と同腹でござる」

この決意は未来永劫（えいごう）変らない。

四

赤穂開城について、なぜかくも家臣たちが異議を唱え、幕府の命に叛く姿勢を見せたか。それは一にも二にも相手の吉良上野介にお咎めがないばかりか、以後も手厚く保護されているからである。

「殿様のご切腹は、残念ではあるが殿中での法度を破り、不調法があったと判明している以上、我らも納得するしかない。しかし、それは、相手が卒去、または追ってのご成敗があった上でのことだ。内匠頭家臣が幕府の裁断に鬱憤を覚えるのは当然であろう」

そこで大石殿は、まず家臣の存念を伝える書付を幕府役人宛に送ったのだが、行違いがあって先方に届かなかったことが判明し、家臣たちの無念の思いは一層募った。

城内では毎日、開城業務の繁多な間を縫って、切腹か、無抵抗開城かの論議が行われていたが、四月十一日、その論議は一応の結着を見た。大石殿が主立った者を集め、ご自身の所存のほどを告げられたのである。

「幕府より遣わされた城受取りのご使者到着の暁には、この方のお恨みを申し述べた上で切腹いたす所存でござる。同腹の方あらば、この誓紙に血判を頂きたい」

その所存を認めた起請文を差し出し、まず自ら署名して血判をついた。祇園社発行、

牛王宝印の護符を使用した、いわゆる神文である。

居合わせた者のほとんどが次々と血判したが、一人大野九郎兵衛のみ血判を拒み、翌日逐電した。

さて、切腹の時と場所であるが、それがなかなか決まらぬ。当初は、戦場に赴く場合と同等の軍備、隊列仕立て進軍して来るであろう幕府の使者を迎え討ち、「城を枕に討死」を強く主張していた若侍の面々も、時を経るに従い、それがいかに無謀であるか判ってきた。ここで戦って死んだところで、江戸で安穏に暮らしている吉良上野介に一矢報いられるわけでもない。ただ徒らに近隣諸国を騒がせ、幕府のみならず三百大名を敵に廻すだけだ。「浅野家臣の思慮の浅さよ」と、領民にまでも蔑まれよう。

しかし無念は募る。その無念の深さを幕府に伝える手段は、家臣一同揃っての切腹しかない。

「切腹場所は当然城内でござろう。籠城して切腹でなければ意味がござらぬ」

「それよりも、ご使者ご到着の際は一同、無紋の白裃、死装束にてお出迎えいたし、その場にて切腹が、もっともよい方策と存ずる」

「いや、それはあまりに性急かつ無作法なやり方と存ずる」

「なにが無作法か。面前で切腹してみせねば、こちらの意が通じまい」

「いや、当てつけがましいと、先方は苦々しく思うだけで終ってしまう」

「苦々しく思うのは、先方に後ろめたいところがあるからだ」

「赤穂浅野家三代で築き上げた城を、我ら家臣の血で汚してよいとお考えか」

切腹の時と場所を決めるこのような論議は、ほどなく江戸から参着した家臣も加わって前後数回重ねられた。それを大石殿はじっと聞いていられたが、折合いを見て口を開かれる。

「幕府に些かの口実も作らせないこと。これが我ら家臣に遺された最後の務めと心得おります。城は赤穂浅野家にとっての掌中の珠（たま）。一点の曇りもつけず無傷で渡そうではござらぬか。切腹はすべてを見届けた後、菩提寺（ぼだいじ）花岳寺（かがくじ）に行き、浅野家代々のご墓前にて仕りたく存ずる。この議、ご一同の賛同を頂きたいが、いかが」

物静かながら誰にも有無をいわせぬ鋭さと重さを含んだ発言であった。

四月十四日。亡君の初命日である。大石殿は浅野家臣一同の名目で、由縁（ゆかり）の寺々へ浅野家先祖代々永代供養料として田地を寄進し、その翌日、住み慣れた城内の屋敷を出て、ご家族は近郊の知るべの方へ、ご自身は残務をとるために城下の遠林寺（おんりんじ）に居を移された。大石殿の指揮の下残務整理に居残った家臣は三十三名。みな、切腹覚悟の者たちであった。

四月十六日から十八日にかけて、城受取りの使者が次々と赤穂入りし、城下は一気に緊張の度を増した。

とにかく十九日の開城がすむまで、血気に逸る若侍たちの軽挙妄動を封じこめねばならぬ。彼らは本当に、体のどこかを針の先で突けばたちまちはち切れるかと思われるほど無念の思いで身内が張り詰めていたのである。万が一彼らが、使者の誰彼に襲いかかるようなことがあったら、相手が供侍であろうと、たとえかすり傷であろうと、手出しをしたが最後、浅野家中の信用は轟音たてて崩れてしまう。口にこそ出さなかったが、大石殿はこの心配に数日間、苛まれていたに違いない。

某は、倅の幸右衛門、甥の大高源五に右の仔細を告げ、家臣の妄動に注意するよう頼んだ。実はこれもかなりの危険を孕んでいたのだ。なぜなら源五も幸右衛門も急進派で「討死も辞さず」の部類であったからである。

源五は昨年五月、殿様の参勤の供揃いに加わって出府し、事件当時は江戸在勤中であった。藩邸明渡しに伴い、急ぎ国元に帰参したが、かねてから気脈を通じていた江戸常勤の堀部安兵衛、高田郡兵衛たちが赤穂に到着すると、いよいよ意気軒昂となっていて、彼らのみ独走する恐れさえあった。

「ここはご城代のご存念に従い、まず開城に同意してくれ。すべてはそれからだ。我らの無念の的がどこにあるのか、それさえまだ確実に定まっていないではないか。そうであろう？　的は幕府か吉良上野介か、どちらだ？　赤穂で幕府の使者に楯突いて、江戸の吉良に届くか？　今早まった行動に出るは末代までの恥辱だぞ。よいか、お家断絶と

いえども開城までは我らはまだ浅野の家臣、藩公亡き今、藩の筆頭はご城代ではないか。さすればご城代の存念に叛くは不忠不義に当るのではあるまいか」

膝詰めで説くと、さすがに源五は物分りがよく、無事開城させるべく、

「警固怠りなく仕りましょう」

と約束してくれた。そして彼の口から幸右衛門たちにも伝えられ、城下は至って静謐(せいひつ)の内に三日間を過すことができた。

明けて四月十九日、赤穂城明渡しの当日である。

幕府がさし向けた目付二名立会いの下、受城使脇坂淡路守(わきさかあわじのかみ)様、同使木下肥後守(ひごのかみ)様に、赤穂城は託された。

続いて、すでに待機している幕府側の代官に支配が委(まか)され、役目のすんだ受城使はそれぞれ領地に帰って行く。これで完全に赤穂藩浅野家は消滅し、家臣は、帰る場所を失った。

某はその日の内に赤穂を発ち、こうして生きて再び京の地を踏んだわけだが、遠からず大石殿も京、山科(やましな)辺に移られる。幸右衛門もまもなく戻ろう。

だからといって切腹の件が沙汰やみになったわけではない。浅野家先祖代々のご墓前にて切腹、と唱(うた)った神文に血判する者の数は日毎(ひごと)にふえ、開城の頃には六十名近くになっていて、中には開城と同時に切腹だ、と息まく者もいたくらいだ。しかし、

「すべてを見届けたわけではない」

大石殿の鶴の一声で当座の切腹は見送りになった。

五

当りまえだ。遠林寺での残務がまだ片付いていないし、切腹の目的もただ亡君の後を追う殉死なのか、幕府の裁量への不満を訴える抗議の切腹なのか、遺臣の間でこの結論もまだ出ていない。立つ鳥跡を濁さずの譬え通り、浅野家遺臣全員が清く赤穂を立ち退くまでは、亡君といえども領主としての体面がまだ生きており、家臣の勝手は許されない。すべては、一度完全に赤穂との縁を断ってから始まらなければならない。

「残務を終え、家臣が一人残らず赤穂を立ち去った日。その日が終りの始まりになる」

某は生きて戻ってきた。しかし、このまま生き続ける気持ちはない。これからは「どう死ぬか」をひたすら求めていく日々になる。

「だが取り違えないでくれ。これからの日々、我らは死ぬために生きるのではない。自らを最もよく生かせるための道を厳選した結果が死だった、ということになる。いわば生きるために死ぬのだ。武士本来の生き方にやっと立ち戻れたのだ」

武士とは本来戦うために存在するものである。戦うとは、つまり死が約束されている

ということだ。だが、戦場での死は目的ではなく手段に過ぎない。

領地を拡張し、収穫を増大させ領民に豊穣をもたらすのが戦いの目的であり、戦士の死は、より多くの「生」を得るための行為であった。しかるに戦国の世が終り、将軍家も五代を数える当節は、結構な太平の世になったがために武士は戦いの場を失った。が、それでも身分だけは強固に確保されて、士農工商と、浮世の人間の頂点に立っている。

武士が必要とされない世の中で武士が君臨する不思議。その不思議は、武士が一分を立て貫くことで帳消しにされる。では、武士の一分とはなにか。

まず主君に忠節を尽す事。

身にふりかかる災難の中で、もっとも忌むべきは恥辱である事。

忠節を尽しきれなかったとき、或いは他人から恥辱を受けたとき、武士は必ず己が生命をもって汚名を雪ぎ、名誉を挽回しなければならない事。

即ち戦国に於ける武士は地上を走り、鉄砲玉に当り、刀で斬られ、槍で突かれて一命を落とした。「死」は、ほとんどの場合、他者の力によって、目に見える形でもたらされた。太平の世では、普通、出合い頭に「死」と見えることはあり得ない。「死」は己れの意志によって己れの手で己れの体に与えてやらなければならなくなった。そして死に場所は戦場という日常からかけ離れた所ではなく、日々の営みが行われている極めて

身近な所に移った。従って死の原因も、武士の行く所どこにでも、足の踏み場もないほど無数に埋まっている。

太平の世になって武士は戦場から解放されたが、逆に「死」は、武士の一分という目に見えない形で身辺に迫り、寸時の猶予も与えぬ周到さで日常の勤めの中に溶けこんできてしまった。

武士の死は手段ではなく、目的になった。

太平の世の武士は、死ぬために生きているのだ。

亡君浅野内匠頭長矩公の此度の切腹は、殿中での刃傷という、幕府の法度に叛いたからである。それは将軍家への忠節を忘れたと同然の罪である。その罪を償うためにそれが裁きの結果であったにせよ、亡君は自ら命を断った。少なくとも亡君は武士の一分を貫かれた。

では我らは？　我ら家臣は？

「生きるのだよ。まず、生きるのだよ」

旦那様は力強く「生きるのだ」とおっしゃいました。

生きるために死ぬ、ということが実際にはどういうことなのか私には理解できませんけれども、「死」を道具に使ったり、「死」を弄(もてあそ)んだりするのでないことだけは、よく

判りましたし、死ぬために生きているなどという、淋しいお立場から脱却なされたことを、共にお喜び申し上げたい気持ちになっておりました。

　夜のしらしら明け、雨戸を開け放ちますとさわやかな外気がお部屋の内に流れこんでまいります。

「終りの始まりの最初の朝でございます」

　いよいよ様のやつれたお体が、かわたれ時の薄い闇の中にぼうっと浮かびます。

　鳥が鳴き始めたのでしょうか、旦那様がお体の向きを少しひねって上空をご覧になりました。終始静かにお話を聞いていらしたお丹様は、その様子をご覧になりながら仰せになりました。

「お前様、ちぃと若うおなり遊ばしたんと違いますやろか」

　ふくよかなお顔の片頬にえくぼができます。

「そうか、そう見えるか。実はの、この一月一度も立ちくらみが出よらん」

　痩身で上背がおありの旦那様でございましたが、ここ十年ほどは時折、お立ちになった拍子にくらっとお体のゆらぐことがございました。お年齢の加減なのか、それともご持病でいらっしゃるのか、次第に血の気が失せて行くように傍からも見え、ご自身もそれに気付いていらっしゃったのです。

「それは結構なことでござります」

お丹様のえくぼが深くなりました。

「赤穂では毎日、若侍たちに囲まれておっての。小野寺殿のご所存を承りたい、と詰め寄られる。それはもう大変な勢いでの、よほど腹を据えてかからねば、対座するだけで吹きとばされてしまいそうなほどであったよ」

「まァご苦労なこと」

「抜身の名刀、正眼に構える意気で若侍たちの熱気を受けとめる」

「長年のご鍛練の賜物でござります」

「鍛練も使わねば錆（さ）びる」

「錆（さび）が落ちましたか」

「若侍たちに磨かれての」

「よい研師（とぎし）にお出逢いなされましたなァ」

「お蔭でこの方の血の気が戻った」

「お医師いらずでござります」

「玄渓（げんけい）先生も同じことを仰せであった」

お二人の穏やかで豊かな笑い声が周囲に流れ、立ちこめている朝靄（あさもや）に分け入ってまいります。

木々の緑の香りが漂っておりました。

瑞々(みずみず)しい青葉が、靄が薄らぐにつれ色鮮やかに輝いてまいりました。

本当に、なにかが始まろうとしておりました。始まりには活気があります。たとえそれが終りへの道筋であろうとも、始まりであることに変りはありません。

そして、旦那様が目ざしていらっしゃる終りとは、決して破滅ではありません。なにかを完成させようとしていらっしゃるのです。

なにか……

たぶん、それこそが武士の一分。

さようでございます。旦那様も、ほかの方々も、神文に血判なさった浅野のご家来は皆様、武士の一分というものを、誰の目にも判る形で完成させようとなさっているのです。

その完成がどれほど困難なことなのか、私共には思い描く便(よすが)さえございません。でございますけれども、そのような大きな困難を抱(いだ)かれた旦那様が、なにごともなかったようなお顔付きで今、ここにいらっしゃる。そして、お丹様もいよ様も、やはりいつも通りのご様子で同じ場所に居ておいでになる。

そこには些かも『終り』の気配はありませんでした。このままの時間がずっと、未来永劫続いて行くのではないかと思われるような、和やかで穏やかで淡くて洒落(しゃれ)た気配だけが存在しておりました。

万寿寺通りの小野寺家の侘住（わびず）まいは、今日もいつもと同じ朝を迎えます。お丹様の肩にたすきがかかりました。

人前回復

一

　ところで、旦那様のお話の内にありました玄渓先生とおっしゃる方は赤穂藩の御典医で、正しくは寺井玄渓先生と申し上げます。

　元々は京にお住まいの方で、町医者をしていらっしゃいました。旦那様とは古いお顔馴染みでございますし、ご城代大石内蔵助様の御母公であり、私を拾い上げ、人にしてくださった大恩人でありますところの久満女様も、亡くなるまで玄渓先生がお脈をとっておいでででした。

　大変穏健なお人柄でいらっしゃる上に病気のお見立ては鋭く、お薬の匙加減、養生の方法のご指導など、すべてに行き届いた方との評判で、

「玄渓先生ほどの名医と近付きになれたことは、十内、生涯の幸せと存じておる」

旦那様は全幅の信頼を置いていらっしゃいました。

折しもお国元から殿様ご不快の報が届き、ご城代からも旦那様のもとへ、

『御頭痛訴え給い、様々御手当て致し候えども、ご容態はかばかしくまいり給わず、加えて前々よりのお医師を嫌い給いて、お脈を見奉ることも適わぬ儀に相成り候えば、家臣一同ほとほと困惑いたしおり候』

ついては御貴殿御存知よりのお医師に口をきいてもらえまいか、というお文が届きました。旦那様は早速、玄渓先生にお願いし、供侍二、三名つけて赤穂へお送り申し上げたのでございます。

まもなく殿様のご病状は快方に向かい、

「ぜひ藩医に」

とのご所望もあって、元禄十三年二月、三百石十五人扶持の高禄をもって、玄渓先生は赤穂藩浅野家の御典医となられました。

もとより町医者でいらっしゃいますので、お公家様や大商人の出先のほかに、近くの町々の住人も診察を受けにまいりましたり、また先生の方から往診にお出かけになることもございます。御典医となりますと殿様のお側に詰めて、赤穂はおろか、参勤の折には江戸にもお供しなければなりません。当然、従来の患者の診察が疎かになります。

「有難いお誘いでございますが、一介の町医者には重過ぎるお沙汰かと存じます」

玄渓先生は当初このお話をお断りでいらっしゃいました。

旦那様も断って、とはお奨めにならなかったのですが、大石様からのお文が再三届き、それには『曲げてご承引願いたい』旨が、切々と書かれてありまして、旦那様も、

「ご城代はよほど、殿様のご病状に一喜一憂していられるのであろう」

大石様のご心痛をお察しして、玄渓先生の説得にあたられました。

殿様のご病状は格別、命に関わるというほどのことではないようですが、以前からお痞気のお悩みがあり、急に頭痛、腹痛が起こったり、胸苦しくなったり、時には大声揚げてお刀を振り上げたり、という症状が出ていらしたそうにございます。このほどのお悩みも、また五月には赤穂を発ち、江戸に向け参勤の旅に出なければならぬのか、とお考えになる度に起こるようでございました。

毎年毎年、江戸と赤穂との間を往復なさる御身。五月は丁度梅雨どきになります。降りしきる雨の中をお駕籠の内でじっと正座なさったまま二十日近くも道中なさるのは、お察し申し上げるよりもはるかに辛いお勤めだったに違いありません。時には、

「馬駆けさせて江戸入りいたそう」

などとわやくをおっしゃることもおありだったそうで、お止めするのにご家来衆は、ずいぶん骨を折ったようでございます。

お大名方の供揃いには幕府が定めた掟があり、石高に見合ったお行列仕立て、お乗物

もそれぞれの身分に似合ったものでなければならないとやら。五万三千石のご当主が、美々しい供揃いもなさらず、騎馬で街道を駆け抜けて参勤するなど、上を怖れぬ由々しき所業と、糾弾されても仕方のない軽挙になってしまうのだそうです。

赤穂から江戸への参勤が五月の雨期なら、江戸から赤穂へのご帰国が翌年の七月から八月にかけて。きびしい残暑の時季でございます。これを十八の御年から三十五歳に至るまで、毎年くり返していらっしゃったのですから、お悩みの出ますのもごもっともかと、憚りながら存じました。

先年は重い疱瘡にもかかられまして、ご重役方は万が一を考え、急遽御舎弟大学長広様をご養子になされ、跡目相続に支障のないよう手続きをおとりになりましたが、それでもご当主が、安易に参勤を怠ることはできません。なんとかしてお気を散じ、快い日々をお過しいただくようにとは、家中のどなたもが念じていることでした。

「家中が念じているからと申して、それを玄渓先生にお伝えするのは筋違いでござるが、家臣一同になり代り、お願い申し上げる。何卒御典医の件ご承引いただきたい」

旦那様は玄渓先生のお宅に日参してお頼みになりました。それと申しますのも大石様のお文の内に、今まではお医師の申し上げることなど聞く耳をお持ちにならなかった殿様が、寺井玄渓先生のご診察にはまことに素直に従われ、差し出された煎薬を払いのけることもなく、きちんと服用遊ばした、とあったからでございます。

「玄渓先生の高ぶらず、おもねらないご性格が、殿様のお心を自然に和らげたのであろう」

旦那様は、ご自分の玄渓先生へのご信頼が殿様に通じたことを、喜んでおいでのようでした。ほどなく玄渓先生は意を決して赤穂の御典医になられ、ご自宅の診療をご子息の玄達先生に託されました。この決定をうかがいまして、数ならぬ私共までなにやらほっと安心いたしたほどでございます。

その年の五月、殿様は無事に江戸へ向かわれ、玄渓先生も同行なさいました。

江戸藩邸に入られましてからも殿様は格別ご不快をお訴え遊ばすこともなく、定められたお役目はすべて、きちんきちんと果たしていらっしゃいました。それが崩れたのは今年二月、御勅使御饗応役を仰せつかった時からだと承ります。

「なぜだ、なぜ、また赤穂なのか」

十八年間で二度目の拝命。そのことを殿様はご立腹でいらっしゃいました。藩の財政が大きな痛手を受けることもご心労の種であったに違いありませんが、それ以上のご心労は、堅苦しい式典の作法に間違いなく従わねばならぬことにありました。高家の指導を受けなければ一足も進めぬこと、箸一膳、勝手には揃えられぬ厳格さが気詰りで、その間の面倒をお考えになりますと忽ちお癪気が起こってお苦しみになるのでございました。

三月十四日、当日の朝もご気分がすぐれず、玄渓先生はお薬をお奨め申し上げたそうでございます。

今日一日、今日一日でお役目が終る。

江戸藩邸の家臣はみな、神仏に祈りを捧げながらこの日を迎えたと申します。けれどもその祈りは通じませんでした。殿様は突然小さ刀を抜き、高家筆頭吉良上野介に斬りかかって、お家は断絶いたしました。

玄渓先生は赤穂にお戻りになると、ご城代大石内蔵助様の前に平伏し、なんの役にも立たなかったと、深くお詫びなさいまして、

「足かけ二年のご奉公ではございますが、主従三世の縁は、百年ご奉公の方々と変ることではございません。何卒、ご恩報じの連判に私も加えていただきとう存じます」

切腹の神文血判に連名なさいました。

旦那様が京にお戻り遊ばしたとき、玄渓先生はまだ赤穂にご滞在で、激務をこなす大石様のお体を気遣い、お薬湯など調合して差し上げていらしたそうですが、五月に入るとまもなく赤穂を離れ、再び京の町医者にお戻りになりました。

大石様も残務の片がつきしだい遠林寺の会所をたたみ、赤穂郊外に仮住まいをしていらっしゃるご一家と共にご上洛遊ばし、山科に閑居なさいます。京の中心から遠からず近からずの山科に大石様の居を定めますについては、旦那様がずいぶん奔走なさって

おいででした。

同時に当家にも動きがございまして、同じ万寿寺通りながら、今までよりはかなり広い家に引越しました。

「さぞ不自由であったろう」

旦那様の一言(ひとこと)には、二間きりの家でご老母と病身の妹御を抱え、行く末の見通しも立たぬままにお過しなされたお丹様への思いやりが、溢(あふ)れるほどに感じられました。

「互いのことでございます」

お丹様のお答えも一言で終りました。

経て来た労を、そのままの大きさ深さでご理解遊ばす旦那様のお胸の内を、お丹様もまた、そのままの大きさ深さでご理解なさればこそのご一言(いちごん)であったと存じます。

新しいお家には小さいながら庭もあり、裏口もついておりまして台所への出入りに、奥の間でおくつろぎの旦那様や、折々お訪ねになるお客様への気兼ねが少なくなりましたことが、私共にはなにより助かりました。これまでの家は一目で全部見渡してしまえますので、小さな立居もうかつにはできませんでしたが、もう安心でございます。

「これからは人の訪れが多くなろう」

旦那様のお言葉通り、赤穂を離れた旧浅野家のご家来衆が多く京に集まるようになりまして、小野寺家にもしばしばお立寄りになりました。

お客様は一人、二人のこともございますれば、しめし合わせていらしたわけでもないのに七、八人の方が偶然一堂に会してしまうこともございます。日々暑さが増し、湿りけも多くなる時候、広くなったとはいえ町家でございます。奥の間は六畳。若いお侍方の熱気でむせかえるようでございました。

「今に根太（ねだ）が抜けるやろなァ」

お丹様がおかしそうにおっしゃいます。

まさか本当に根太が抜けて、集まった皆様が畳ごと床下に落ちはいたしますまいが、ひょっとそんな気になるほど、奥の間はきしみ、人の重みでゆがんでいるようにさえ見えました。

「ご城代はまだ赤穂をお発ちではないのか」

「いつまで、なにをしていられるのだ。もう遠林寺でのお務めは果たされたのであろう」

「我らを避けていられるのでは」

「誓約を反古（ほご）になさるおつもりか」

皆様、神文に血判をつかれ、切腹を覚悟なさった方々でございます。死ぬものと決めたからには、一日も早く本望を遂げたいと気が逸（はや）っていらっしゃるのです。それなのに一同を束ね、頭（かしら）となるべき大石様が五月半ばを過ぎてもまだ赤穂に腰を落着けていらっ

しゃる。皆様のお心に不審の兆しが生じたとしても無理からぬことと存じます。

旦那様はもちろん、若い方々のなだめ役でした。

「大夫(たゆう)は体に脹腫(はれもの)ができての。山科への移転を今しばらく見合わせておられる」

旦那様は改易後、大石様のことを大夫と呼んでいらっしゃいます。お大名のご家老をさす呼び名だそうにございます。

「脹腫はもはや治癒なされたのではございませんか」

若侍のお一人は不審を募らせていらっしゃいました。

「再発じゃ、再発。初めは左腕、此度(こたび)は左肩に出来て、かなりのお痛みじゃそうな。玄達先生が、治療に赤穂へ向かわれた。外科は玄渓先生よりご子息のほうが得手じゃとうかがっておる」

「まさか、治らぬ病いではござるまいな」

「治らぬでは困るな」

「もし治らなかったら？」

「困る……やはり困るな」

こんな問答を交わしているうちに若侍の方々は次第に気を鎮め、三月以来、大石様のご苦労は並々ならぬものであったとのお察しがつくようになるのでございました。

「脹腫の一つや二つ、出来ても仕方がなかろう。大夫は城明渡し、藩政の整理を完璧に

なさった。余人ではこうはいかぬ。大石内蔵助を城代に頂いていたことは、殿様にとっても、我ら家臣にとっても幸せなことであったよ」

やはりお疲れが出たのでございましょうか。大石様の脹腫全快までには、まだ相当の時間を必要としておりました。

二

大石様は浅野家代々の永代供養のために、由縁の寺院にそれぞれ相当の寄進をなさっておいででした。
一、赤穂、花岳寺、大蓮寺、高光寺へ田地。
一、高野山に御位牌所料。
一、赤穂浅野家の祈願寺遠林寺に扶助金。
一、京都瑞光院に位牌料。
などでございます。

また、赤穂城本丸の絵図面をお作らせにもなりました。とりあえずは龍野藩脇坂家が在番し、幕府の代官が治めてはおりますが、いずれは正式に新しい藩主が定められ、赤穂城はその藩主の居城となりましょう。けれども、この城を築きましたのは浅野家でご

ざいます。その事実を、大石様は記録しておきたいと思召したのでしょう。それは、ご城代としてお勤めになったお方様の責務なのかもしれません。

さらに大石様は、浅野家再興を幕府に願い出ることもお忘れにはなりませんでした。殿様のご養子となられている御舎弟大学様は閉門蟄居中でいらっしゃいますが、この方を当主に立ててその再興を願うのが当面の筋と、大石様は思召し、ご親類中や幕府に伝手のある寺院などにも、お口添えを依頼しておいででした。まことに水も洩らさぬお計らいでございます。

六月二十四日、殿様百ヶ日には、江戸の御墓所泉岳寺と赤穂の菩提寺、花岳寺で同時に法要を営む手筈もおつけになりました。この日、在京の旧家臣は、鞍馬口にあります瑞光院に集い、殿様の御位牌を仰いで共に法要を営んでおります。

瑞光院は奥方阿久利様とご縁のある寺院で、浅野家から毎年百石のお扶持が出ておりまして、お家断絶以後は、在京の家臣の集合場所の一つになっておりました。

赤穂で百日忌の法要をおすませになった大石様は、翌日、ついに赤穂をお発ちになり、ご一家諸共、山科のお住まいにお移りになりました。

この時を待っていた在京の若侍は山科に押しかけ、いつ事を起こすのか、と大石様に詰め寄ります。事とは一同揃っての切腹です。そしてその切腹は単なる追い腹ではなく、幕府のあまりに公平でない裁量に対する抗議の意味を籠めたものであり、亡君及び家臣

一同の人前の回復を願うものでありました。

一大事から三ヶ月を経たこの頃になりますと人前の回復には目に見える形が必要となっておりました。

目に見える形とは、仇討ち(あだうち)でございます。

殿様が斬りつけた相手、吉良上野介は生きております。なんのお咎(とが)めもなく、のうのうと暮らしております。これを討ち果たさなければ、浅野の家臣は武士としての一分(いちぶん)を捨てたことになり、人間としての誇りさえ持たぬ、餓鬼畜生に成り下がってしまうのです。

「人前回復してのち死にとうござる」

「死してのち、遺(のこ)った身内に恥ずかしい思いをさせとうござらぬ」

仇討ちは決定的になりました。

しかし大石様は軽々に「仇討ち」などという言葉をお口にはなさいません。

「今は大学様の閉門が解かれ、お家再興の願いが聞き届けられるのを待つばかりでござる」

これでは当然のことながら、若い方々は納得なさいません。

「では、もしお家再興が叶(かな)いました場合、仇討ちは?」

「お家再興が成りました場合、某(それがし)は出家いたし、亡君尊霊に仕え奉る所存でござる」

「そんな……、そんな……」

若い方々は釈然としないまま山科を去っての帰り道、旦那様のもとにお立寄りになり、

「大夫は相変らず手ぬるい」

などと愚痴をこぼしていかれます。

旦那様はそういうとき、たいてい煙草をくゆらしておいででした。

「二言目にはお家再興と大夫は仰せあるが、本当にその願いは叶うのでござろうか」

若い方々が息巻くのへ、旦那様は、

「叶うもよし、叶わぬもよし」

文字通り煙に巻いておしまいになります。

けれども実際のところ、誰よりも早い決起を望んでいらっしゃるのは旦那様ではなかったでしょうか。

(生きているうちに)

五十九歳になられる旦那様の一番のご心配は、残された時間が少ないということでございました。

神文に血判なさった同志の方々で旦那様よりお年嵩なのは間瀬久太夫様、吉田忠左衛門様、間喜兵衛様、村松喜兵衛様、とりわけご高齢なのが堀部弥兵衛様で、この年、七十五歳を数えていらっしゃいました。皆様、旦那様と同じお気持ちでいられるのは申

し上げるまでもございません。分けてもご性急に決起をお望みなのは、やはり堀部弥兵衛様で、

「大夫は、この年寄りを見殺しにする気か。一体なんの恨みがあって某を、かくも苦しめられるか」

はっきりした態度をお示しにならない大石様を、声高に批難なさる由。長く江戸定府で、一大事後もずっと江戸住まいのままでいらっしゃいましたが、お噂(うわさ)は京にまで聞こえておりました。

堀部弥兵衛様は当時は隠居のご身分。ご家督をご養子の安兵衛様に譲り、生涯二十石の隠居扶持を受けていらっしゃいましたが、その以前は三百石の高禄で、江戸留守居役をお務めでした。弥兵衛様ご隠居のあと、江戸留守居役となったのが、旦那様の前任者、建部喜六様でございます。建部様はお金配分を受けると早々に赤穂城下を離れ、消息を絶っておしまいになりました。重役でありながら藩政の始末がつかないうちに逐電した大野九郎兵衛様と一脈を通じ合っているとの噂もあり、旦那様などは、その名を聞くさえ汚らわしい、と思っておいでのようでしたし、堀部のご隠居様も「建部ごとき、どうともなれ」と歯牙にもかけていない、というご様子をお見せでした。

そんな父御(ててご)様をお持ちの跡取り安兵衛様もまた、廉潔なお方で、江戸在住の同志と連名で、度々大石様宛に決起を促す書状を送っていらっしゃいました。

なんと申しましても江戸定府の方々は、殿様大変の推移を身近でご覧になっていますし、今も目前に仇敵、吉良上野介がおり、大変のあった江戸城を日夜、目にしているわけでございますから、無念の思いが強くなられるのも無理のないところでございます。

堀部安兵衛様をお見受けいたしますと、その思いで全身が張りつめている、ということがよく判りました。安兵衛様は同志の高田郡兵衛様、奥田孫太夫様と共に、赤穂から江戸へ帰る途中京に立ち寄られ、小野寺家へも顔をお出しになったのでございます。五月上旬、当家でも旦那様が生きてお戻りになったのを機会に、例の二間きりの家から今の住居に引き移りまして間もない時で、お三人様に白湯一つ差し上げますにも茶碗が揃わぬやら、土瓶の水が足りないやらで、台所ではちょっとした騒ぎでございました。

安兵衛様は初め、ずいぶんお身大きい方のようにお見受けいたしましたが、あとで旦那様とお並びになった時、背丈は旦那様よりやや低めでいらっしゃることが判りました。それでも骨組みがご立派で肩幅広く胸板は厚く、浅黒い角張ったお顔に目鼻口、眉毛まで大道具が揃い、図体は、旦那様の二倍ほどにも見えました。物のおっしゃり様もきびきびとしていらして、江戸育ちの殿方とはこういうものかと、私など驚いたものでございます。

「小野寺さん、まったく話になりません。大夫は切腹など、もうお忘れのようでござるよ」

お腰の大刀をはずしながら奥の間に通られた安兵衛様のお声は大きゅうございました。障子紙の震えの伝わり方で、聞こえぬ私の耳でも声の大小は判ります。ほかのお二人もいろいろ物をおっしゃっておいででしたが、なんといっても安兵衛様はお声が大きいだけでなく、一言一言に思いを籠めてお話しになりますので、耳の良し悪(あ)しに拘(かかわ)らず、他人への伝わり方が鮮明になるようでした。

「大学様お取立て、お家再興と二言目には仰せあるが、よしんば大学様お取立てになったところで、殿様のご無念も、我ら家臣が被(こうむ)った恥辱も晴れはいたさぬ。それとこれとは話が別でござろう。武士は受けた恥辱を晴らさねばならぬ。晴らさねば人前に出て行かれぬ。となれば、吉良上野介を討つことが一番に果たすべき家臣の責務でござろう。大学様お取立ては、その後(あと)でいい。我らが見事仇討ちを果たして亡君尊霊の御前に仇(かたき)の首を供え、かかる後(のち)一同切腹して相果てれば、大学様のお取立てとて難しいことではござるまい。我らの切腹が大学様の誉れとこそなれ、障りになるはずはござらぬ」

殿様は吉良に刃(やいば)を向ける際、

「この間の遺恨覚えたか」

と叫んでおいでだったそうにございます。

遺恨の中味が知れずとも、殿様の遺恨は家臣の遺恨。相手を討ち損じた殿様のご無念は家臣の無念。公平を欠いたお上(かみ)の裁断で浅野家全体が受けた恥辱は大きうございます。

これを晴らすのは武士として当然のことなのでございましょう。

「仇を討たねば、生きて人前に出ることもできず、死して閻魔の庁を通り抜けることもでき申さぬ」

地獄に陥ちた亡者は、閻魔大王が支配する庁舎で取調べを受けるという俗説まで持ち出されて決起を促す安兵衛様のお心には、一点の曇りもございません。ただ、武士の一分を立て通したいという一念でいらっしゃったと存じますが、この仇の首をご尊霊に供えることは大学様お取立ての障りにならぬ、というお考えの内には、三十年前、江戸で評判になりました仇討ちがはっきりとではないまでも、裏打ちになっていたように思います。

その仇討ちは旧宇都宮藩奥平家を浪人した者たちの集団で、頭領は父を討たれた十五歳の少年。討たれた仇は同じ藩の家老職であった者。四年の雌伏ののちに江戸市ヶ谷浄瑠璃坂で仇討ちを果たし、頭領を含め、四十人ばかりの浪人がほぼ全員、二度の仕官を果たした、というものでございます。

ですから赤穂のご浪人衆の中にも、仇討ちをすれば世間の耳目をひき、仕官の口にありつけるかもしれぬ、という、まァ申せば意地汚い下心をお持ちの方もあったようでございます。でも、安兵衛様は違います。ご自身、二君に見えるお気持ちなど毛頭ございませんけれども、ひょっとすると仇討ちが浅野家の誉れになって、大学様お取立てが容

易(やす)くなるのではないか、という算用は、お心の内に些(いささ)か潜んでいたように思えます。同時にそれは、大学様は大学様、亡君は亡君と、浅野家と申しましてもまったく別のお家を意味しておりまして、安兵衛様にとりましては主君は、亡君浅野内匠頭長矩(たくみのかみながのり)公ただお一人なのでございます。

「仇討ち延引のうちに父、弥兵衛の定命が尽きぬとも限りませぬ。一途(いちず)に亡君のご無念をお晴らし申し上げるのが家臣たるものの務めと信じております弥兵衛が、もし志を果たさぬうちに生命が終るようなことがありましては、哀れでござる。どの面下げてあの世の主君に見(まみ)えられようか、と弥兵衛はそればかり心配しており申す。私事(わたくしごと)とお蔑みもあろうが、しかし、まだ定命の残りある我らとて、今の有様ではおめおめ人前にも出られず、生きながら死んだも同然。我ら生きとうござる。とても死ぬならば、活(い)き活きと生きてから死にとうござる」

安兵衛様のお目には涙がにじんでおりました。

「あれ見よ、赤穂の侍は、主君の無念を余所(よそ)に見て、うかうか暮らす腰抜け侍よ」と世上の噂が耳にとり付き、安兵衛様始め、家臣の誠を貫こうとする方々を苦しめているようでございます。

旦那様は安兵衛様のお話の間、煙管(きせる)を煙草盆に置き、静かに耳を傾けていらっしゃいました。床の間にはまだ掛け物もなく、わずかに露地で手折った矢車菊が一輪、古びた

徳利を花入れ代りにして挿してあります。

「堀部氏、某にもご尊父と同じ焦りがござる。いや老人だけではござるまい。若い面々とて明日の命は知れぬもの。江戸にお帰りになった暁には、ご尊父にお伝え願いたい、生きてくだされと。死んでは敗けになります。我らが今果たすべき務めは、生きることだと。恥辱に耐え、歯を喰いしばってでも生きていなければならぬと」

高田郡兵衛様が口をおはさみになりました。

「生きて、その先になにがござる?」

「楽土です」

「仇討ちはどうなりますか」

「楽土にはなんでもござるよ」

極楽といった意味合いでございましょうか。人が望む世界が楽土にはあるようでございます。

帰りしな、高田郡兵衛様のお刀の先が、狭い御門脇の植込みの葉に触れました。

「やあ、蝸牛が」

お見送りに出たお丹様が、はずみで地に落ちた蝸牛を見つけて拾い上げます。お丹様の掌で蝸牛が角を振ります。お丹様はそれを指先でつまみ、葉の上に戻しておやりになりました。

高田郡兵衛様は無言で蝸牛の動きをご覧になってからお丹様に向かって丁寧に一礼されると、先を行く安兵衛様、奥田孫太夫様の後を追って行かれました。

三

お三人が江戸に到着なさったのは五月半ばとうかがいます。在江戸の同志と連絡を密にとり合い、いよいよ仇討ちの意志を強くしていらっしゃったようで、山科に落着かれた大石様のもとへ、度々決起を促す書状を送っていらっしゃいました。その度に大石様も自重するようにとのお返事をお出しであったそうにございます。

そうして夏が過ぎ、秋になりました。

栗の木にいがのついた実が目立つようになった頃、江戸から京に届いた知らせは、同志の方々のお心を一段と波立たせるものでございました。

吉良上野介の屋敷が、江戸城に程近い呉服橋から隅田川を渡った本所の地に移転と決まったというのです。

「幕府はついに、裁量の片落ちを認めたのだ」

この知らせを受けたとき旦那様のお口をついて出た一言でした。

吉良様のお屋敷がお城から遠くなったということは幕府の警固が行き届かなくなると

いうことを意味します。警備が手薄になれば外からの侵入が容易くなる。つまりは討入りがしやすくなるということでございます。

「吉良殿は将軍家に見捨てられたのだ。非情なものだな」

長い年月、江戸城内で絶対の権力を誇った吉良様も刃傷を受けてのちはお役御免を願い出て、高家の職を辞していらっしゃいましたが、これで本所へお屋敷替えとなりますと、一挙に将軍家とのご縁が遠のきます。浅野は切腹、吉良はお咎めなしの裁量は諸公の間でも密かに不評がささやかれておりました。それがやはり幕閣の方々のお心に影を落としたのでございましょう。吉良様へのお扱いが変りました。

いかに将軍家のご贔屓が強くありましょうとも、幕閣の方々がお身の仇になると思召されれば、飛ぶ鳥を落とす高家筆頭を役職から解くくらいのことはおできになるということでございます。

吉良様と浅野ご家来の距離が少し近くなりました。

江戸にいるご家来衆の「吉良殿討つべし」の声が高まります。堀部様、高田様、奥田様連名の書状が頻繁に大石様のもとに届き、一日も早い江戸入りを促しておいででした。

大石様はまずご一族の進藤源四郎様と大高源五様を江戸に遣わし、前後の様子を見ると共に、気早な江戸組の暴走を止めます。大石様はどこまでも慎重でいらっしゃいまし

た。お家再興のことも諦めず、芸州広島のご本家に幕府への口添えを願う書状を送っていらっしゃいますし、大垣の戸田家へはご自身でわざわざ出向いて同様のことをお伝えになりました。大垣へは旦那様もご同行でいらっしゃいます。大石様は壮年になられた今も、お若い頃と変りなく旦那様に全幅の信頼をおいていらっしゃいました。

同志の多くは、大石様の慎重すぎるご姿勢を「手ぬるい」などと評します。中には激しく批難するものさえおりました。

「実際のところ大夫は、亡君のご無念を晴らす気などないのではないか。城代家老ともあろう者が、まさか逃げ出すわけにもまいらぬゆえ、勿体ぶってお家再興などと体裁を作っていられるのだ」

「そうかもしれぬ。ご城代であったゆえ貯えも多くござろう。浪人しても悠々自適、楽隠居をきめこむのも無理はない」

「この時期に奥方は身重だ」

「外腹にも一人、二人」

「それでは死ねないな。できない、それはできない。大夫は生き残る気だ」

こんな悪口がご本人のお耳に入らぬわけがございません。それでも大石様はなにごとも空吹く風と聞き流しておいででしたが、時にはやはり、お疲れにもなりましょう。旦那様は大石様にとってただお一人、らくにご自分をさらけ出せる存在だったのでござい

ます。大石様は千五百石取りの城代家老。旦那様の禄高は百五十石。公のご身分はかように大きく隔たっておりますので、人前に出ればお口のきき方にも自然と身分の上下の差が出てまいりますが、私的にお付合いなさいます時は立場が逆転し、大石様は旦那様に対して敬語をお使いになりました。

かといってご両所とも、見境もなく親しげにお振舞いになるということはございません。旦那様にいたしましても、どなたが話のお相手でも大石様のことを大夫と呼び習わしていらっしゃいましたし、「何事も大夫と同腹でござる」という持論をお変えにもなりませんでした。お二人揃っての大垣往復は、この時期まことに申し上げにくいことながら束の間、山野を渡る緑の風を存分に吸いこまれ、緊張続きのお心をほぐされたのではないかと存じます。

山科と万寿寺通り。一里ほどの隔たりはございますが同じ京住まい。お二人の往き来は、お若い頃が戻ったように繁くなりました。旦那様が山科をお訪ねになることもありますが、この場合はたいてい他の同志の方もご一緒で、情報の交換やら今後の対策といったお話が主になっておりまして、緊張はほぐれません。そこへまいりますと逆に大石様が小野寺家をお訪ねなさいますときはお一人で、散策のついでにふらりと立ち寄った態をおとりになりますので、自然とその場の空気もくつろいで、お二人が向かい合ってのお話も、気らくな隠居同士の茶飲み話といった風情がございました。

この頃はもう家の中も落着いておりまして、奥の間の床には、旦那様とお丹様のお和歌(うた)の師匠であられる金勝慶安(こんしようけいあん)先生のご筆跡が掛けられ、花入れには野の花一、二輪、脇の棚には、蒔絵(まきえ)の香合も飾られておりました。

花入れと香合は旦那様ご夫婦の古くからの知人、尾形乾山(おがたけんざん)様がお見舞いくださいましたときにご持参なされたお品で、花入れはご自作、香合は、兄君光琳(こうりん)様のお手になるものだそうでございます。ついでに香木少々と香道具一式もお持ちくださいました。

「ほんの手すさびに作りましたもの。置き場所に困っております。お気の悪いことでござりましょうが、お使いくださいますれば、かえってこちらの幸せにあいなりまする」

京で名だたる大商人のご子息ながら光琳様乾山様揃って絵画に秀(すぐ)れ、蒔絵や陶磁器にもその才を遺憾なく発揮されていらっしゃいます。そういうお方のご挨拶の奥床しさにお丹様も、

「まァうれしいこと。今夜はみなで香を聞いて遊びます」

些かのわだかまりもなくお受けになって、本当にその夜、母御様も交え、ご家族で聞き香をお楽しみになりました。

二種類の香を二度、一種類だけ一度、都合五回香を薫(た)き、香りをあてる遊びでございます。手元の紙片に五本の縦線を書き、薫いた順に同香と思う線の上に横線を入れます。

この形を、源氏物語五十四帖(じよう)の内の初めと終りを抜いた五十二帖にあてはめますとこ

ろから、源氏香と呼び習わしていると承ります。

遊び方は大体、このようでございました。

香炉の灰を銀の灰ならしや箸を使ってきれいになでつけ、火種を埋めて銀葉を置き、その上に香木をひとひら載せます。それを一人一人に回して聞き分けるのですが、香を薫く亭主役はお丹様といよ様が交互に務められ、旦那様と母御様が聞き役。それに、甚だ有難いことでございますが、

「ろく、試してみよ」

旦那様が私ごとき者までお加えくだされまして、このお家にご奉公しておりませんでしたら生涯決して出逢(であ)うことがなかったであろうような雅(みや)びなお遊びをさせていただきました。そしてまァ驚きましたことに、初めての試みで一つめと三つめの香、二つめと四つめの香が同じで最後の一つだけが違うと、当てましたのでございます。

このときのしるし、[illegible]を書きました紙片に、旦那様が、花散里(はなちるさと)　元禄辛巳(かのとみ)九月　ろくと書き添えて私にお手渡しくださいました。花散里とは源氏物語五十四帖のうちの一つで、このしるしが、それに当るのだとうかがいました。

宝物でございます。捨てられていたときから身につけていたという守り袋に入れて、いつも肌身はなさず、大切に大切に所持しております。

それにいたしましても、こうしたお遊びは当らなくても楽しく、当ればさらに楽しい

といった風情のもので、灯(とも)し油を始末しつつ過す秋の夜長、小野寺家の平穏は永遠に続くように見えました。

お丹様は浅野家の京屋敷を引き払いますとき、日々の暮らしに欠かせぬ物だけを残し、家財諸道具一切を売り払いまして金銭に替えていらっしゃいました。香道具もその一つで、お若い頃から使い馴(な)れ、小野寺家へ嫁がれるときも身に添えていらしたものでございますが、これも売り払っておしまいになりました。

あのとき、旦那様は死ぬものと覚悟を極(き)めて赤穂へお旅立ちになり、お見送り遊ばすお丹様もご老母と妹御を抱えて面(おもて)にこそ出さね、決死の思いでいらっしゃいました。

旦那様の赤穂からのお便りにこうありましたのを忘れることではございません。

『宝つきたらば、ともに飢え死に申さるべく候』

ご夫婦は、いわず語らずのうちに同じ前途を思い描いていらしたのです。思いがけず、旦那様は生きて京へお戻りになり、ともかくも見かけだけは安穏な毎日を過していらっしゃいますが、この安穏は当座だけのこと、決して長く続かないことは誰もが承知しております。いえ、それどころか、長く続けば続くほど同志の方々のお苦しみが深くなるわけで、それを充分ご承知のお丹様のお心の内は、どのようにありましょうか。

尾形乾山様はその辺をご推量の上で、少しはお楽しみもあったほうがよかろうと、お見舞いの品々の中に香道具をお加えくださったものと存じます。お丹様がまだ飛鳥井家

にご奉公遊ばしていた頃、尾形家はお出入りの呉服商だったそうですから、お丹様のお好みや、お和歌(うた)に秀れた才をお持ちでいらっしゃることも、よくご存知なのでございましょう。

また尾形家は、旦那様が教えを受けていらっしゃいます伊藤仁斎先生とご親類で、堀川の先生の塾でお顔を合わせることもあった由。つかず離れず、双方からのご縁が、細く長くつながっているわけでございました。

「お、結構な香合でござるな」

大石様は奥の間にお通りになるなり、床の飾りに目をお留めになりました。

「当家には不似合いでござろう」

旦那様が心地よさそうにおっしゃいます。

「掛け物は金勝先生、お丹様お心入れの花。確かにご当家には不似合いですな」

いつのまにか、開けた障子の間を渡ってくる風がひいやりと感じられる家の中に、香の薫りが漂います。お丹様心尽しのおもてなしでございました。

四

旦那様と大石様のお話は、ゆったりとした間合いで淡々と交わされておりましたが、

その中味は至って深刻でございました。

「江戸は殺気立っているようですな。やはり大夫がお出かけにならなければ治まりがつきますまい」

「近々、ともかくも下ろうと思っております。奥野を同行させるつもりです。第一に泉岳寺への墓参。第二にお実家に戻られたご後室様にご挨拶。この二つが目的の東下りと、はっきりさせるためです」

奥野将監様、千石取りのご大身で、大石様のご親戚でいらっしゃいます。

「それで治まりましょうか、抜け駆けもしかねまじき勢いですが」

旦那様は大石様のお身の上を案じていらっしゃるのです。即討入り、と気負い立っておいでの方々は、事と次第によっては、軽挙を諫める大石様を乗り越えてもご自分たちの主張を通すおつもりです。

「治めなければなりません。なんとしてでも」

「お願いいたします。時間が必要です」

「小野寺さん、忝い。よくおっしゃってくださいました。そうなのです、我らに今必要なものは時間なのです。拙速は許されない。やり直しはきかない。無念を晴らす機会はたった一度しかない。たった一度の機会で成功を収めるには入念な準備が必要です。その時間が欲しい。絶対に失敗しないための時間が」

「江戸の同志は純粋で一途です。けれども好んで軽挙妄動に走るような愚か者ではありません。みな、武士の一分を立てたい一心。ことをわけて話をすれば、抜け駆けでは浅野家中同志の意が通じないことを、きっと判ってくれるでしょう」

「少し気が軽くなりました。小野寺さんがいてくださるお蔭で、私は自分を見失わずにすみます。四面楚歌で誰にも理解されないとなりますと人間、殻に閉じ籠りますからね」

「恐れ入ります。少しでも大夫のお役に立てたのなら、老人、望外の喜びです」

「お恥ずかしい話ですが、私は自分を買い被っておりました。もっと腹の据わった根性のある人間だとね」

「違いましたか」

「違いました。弱くてずるい人間でした。一つ間違えば私が大野九郎兵衛になっていた。お家断絶、城明渡しと決まったとき、私はなにもかも放り捨てて逃げ出したかった」

「大野に先を越されましたね」

「ものの見事に。大野がぐずぐずしていたら私が先にやっていました。なぜなら、ひどく怖うございましたから」

「なるほど、五万三千石をなんの前触れもなくいきなり投げつけられたわけですからね」

「五万三千石を城代として維持し、繁栄させていく術は及ばずながら父祖より学びましたが、終結させる術までは手が届きませんでした。すべて手探り。大きな混乱もなく城を明け渡したときは、正直に申しましてほっといたしました」

「よく遊ばされた。追従でなくそう思います。諸事万端お心が行き届き、手抜かりはなかった」

「ありがとう存じます。実はね小野寺さん、私もよくやったと、自分を誉めておりますよ」

「もっと誉めておやりなさい」

「そういたしましょう。でも小野寺さん、私は堀部たちのように純粋ではない。打算がありますし。城代家老はこうあるべきだと、計算した上での行動です。そうでなければ世間の不評をかいます。それが怖い。小野寺さん、私は世間から後ろ指をさされるのが怖いのです。ですから切腹を決めた。追い腹切れば、それで五万三千石の後始末は終結する。なにが起ころうともう私の知ったことではありません。死ぬということは大変便利な、誰でもできる逃避の手段です」

「しかし大夫は、それをなさらなかった。およそ武士たる者、生きるという確証もなしに死んではなりませぬ。だから大夫はあのとき、籠城もなさらず、即座に切腹もなさらなかった。死ぬことだけが目的では、武士本来の一分が立ちませぬゆえ」

「おっしゃる通りです。殿様の刃傷（にんじょう）の原因も究明しなければなりませんし」

「因果は明白になりましたか」

「思い当ることはただ一つ、幕府の謀略です」

「大名家取潰しですか。今や幕閣は政（まつりごと）よりも権力の集中に躍起となっておりますからね。どこでもいい、取り潰せるところは潰してしまおうという魂胆です。年々高家の評判が悪くなっているのもそのせいでしょう。大名を怒らせて、自ら落ち度を作るように仕向ける。幕閣からそれとなく命じられているか、或（ある）いは幕閣に気に入られようと進んで陰湿な振舞いに及んでいるか」

「吉良様にお咎めのなかったのは、その辺の経緯（いきさつ）がからんでいるかもしれません」

「高家がいい気になるわけです」

「御饗応役を仰せつかった大名家は、どちら様も幾度となく無念の思いを抱かれたと伝えられております。でも皆様、仕掛けられた罠（わな）にはまるまいと必死で堪（こら）えておいでになった」

「殿様はその罠にはめられておしまいになった」

「結局のところ殿様ご短慮と考えるしかないでしょう。白状します小野寺さん。私は殿様をお恨み申し上げました。なぜ家臣のことをお考えくださらなかったのか。なぜ家臣の働きによってご自分が支えられていると思召されなかったか。少しでもその思召しが

あれば、吉良様にどれほどの仕打ちをされようと耐えていただけたのではないか、とね。殿様は五万三千石をご自分お一人のものと錯覚していらしたのです。家臣はあってなきが如し。ですから事を起こしても、ご自分のお命一つで解決すると高をくくっていらした。潔く死ぬことに酔っていらした」

「結局、殿様は五万三千石を持ちきれず、その重みで潰されておしまいになったのだと、この十内は思います。でもそれは殿様お一人の科ではない。お支えしきれなかった家来の罪でもありましょう。刃傷の際、殿様はこの間の遺恨、と仰せられた。遺恨の種は知れずとも、そう仰せられた事実は残ります。その事実を掲げて仇討ちすること、それが浅野遺臣の務め、武士たるものの本分ではござるまいか。大夫、迷うことはありません。ご貴殿のお胸の内にある企ては、始めから終りまですべて正しい。吉良様を討つこと。その実現のために人心を計り、時間をかけ、手立てを尽すこと。非力ではござるが小野寺十内、すべて大夫に同腹いたす。但し、お断り申し上げておきます。某の決意は亡君のためではござらぬ。自分のため、自分を生かしたいがため。武士としてこの世に生きながら武士の務めを一つとして果たし得なかった我が身に、武士として生きた証を残したいがため。お笑いくだされ、勝手でござる。老母妻子を顧みず、己れの勝手を押し通しまする。恐れながら殿様のご短慮をとやかく申す筋合いの者ではござらぬよ」

「救われます、小野寺さん。よくぞ仰せくだされた。吉良様を討つ。これは当初からの

私の切望するところです。これ以外に我らの生きる道はありません。そして、その道の先にあるものはもちろん死です。吉良は直参です。ご城内の儀礼、式典には欠かせぬ高家の中でも特に家柄を誇り、禁裏、公卿方とも密接な繫がりを持つ人物です。その吉良を襲うとなれば、相手の首を奪ろうと奪るまいと、我らを待っているものは死です。それも切腹なら結構、幕府の裁量次第で打ち首、獄門、ことによったら火付け、盗っ人、親殺し主殺しと同罪に磔ということもあるかもしれませぬ」

「そこまで覚悟をつけている者が何人いるか。武士の一分を賭けての仇討ちを、しおおせた後は武士らしく切腹と、百人中百人まで思います。しかし、必ず武士らしく死ねるとは限らない。それでも、武士らしく死ねないことも含めて、我らは武士の一分を立て通す。そこまで覚悟しなければ、この企てに加わる資格はない、ということですね」

「奪るのは吉良の命、ただ一つです。やろうと思えば一人でもできます。命を奪るだけならば。しかし、それでは一人の鬱憤は晴れても浅野の家来としての一分は立ちません。浅野の家来といえるだけの人数がまとまって、一つ目的を果たさなければ。そして、それは絶対に成功させなければ。準備が必要です。小野寺さん、その準備のための時間が必要なんです」

「大学様お取立て、お家再興の願いで、時間が稼げます。その間に同志の結束を強めましょう。待ちきれず脱落していく人間があるとすれば、それは初めから志を異にする者

で、惜しい人材ではありません。それに、大学様お取立てはまず無理でしょう。幕府は自前の禄を増やしたい。せっかく転がりこんできた五万三千石を手放すはずはありません。但し、一割の五千石で旗本にお取立て。このくらいは、あるような気がします」

「あるかもしれません。しかし、ないことを願っています。大学様の人前回復が叶えば、仇討ちはできません。大学様に累がおよびます。堀部たちは、亡君は亡君、大学様は大学様と割切っておりますが、大学様は弟御とはいえ殿様生前、ご嫡子になられたお方、別々には考えられません。しかし、時間が欲しい。仇討ちを完璧に成し遂げるための手立てを密にする時間が欲しい。そのために私は、恐れ多いことながら大学様を利用しています」

「時間は必要です、しかし大夫、その間に吉良様のお命が尽きてしまったらどうなさる。同志の気がかりには、これもあります。吉良様はご老齢でござるゆえ」

「はい、そのときは私を討ってもらいます。私が同志の仇です。時間を延引させた罪は重うございます。吉良様への恨みに匹敵いたします。私を討って、しかるのち、当初の定め通り、殿様の墓前で切腹してもらいましょう。武士の一分はそれで立ちます」

「大夫」

「私も、それで私の仕事が完うできます」

「大夫。浅野公は、よいご城代をお持ちなされましたな。不肖小野寺十内、つくづくそ

う思います」

　このとき旦那様は、浅野のご家来ではなく、かつての東北の名主、小野寺一族のお顔つきになっていらっしゃいました。

　遠く保元の頃に始祖を持ち、源家の頭領頼朝公に従って軍功があったところから、のちに出羽三郡を支配する領主となり、戦国の頃、天正年間には絶大な勢力を誇っていた小野寺家も、慶長五年、関ヶ原の合戦に徳川家の味方をしなかったばっかりに滅亡いたしました。

　ご一族の内のお一人が長いご浪人を経てのち、浅野分家に仕えられ、以来百年三代、ご子孫の十内様が再びご浪人になられました。有為天変は世の習い、しかも血で血を洗う戦国の頃に家の興亡は数多ございますもの、今のお身の上を格別恥じていらっしゃるわけではございませんが、やはり旦那様のお身の内には、かつての覇者、一国を支配した領主の血が流れているのでございましょう。ふっと、五万三千石程度の外様大名の、家来の端にすぎないご自分のお立場を、他人の目でご覧になってしまうことがおありのようでしたし、同様に浅野家そのものを、高みから見下ろす瞬間があることも否めませんでした。

五

旦那様は、ご自分でもお気付きではないのでしょうが、禄高百五十石、お役料七十石の京屋敷留守居役のご身分に安住してはいらっしゃいませんでした。可もなく不可もなく過ごしていさえすれば、上にも下にも動かずにとりあえず安穏な日々を送れるお身の上を、むしろ恥じていらしたのです。けれども、藩主に仕え、禄を頂き、それで家族を養うお立場であってみれば、うかつに今の暮らしを失うことはできません。それは一家の主（あるじ）としてあまりにも無責任に過ぎる。

勿体ないことですが殿様は、その無責任を理由はどうあれ現実のものにしておしまいになった。そして、家中の者、家族小者も含めれば千人もの人数を路頭に迷わせておしまいになった。そのことを批難しつつもお心の隅には、実は、ご無理ではなかった、というお気持ちも旦那様にはおありでした。

「大夫、ご貴殿は立派です。実に立派です。そこへいくと某などは不純で恥ずかしい。単に自分の死場所を求めているだけなのですから」

大石様の責務は藩全体を抱えたもの、旦那様の責務はご自分の家族だけを対象にしたものでしかありません。その差を厳然と見据えていらっしゃるだけに、旦那様のお心の

内には荒野を吹き渡る風のような無聊感が過ぎっていたのでございましょう。

　旦那様はお続けになります。

「戦って死ぬために在る武士が、太平の世になって戦わなくなった。それでも武士でいる不都合、その武士を人間の最上位に据えた太平の世の御法の理不尽。それを知りながらその地位に安住している自分が惨めでなりませぬ」

「ご同様です、小野寺さん。確かに戦いもせぬ武士にはなんの値打ちもありません。しかし、戦いで楽土は得られたでしょうか。勝利すれば領土は広がりますが、そこが楽土になるとは限らない。合戦に明け暮れている人間に決して楽土は訪れません。覇道の先にあるものは諸人に幸せをもたらす楽土ではなくて、独りよがりの楽天でしかない。楽土は仁徳をもって行う政道の先にしか現れてくれません。夢物語と笑われようとも、楽土を求めるならば、王道を行くしかないのではありませんか」

「仰せの通りです。太平の御世は有難い。武士も死ななくてすむ、人々も血の流れるのを見ずにすむ。でも武士がいる。死ぬことを代償に身分を保証された武士がいて、その武士が死にもせずに天下を掌中に収め、幕政を敷いている。その矛盾を問い質すべき時が、我らに与えられたと思うのですが、違いますか」

「それならば亡君のご短慮に感謝せねばなりません」

「正直、某は感謝しております。小野寺三代、百年待ちました。今、某の身をもって長

年の懸案を実行に移せる時が来ました。仕合わせたと喜んでおります」

「それで夢の王道につながるでしょうか」

「王道を見ることはできると思います。けれども楽土は無理なのではないでしょうか。人間は、なにも起こらない凪(なぎ)を、そう長く楽しめないように出来上がっているようですから」

「それでも我らは立つのですね。我らの仇討ちはすでに天の導くところとなってしまいました。そうですね、小野寺さん、捨て石になっても立つべきなのですね」

「仕組みの矛盾を問い質すのが我らの役目、あとは時世時節(ときよじせつ)に委(まか)せましょう」

「ありがとうございます小野寺さん、ずいぶん気がらくになりました」

「某がもっとも感謝しておりますことは、頭領に大夫を頂いたことです」

「私がなんとか自分を持ち堪えていられるのは、私というものを理解してくださる小野寺さんのお蔭です」

「痛み入りますな」

「一人でも私の真意を判ってくれる人がいると思えばこそ、批難や中傷を乗り越えて、思い通りの藩政始末ができました。そうでなかったら私は、即座に殿様の後を追って切腹したか、遁走(とんそう)していたでしょう」

「思うばかりで身の毛がよだちます。おそらく小競り合いがあちこちで起こり、最後は

幕軍に攻められて、浅野家は末代まで汚名を残したに違いありません」

「そうならなかったのは、今まで、たいした仕事もしてこなかった私を、どこまでも信じてくださった小野寺さんがいてくださったからです。感謝しています」

「やめましょう、誉め合いはみっともない」

「いえ、この際もっと気を軽くさせてください。長年積み重ねてきた恥をね、どうしてもお話ししておきたくなりました」

「承りましょう」

「大野九郎兵衛のことです。ご承知でしょう？　九郎兵衛が藩の財政を預かったのをいいことにして、出入りの商人から賂（まいない）を受けとり、私腹を肥やしていたことを」

「賂だけでなく、穀商と結託して藩士の扶持米の換算に手心を加え、自分の取り分を増やしているとも聞きました」

「姑息（こそく）なことを次々に、よく思いつくと感心するくらいです。塩役人を手なずけて自分用に横流しさせたり、江戸、大坂へ塩を運ぶ回船問屋からも割戻し金を取っていたようです」

「それは藩の金の横領ではありませんか」

「そうです。勘定方の一人岡嶋八十右衛門（おかじまやそえもん）が気付いて探索し、糾明の時機をうかがっておりましたが、これといった証拠が見つからない。逆に九郎兵衛の方が帳簿に細工して

不備を拵え、勘定方の誰彼を槍玉にあげて糾弾する有様でしてね、なにしろ殿様のお覚えがめでたいので強気です。今般、殿様御勅使御饗応役を仰せつけられ、改めて国元から江戸藩邸へ送金いたしました折も、一部着服の気配がありましたのを岡嶋が防ぎましたが、九郎兵衛め、よほど無念だったとみえ、江戸家老宛にわざわざ親書を送って、勘定方の役人共が無能なくせに狡猾で、これでは藩の財政が遠からず立ち行かなくなる、というようなことを告げたらしいのです。江戸家老がまた愚かにも、殿様にそのことを申し上げた」

「殿様の日頃のご気性から見て、お気鬱が昂じるのもごもっともではありますが、だからと申して、それが刃傷とじかに結びつきはいたしますまい」

「しかし、九郎兵衛の横暴を知りながら長年、見過しにしてきた城代の罪は消えません」

「大夫にお為ごかしをいう気はありません。しかし、もし城代家老が重臣の罪を暴き、ことが表沙汰になったときは、そのまますぐに藩政懈怠の裁断で、お家断絶となりましょう。ご城代がことを慎重に扱われるのは当然と存じますよ」

「そのつもりでした。しかし、結局、お家は断絶、藩は解体してしまいました。私は、城代家老の私は、ただ手をこまねいて、お家の崩壊して行くのを見ているだけでした。万死をもってしても償いきれない罪です。小野寺さん、大石内蔵助は、同志の仇として

討たれて当然の人間なのです」

「大夫、今度は誉めません。ただご貴殿が羨ましい。城代家老であったればこそ、今も五万三千石を背負い、そのために一命を賭していられる。某をご覧なさい、自分の一命を賭ける相手は自分の意地だけです。武士の一分という、武士以外にはなんの役にも立たぬ、わけのわからぬものを、自分に納得させるためにだけ、命を使うのです。しかし、ご貴殿は、今は失くなってしまった五万三千石赤穂藩浅野家のために、これからも働かねばならぬ宿命を負っていられる。恥ずかしながら小野寺十内、生まれて初めて他人を羨ましく思いましたよ」

旦那様は煙管をお取りになりました。

大石様も煙草盆を引き寄せ、懐中から煙草入れを取り出して一服なさいました。

「悪さをいたしました。お口汚しでござりますが、上がっていただけましたら、うれしうござりますのやけれど」

酢飯に細かく刻んだお野菜いろいろ交ぜたお丹様お手作りの五目鮨。器は、これも乾山様がお届けくださったもので、薄茶色の地肌に野菊が描かれておりました。折敷に載せてお丹様がご自身に、お客様と旦那様の前にお運びになります。

大石様は見るなりおっしゃいました。

「これは懐しい、幼い頃、母が作ってくれた覚えがあります」

お丹様の頬にえくぼが浮かびました。

「久満女様にお教えいただきましたおすもじでございます。いかがでございます、お口に合いますやろか」

「合いますとも、合わいでなんといたしましょう」

大石様の召上がり方は、本当においしそうでした。

旦那様も一口一口、静かにお箸を動かしていらっしゃいます。

大石様はお代りをなさいました。

「無躾（ぶしつけ）ながら」

と恥ずかしそうにご所望なさったときのお顔つきは、ご幼少の砌（みぎり）、御母堂様の前でお見せになったお顔もかくや、と偲（しの）ばれるようなあどけないものでございました。

一月（ひとつき）ほど後（のち）、泉岳寺墓参、御後室様へのご挨拶などを名目に大石様は江戸に向けてお旅立ちになりました。

その日お丹様は、お庭で、ほどいて洗った旦那様のお召物を伸子張り（しんしば）にかけ、旦那様は、堀川の伊藤仁斎先生の塾に、お出かけになりました。

鵤(いすか)の嘴(はし)

一

伊藤仁斎先生とおっしゃるお方様は儒学をご教授なさる学者先生でいらっしゃいまして、堀川の勘解由(かげゆ)小路に塾を開いておいでてした。旦那様はお若い頃から伊藤先生に私淑しておられ、京住まいになるとすぐ、入塾なさったそうにございます。そのご縁で大石様も仁斎先生のお教えをお受け遊ばすようになったとうかがっております。

仁斎先生の塾に集う方々は、京で名高い分限者(ぶげんしゃ)のご子息やら、お医師、絵師、笛、鼓の名手、それにお公家(くげ)様まで実に多岐に亘(わた)っておりまして、尾形光琳様、乾山(けんざん)様ご兄弟もそのお一人でございました。

御所蛤御門(はまぐりごもん)前に広い間口の店を構えます菓子舗虎屋のご子息も仁斎先生のご門弟で、そのお蔭(かげ)には時折、「お見舞い」と称して結構なお菓子をお届けいただき、私共までお

相伴にあずかります。

昔、大石久満女様のお宅におりました時、お菓子に蟻のたかったことがございました。もったいないことであったと、今でも忘れられません。忘れられないといえばもう一つ、ご当代の将軍家はご上洛遊ばさぬゆえ、結構な生菓子を召し上がったことがおありにならぬ、というお話。京に住みます有難さ、私のような下々の者でも、一度ならず二度三度と、お味見をいたしております。

旦那様ほどよく天地の事柄をご承知で、ものを弁えておいでの方はあるまいと存じますのに、その旦那様が今なお、教えを乞われる伊藤仁斎先生のお説とはどのようなものか、私などには到底計り知れることではございませんが、旦那様のお考えの中心になっているお言葉は頭の中に焼きついております。

「人間しか人間を理解できぬ」

法度で人は育たぬ。権力で人心は掌握できぬ。人間を人間らしく活かすものは慈愛である、と。

深い意味は判りませんが、旦那様のご日常を見上げておりますと、さこそと感じられることが多々ございます。まことに恐れ多いことでございますが、亡き浅野の殿様のお人柄にお触れになるときも、四條の芝居前で見かけた傾き者のお話をなさるときも、その人物に値打ちの長短をおつけになりません。私ごとき者をお使いくださいますにも、

決してなおざりにお使いはなさらず、私というものをしっかり見定めていてくださいますのがよく判ります。かほどに手厚くお扱いくだされますもの、どうして浅薄なご奉公ができましょう。お丹様のお手助けになるよう、いよ様のご介抱が充分にできますよう一所懸命に務めておりますが、このご奉公もいつまで続けられるかと、ふと考えますと、やはり切ない気持ちになりました。

それはどなた様も同じでいらっしゃいましたでしょう。どなたもなにも表にお出しになりませんが、旦那様は、そう長くないうちに必ず死出の旅にお立ちになるのです。その旅には、ご養子の幸右衛門様も同行なさいます。その幸右衛門様はこのごろ京にお住まいにならず、赤穂にずっとご逗留でいらっしゃいました。

赤穂には実の母御様がおいでです。幸右衛門様はご次男で、ご長男が大高源五様でいらっしゃいました。

大高様は武術はもとよりお人柄にも秀れ、またよくお和歌などもお詠み遊ばす風流人でもあられまして、大夫、大石内蔵助様のご信任が大層厚いとのことでございました。大高様は只今、大石様のお指図をうけて江戸へお下りでいらっしゃいます。堀部安兵衛様など、在江戸の仇討ち推進派と行動を共にし、吉良様周辺のご様子を実際にその目でご覧になるのがお役目でございました。

大高様も初めから切腹に賛同していられ、神文の盟約にも初期の段階で血判しておい

でになります。当然、堀部様方同様、一日も早い決起を望んでおいでにはなりますが、やはり旦那様の甥御様であり、大石様のご信頼を受けているほどのお方、もっとも失敗の少ない方法を見極められ、その道を進もうとしていらっしゃいますので、とかく血気に逸りがちな推進派の方々を制御するお役目も自然に兼ねておいででした。

大高様は早くに父御様を亡くされ、二百石の当主の座につくことも叶わぬまま捨扶持に甘んじていらっしゃったのですが、それでもご奉公には露ほどの懈怠もなく、高ぶらず、おもねらず、目上、同僚はもとより、軽輩の者や町人とも隔てなくお話しになる、そのおやさしくも潔いお人柄には、誰もが信頼をおかざるを得ない、といったお方でした。此度の企てに、重要なお役目を割り当てられましたのも、自然な成行きと申せましょう。

一所に留まっていられない兄御様に代って実の母御に付き添っていられましたのが、幸右衛門様でございます。お若い頃にお連れ合いをお亡くしになった実母様は、剃髪して貞立尼と名乗っていられました。貞立尼様は養家に遠慮して幸右衛門様の赤穂滞在を拒まれたそうにございますが、養母にあたるお丹様の懇ろなお文でお心を解き、

『お心ざし有難く頂戴つかまつりまいらせ候』

こちらも懇ろなお礼状をお出しになって、幸右衛門様とお二人、時には源五様もお帰りなされて、親子水入らずのお暮らしを続けていらっしゃいます。

養家、養父母と申しましても、貞立尼様は旦那様の姉御様。お丹様が介抱なさいますお年寄りは、貞立尼様にとっても母御様でいらっしゃいます。また、小野寺家の養女になっておいでのいよ様はお丹様の妹御、お互いに血の繋がりがあればこその思いの深さが、ほどよく、どちらのお家にも届いて、なごやかな毎日が過ぎておりました。

堀川通りをお歩きになる旦那様のお姿も、至ってなごやかにお見受けいたします。上背のあるお体をやや前かがみに遊ばして、袴はおつけにならず着流しに大小を差し、懐には論語とやら孟子とやらの御本を一冊。大幅な足どりでゆったりと歩を進めていらっしゃいます。そのご様子からはとても、明日が日、生命が終るかもしれぬ、というほどの大事を抱えているとは思えませんが、旦那様の堀川通いも、決して学問のためばかりではございませんでした。

今までつかず離れず、地道にお付合いを重ねていた塾仲間と新しい交流が始まっていたのでございます。そのお仲間とは至って富裕な京根生いの大商人で、以前、浅野家に出入りしていた家もあれば、そうでない家もありますがほとんどが呉服所でした。その大商人たちが口を揃えて、

「浅野ご浪人が遺恨を晴らす、そのお手伝いさせてもらいまひょ」

と申し出たのです。

「遺恨を晴らすなどと、存じもよらぬこと。うかつに物を申されな」

旦那様は一笑に付されました。

しかし皆様は、打ち消されることも含めて大方の事情をお察しのご様子で、これには旦那様も、さすが根生いの大商人と、ひそかに舌を巻かれたようでございます。それから後は双方、話の中味を明からさまにせぬように言葉を選びながら話を交わすうち、旦那様も、商人たちが決して浮ついた気持ちで助力を申し出ているのではないことを見極め、江戸からお戻りなされた大石内蔵助様に、このことをお伝えになりました。

「有難い。金子調達の糸口が見つかりました」

軍資金の調達がなによりも重要な事柄だっただけに、大石様のお喜びは一入でございました。

お家断絶から九ヶ月、浪人の貯えは尽きかけておりました上に、敵の動向を探るためにはいろいろの手配をせねばならず、江戸、京間往復の費用も嵩みます。大石様がその調達に苦慮していられたのをよくご承知の旦那様は、さりげなく資金提供者への橋渡しをなさったのでございました。

こう申し上げますと、なにやら旦那様に下心があって堀川塾に通っていたように聞こえましょうが、決してそんなことはなく、旦那様は、近く必ず訪れる最期をいかに確実に迎えるか、という心の準備のために、また傍目に、相変らず穏やかな毎日を過しているると見せかける必要もあって通っていらしたに過ぎません。しかし、どちらからともな

く自然と心が通じ合い、大商人の方々との結びつきが一層深く強くなってまいりましたが、それには理由がございました。京根生いの人々の多くが、将軍家に対して、深い恨みを抱いていたという理由でございます。

将軍家は権現様、徳川家康公以来、恐れ多くも禁裏様のご権威を削ぎ奉るべく様々の手立てを用いてまいりました。武力をもって迫られますれば、なんの防備もなく、やわやわとおわしました禁裏様はひとたまりもありません。たちまちすべての実権を奪われ給い、将軍家の意のままに動くお立場におなり遊ばしたのでございます。禁裏様に付属なさいますお公家様方が、落魄の一途を辿られましたことは、申し上げるまでもございますまい。

それに伴いまして長い間栄華を誇ってまいりました京の町衆にも大きな変化が起こりました。幕府が、それまで大商人が所有していた富を産み出す制度の一々を取り上げ、支配下に置いたのでございます。さしもの大商人も富への道を断たれて、次々と没落してまいりました。尾形光琳様、乾山様ご兄弟のお実家も、そうしたお家の一つでございましたし、伊藤仁斎先生のお家も、元は、やはり結構なお立場の大商人でいらしたとうかがっております。

現在もまだ呉服所として、或いは金銀をもって各大名家と取引きしている京商人は多々ございますが、そのいずれのお家も前途に見えるものは暗闇で、じりじりと幕府に

締めつけられ、破綻を待つばかり、大商人のご子息方が仁斎先生の私塾に出入りなさいますのも、光明のない未来への不安を、少しでも克服なさりたいがゆえの行いのようでございました。

義よりも仁を尊び、権力と服従に対するに、慈愛と自由を配した伊藤仁斎先生のお教えは、こうした方々のお心に深く浸み入り、富以外のものに目を向ける底力となっていったのでございました。

けれどもこのお考えは、武士の一分を立て、主君への敬意と、受けた恩義――恩義とはご奉公することで得た身分と日々の糧の保障ということでございましょうか――のために生命を賭けようとする赤穂のご浪人方が目ざす道とは逆の方向にあります。旦那様はその矛盾にお気付きでした。それでも大石様に橋渡しなさり、資金調達を申し出てくださった方々にお引き合わせする運びをおつけになりました。旦那様のお心の目には、大石様のお出しになるお答えが見えていらしたのでございましょう。

「我らの企ては決して将軍家に反逆するものではござらぬ。あくまでも武士の一分を立てるため。武士は武士らしくあらねばならぬというお上のお定めに従えばこそ起こす手立てでござる」

大石様は京根生いの分限者を前にまず、こう仰せられ、続いて、

「こと成就した後の延命は考えており申さぬ。さすれば、皆々の厚情に報いる術がござ

らぬが、それ、ご承知願えようか」

　再度仕官することはあり得ないので、莫大な資金を調達してもらっても、それを回収させることはできないと、念をお押しになりました。

　商人の方々のお答えはこうでございました。

「忠義も一分も法も権威も我らには無縁でござります。ただ、我らには出来ぬことを、お出来しなされようとするお武家様が羨ましい。それなれば、せめて羨ましい方々の後押して、出来んこと出来していただいたらどないやろと、まァ他愛もないこと考えました。どうか、お腹立てられませんように願います。えらいご無礼とは存じますなれど、どうでござりますやろ、好きにさせると思召して、我らが御用立ていたしますお金、使うていただくわけにはまいりませんやろか」

　上品とは、こういうことを申しますのか、威張らず、さりとてへり下り過ぎもせず、ごく自然にさらりと、大きく重い話をする様子に大石様も殊のほか感服し、意を強くなさったのでございました。

　京根生いの商人が味方についたということは、京中が大石様以下、赤穂浪人の企てを、密かに後押ししてくれることに他なりません。その代り、企ては必ず成功させねばならぬという大石様の責務は、ますます重くなりました。

　このとき大石様と面談した商人は、室町の綿屋、西洞院の和久屋、中立売の菱屋で

ございましたが、かつて浅野家のお出入りを務めたこともある誼みで、綿屋善右衛門様がまとめ役になり、浅野家浪人側からは、旦那様のご推薦で、原惣右衛門様、吉田忠左衛門様が、金銭の受渡しを含め、交渉役と決まりました。

原惣右衛門様は元三百石の足軽頭で、殿様大変の節は江戸在府中。伝奏屋敷に詰めていらっしゃいました。ご家来の内では一大事の最も近い所にいらしたことになります。伝奏屋敷を引き揚げるその折も冷静沈着にことを運び、混乱を未然に喰い止めたと承っております。

殿様切腹の報を持ってその夜の内に江戸を発ち、四日半で赤穂に到着なさった第二の早使いは、大石瀬左衛門様と、この原様でございました。同盟にも当初から加わっておられ、大石内蔵助様のご信任も厚いとうかがっております。また、生国が東北でいらっしゃる由、旦那様とはお年の近いこともあって、なにかとお気が合うようでした。

吉田忠左衛門様は元二百石、郡代をお務めでした。お年は六十を越えていらっしゃいましたが、大変お身大きく、武術に秀れ兵法に詳しく、同時に大層な粋人でもいられるそうにございます。大石様のご名代としてことに当られますには、最もふさわしいお方でいらっしゃいましょう。

かくして着々と企ての礎が築かれて行く中、元禄十四年が暮れ、元禄十五年の春を迎えました。そして、半月、汲みおきの桶の水が凍りついている寒い朝、悲しい知らせが

届いたのでございます。

『萱野三平、摂津国萱野郷にて切腹致し、相果て候由。誠に驚き入ったる事にござ候』

二

山科の大石様からのお文でございました。

「萱野、あ、可哀そうになァ」

お文を握りしめたまま、旦那様は二、三度その名をお口になさいました。旦那様がここまで悲しみを外に表し、動揺なさるお姿を見上げましたのは、後にも先にもこの時だけでございます。

「萱野様？　あの三平様が？」

お丹様もあとに言葉なく、旦那様のお背中を見つめていらっしゃいました。

萱野三平様。お見受けしたことがございます。赤穂を引き揚げ、郷里の萱野郷にお帰りになっておいででしたが、一度、京に入られたことがございまして、山科の大石様をお訪ねになったり、京に住む他の同志と密かに逢い、会合を重ねたりしていらっしゃいました。その折、二、三の同志とご一緒に旦那様をお訪ねになりました。

色が白く端整なお顔立ち。その上、立居振舞いに凜とした気配があり、ご所存の程も二十八歳というお年よりは沈着で、前後の見境を確実におつけになる方と、お見上げ申しておりました。宝蔵院流の槍の達人ともうかがっております。

「萱野がいれば安心」

なにかにつけて旦那さまは、萱野様を頼りに思っていらしたようでございます。血気に逸り、暴走しがちな若年の同志を上手に導いてくれる人物として、大石様とも、副将格の吉田忠左衛門様とも、ご意見が一致しておりました。

殿様大変の節は、原惣右衛門様と同じく萱野様も在府中で、事が起こるとすぐ上司の早水藤左衛門様と共に最初の早使い役を務められました。宿場宿場で駕籠を乗り継ぎ、乗り続け、江戸から赤穂まで百六十里に余る道程を、わずか四日で駆け通したことは、今も語り草になっております。

このときの書状は殿様御舎弟浅野大学様のお筆になるもので、殿様が殿中で吉良上野介殿に対し刃傷におよんだ事。殿様には別条ないが言語道断の振舞いである事。この事が家中に波及しないよう老中から申し渡された事。国元でも城下で騒動の起きないよう注意すべき事。といった内容に止まり、宛名は大石内蔵助殿、大野九郎兵衛殿、となっていて、添え書きに、使いの早水藤左衛門、萱野三平から直接委細を聞き、よろしく取り計らうようにとありました。

それほどの御用を務められた萱野様、早水様と共に籠城討死の盟約をし、次いですべて大石様のお指図に従う旨の誓約書をお示しになったことは申し上げるまでもございません。殿様のご無念を偲び、吉良様を仇と思うお気持ちは、どなたにも負けてはいらっしゃらなかったと存じます。

その萱野様が自らお生命を絶たれたとは、一体どうしたわけでございましょう。まるで無縁の私共まで残念で残念でなりませんでした。

旦那様とお丹様は揃ってお仏壇の前に座り、おみ明かしを灯して合掌なさいます。

(理由は知らぬが、萱野、さぞ無念であったろう)

旦那様は、一心に亡き人へ語りかけておいででした。

その理由が、まもなく判明いたしました。

萱野様とは遠く源朝臣頼光を祖先とするお血筋で、摂津萱野郷は源頼朝公から賜って以来のご所有でしたが一時、太閤秀吉様にお仕えであったそうにございます。朝鮮の役に出陣した折、志田羅という者に鉄砲の奥義を習い『しだらの伝』として今に伝えていらっしゃる由。『しだらの伝』とは、なんでも鉄砲玉一つ籠めれば五方に飛び散るという術だそうで、なかなか余人のまねられるものではないそうにございます。

三平様の父君七郎左衛門様の代になりましてから江戸へ出て、豊臣当時の知縁である大嶋出羽守義近という旗本に仕えていらっしゃいましたところ、その出羽守様が、三平

様の器量骨柄にお目をつけられ、折から近習をお求めであった浅野内匠頭様に推挙なさったのでございます。萱野三平様はご次男でありましたため、父君のお勤めの跡を継ぐことはできません。そこで、このご推挙を有難くお受けになって浅野のご家来の列に加わられたのでございます。三平様十三歳の折、お扶持は十二両三人扶持であったと申します。

赤穂開城後、萱野三平様は、すでに職を退かれて郷里に戻り、隠居生活に入っていらしたご両親のもとでお暮らしでいらっしゃいましたが、このことを伝え聞いた大嶋様が、またもや仕官の先をお世話くださったのでございます。大嶋家もすでにお代替りで、ご当主は伊勢守義也様と申し上げますが、よくよくお世話好きのお血筋か、

「三平ほどの武士を、埋もれさせておくのは世間の損失である」

と仰せられ、たって二度の主取りをお勧めになりました。

もとより二君に見えますことなど、萱野様のお考えの内にはございません。耳にするさえ迷惑な仕官の言葉を、払いのけ払いのけ、ご両親にも、江戸においでの兄御様にも、その主君である大嶋伊勢守様にも、幾度となくお断り申し上げたそうにございますが、皆様一向にお聞き入れなく、それどころか親御様などは、

「ここまで三平の才覚をお認めいただけるとは、身に余る光栄」

とまで仰せられて、手放しの喜びようであったそうにございます。

「ご奉公は十五年と短くはござれども、主君を失い奉ってよりまだ一年にも満たざれば、どうか仕官の儀は反古にしていただきたい。それに、些か、存じよりもあり……」

萱野様の度重なるご辞退は、かえって得難い忠義の臣との印象を、相手様に与えてしまったものとみえます。仕官のご催促は一層激しくなってしまいました。

「存じより？　存じよりとはいかなる仔細か、それ聞かなくては、先方様にお断りするにも言葉に詰るではないか」

一途に仕官を喜ぶ父君に責められて、萱野様のお胸中はいかばかりでございましたろう。

企てのことは、口が裂けてもいえません。

旧赤穂藩浅野家の遺臣の内、同じ志を持つ者が一味徒党を組んで吉良様を討ち取り、亡君のご無念をお晴らしするなどと、どうして余人にいえますものか。ことは隠密に運ばねばなりません。露見は企ての消滅を意味し、同時にそれは、同志への裏切りとなります。

萱野様は一人離れて郷里にお住まいでした。

せめてお身内のお一人になりと、お心の内の幾分かでも告げることができたなら、お気持ちも多少は軽くなりましょうが、萱野様にはそういうお方が身近に一人もいらっしゃいませんでした。もし萱野様がご両親のもとに戻らず、京にお住まいであったなら、

同志との交流もあり、あからさまに存念を打ち明けないまでも、ただお一人で秘密と向き合い、その重さに圧(お)し潰されることもなかったのではあるまいかと考えますと、あまりに潔い死が今更ながら悔まれてなりません。

ご両親様にとりましても、お悔みは一入(ひとしお)でございましょう。おそらく今も深い事情を御承知ではありますまいが、「死ぬほど嫌う主取りを、なぜ勧めたか」という自責の念に駆られていらっしゃるに違いありません。萱野様のご両親は、主取りこそが士分を持つ者の一番の仕合わせとお考えだったのでしょう。ご自慢のご子息に諸方から仕官を勧める声がかかるのを無上の喜びとしていらしたのです。ご子息がしきりに主取りを辞退なさるのを、謙遜とでも受けとめていらしたのでしょう。だからこそ強引に主取りの手続きを踏み進めていらっしゃったのですし、それこそが親の務めとでも思っていらしたのだと存じます。

そのような濁りのない水しかご存知ないご両親のもとにお戻りになりましたのが、萱野様の不運でした。そして、その不運を自らお選びになった萱野様ご自身もまた、濁りのない水しかご存知なかった方と申し上げねばなりますまい。

いずれにいたしましても忠義と孝行の狭間(はざま)、信義と敬愛の鬩(せめ)ぎ合いの中で苦しみに苦しんだ萱野三平様は、自らお生命(いのち)を絶たれることで、武士としての道義をお果たしになりました。

自刃の刀は備中国重。一尺九寸二分の大刀でございます。切腹に小刀をお用いにならなかったということは、合戦場で向かって来る敵と斬り結びつつ死んだと、ご自身にいいきかせるおつもりだったのでしょうか。

ご落命は一月十四日。亡君十回目のご命日に当ります。殉死でございました。

大石内蔵助様に宛てて遺書が届いております。

『此度よんどころない仕儀と相成り、返すがえす無念に候えども盟約を脱し、一人亡君御命日を期して切腹仕り候。露聊かお恨み申す筋は御座候わず、すべてこの身の不徳と存じ候間、念仏御無用に候。尚門出の節は魂魄ばかり御供仕り候べく候、

元禄　壬午一月十四日　萱野三平重実　花押』

現身はなくとも、魂は仇討ちの列に加わるつもりだとの書置き。大石様はこのお便りを受け取られた翌日、旦那様、小野寺十内様をお誘いになって瑞光院を詣でられ、亡君尊霊の碑に、萱野三平重実殉死をお告げになりました。

三

これら、萱野様のお身の上に関する事柄の多くは、大石様のお指図を受けて寺坂というお人が、摂津、萱野郷まで出向いて探ってきたものでございます。

この寺坂というお人は名を吉右衛門と申しまして、吉田忠左衛門様のご支配下にあります足軽だということでございます。なかなかの利け者で、また義心も強く、亡君お直きの家来ではなく又者の身分ではございますが、企ての盟約に加わっておりました。

寺坂は些か忍びの術を心得ているらしく、その辺りが足軽の身分でただ一人、同志に加えられた理由ではないかと存じます。

大石様、吉田様のお使いで小野寺家へも時折まいりますが、至って頑丈そうな体つきにも拘らず、どんな場所に出ましても、そこにいるのかいないのか判らないような気配の薄さが、当人の特性を物語っておりました。

それにいたしましても萱野様の死は、まことにまことに残念でございましたが、同志の死去はこれで二人目。昨年十一月に橋本平左衛門様という旧馬廻役、百石取りであったお方がやはり自ら生命を絶っていらっしゃいます。心中でございました。相手は大坂新地の遊女であったと申します。

お若い橋本様は、生きている限り恋だけを選ぶことも、忠義だけを選ぶこともできないというところに追いこまれて死をお選びになったのでございましょうが、もし企ての盟約に加わっていらっしゃらなければ、なんの迷いもなく忠義を捨て、駆け落ちしてなりと恋を貫いたに違いありません。お武家様が血判した盟約とは、それほど重いものだったのでございます。

けれども、その重さに疑問を持つような出来事が、まもなく起こりました。萱野様のご切腹が伝わって半月ほど経った頃のこと、高田郡兵衛様、あの、堀部安兵衛様と共に在江戸の急進派でいらっしゃった高田郡兵衛様が脱盟なさったとの報せが届いたのでございます。

「高田殿が、落ちた……」

大石様からの短いお文を一読なさった旦那様のお口から、淡いお声がこぼれ落ちました。

傍にはお丹様がいらっしゃいます。

「高田様……」

いつぞや、堀部安兵衛様とご一緒に、この家に立ち寄られた時のことを思い出していらっしゃるようでした。

大刀の鞘の先が触れて葉の上から落ちた蝸牛を、お丹様が拾い上げて葉に戻されたことに気付き、深々と一礼なさった、あの高田様。

お心に裏表がなく、真面目なお方のようにお見受けいたしました。槍術の達人であったともうかがいます。当初より吉良様を仇と断言なされ、これを討たねば武士の一分が立たぬと強く主張なさって、ずっと堀部様と行動を共にしていらっしゃいました。いわば企ての先駆けをなさっている方でございます。その高田様が脱落。残念と申します

より、不可解でございました。その後、江戸の方々からの書状、寺坂の探索などで追々事情が知れてまいりましたが、やはり充分に納得のできるものではございませんでした。

直接の理由は、養子の口を断り切れなかった、ということなのでございます。養子先は伯父御様の家。即座にお断りしたのですが、しつこく理由を問われ、まさかに企てのことを口外もできず、詮方なく高田様は、伯父御様のご養子になられたのだと申します。

盟約の第一は、

『企てのことを決して外へ洩らさぬ事』

でした。

万が一外部に洩れれば当然、幕府の耳に届きましょう。浪人共が徒党を組んで将軍家お膝元の江戸市中を往来し、直参の屋敷に侵入するなど、決して許されることではありません。謀叛人扱いされるのはまだしものこと、赤穂浪人の体面を思いきり潰してやろうとの邪心が幕府役人の内にあれば、あたら忠臣を、一介の物盗り、押し込みと同列に扱うことも考えられます。さすれば処刑は市中引廻しの上、磔、獄門。諸人へ見せしめの晒しものになるは必定。一体どこで、武士の一分が立ちましょう。しかも、本望遂げたのちのことならいざ知らず、事前にことが知られれば、仇の警備は固くなり、企てはなにもせぬまま無に帰してしまいます。

同志の口外厳禁は鉄則でした。

「高田殿は、同志の掟を守り通した」

いつものようにお居間で端座なさる旦那様の、お膝に置かれた両の手が、握り拳になっておりました。

刀の鍔を打ち合わす、金打して誓った他言無用の武士の約束は、どんな酷い拷問に遭い生身の体を殺しもやらず責め苛まれたとしても破ることはできません。

高田様は武士の一分を立て通すために武士の一分をお捨てになりました。

企ての口外は同志数十名の志を踏みにじり、企てそのものを雲散霧消させてしまいますが、沈黙を守り、己れの誇りを捨てて他家の養子になりさえすれば、企ては存続し、本当の意味で同志を裏切ることにはなりません。批難は自分一人が受ければすむこと、と思召されてのご決断だったと存じます。

当然、萱野様のようにお腹を召されて要求を拒絶なさる術もございましたろうが、高田様は生き恥を晒す道をお選びになりました。

おそらく伯父御様は猜疑心の強いお方でいらっしゃるのでしょう。切腹などしたが最後、それを必ず旧浅野家への義理立てと結びつけ、背後になにかあると、察しをつけるに違いありません。そんなことになりましては、命を失くした上に企ての危機も招きます。あえて、あえて、高田様は、ご自分の魂を殺し、生身の体を無傷でおくことになさったのだと存じます。

これから先、高田様がどれほど長生きなさったところで、どれほど平穏な毎日をお過しになったところで、居場所は常に地獄です。高田様のお体に、二度と正常な魂は戻ってまいりません。

「ほかの道は、高田様のお目には入らなんだのでござりましょうねえ」

お丹様は左の胸のあたりをそっと押さえていらっしゃいました。

お若い頃からあまりお丈夫でなかった心の臓が、このところ時折また疼くようで、左胸に手を添えるのが癖のようになっておいででした。

「考えに考えた末のことであろうよ」

「切ないことでございます」

「なぜ物ごとはこうも喰い違うのか。誰に悪気があったというわけではなし、萱野殿の仕官も高田殿の養子縁組も、常の話であったならおおいに歓迎されるはず。今のこういう場合に出されたことが、まことに不運であった」

「ほんに、鵤の嘴でござりまする」

その後、高田様のご消息は打ち絶えてしまいました。同じ江戸にお住まいで、つい先日までご一緒に行動していらした堀部安兵衛様とも、お付合いは一切ないそうにございます。一、二度、往来でお姿を見かけたことがおありだったようですが、すっかり窶れていて、目も虚ろで、

「声をかけそびれた」

ということでございました。

打ち続く同志の脱落は、しかし、企ての前途を暗くすることはありませんでした。皆様いよいよ、吉良家襲撃の意を強くしていらっしゃいまして、一日も早い実行をお望みで、その意気込みたるや燃えさかる炎のように熱く勢いがございました。

江戸と京との往復が繁くなり、各地に点在している方々も京に集うことが多くなりました。企ての内容は日々固まって行きつつあるようですが、大石様はやはり、大学様の行く末が定まるのを見届けるまで、と仰せられ、容易に動こうとはなさいません。

「亡君一周忌には」

決起を促す声も多々ございましたが、結局、三月十四日、殿様一周忌の御法要が赤穂の花岳寺、江戸の泉岳寺、京の瑞光院の三ヶ所で、各々平穏のうちに営まれました。

赤穂のご法要には旧領民も参詣いたしましたそうで、同席した同志のお一人、神崎与五郎様から、

『領民の旧主を思うこと、赤子の親を慕うがごとき有様にて候』

とお便りがまいりました。

「大夫の善政の賜物だな」

旦那様のご評価は、どうしてもご主君より城代家老に傾きます。

「なんにいたしましても結構なことでございますなァ」

お丹様は丁度、母御様のお手水のお世話をすませたところで、洗った手を拭いながら、旦那様の呟きに答えていらっしゃいました。

本当にお丹様は、あれやこれや細かい雑事に追われ通しで、ずいぶんお忙しい毎日でいらっしゃいますのに、ちょっとの間も惜しんで旦那様と向かい合い、お話を交わすようにしておいでになります。

お髪には地味な挿し櫛のほかは一つの飾りもなく、お召物は何度も洗い張りして、仕立て直したものばかり。どこにも目に立つ色をつけておいでではございませんのに座り方立ち方、お話しなさる時の首の曲げよう、頬の動きにも、なんとなく華やぎがあり、お若いというよりどこか幼なげなご様子が残っていて、お話し相手の旦那様ばかりか、周囲の者まではんなりとした空気に包まれてしまうのでございます。

「結構だ」

旦那様は煙草盆を引き寄せ、一服お喫みになりました。旦那様は、お酒をほとんどお飲みになりません。その代り煙草がお好きで、ずいぶん吟味した葉をお用いのようでした。

「贅沢かな」

時々、言い訳のようにおっしゃいます。

「さァ、いかがなものでございますやろ」

「やめようかと思うのだが」

「ご無理でございますやろ」

「そうだな、無理だな」

「はい」

桜の花の散りしきる時季、どこから飛んで来たやら花びらがお部屋の中にまで舞いこんでおりました。

四

その花びらを二つ三つ、背中に負うた荷物につけて現れたお方の名前は三村次郎左衛門様。菅笠かむった町人の旅姿でございましたが、れっきとしたお侍で、企ての同志の一員でございます。昨年三月、殿様大変の折、公儀に対してどういう態度をとるべきか、様々の取沙汰がされまして、すぐさま開城、家中解散を主張する派と、籠城、殉死を唱える派と家中の意見が二分されました時、三村様は即刻、籠城、殉死派に身を投じる決意をなされたとうかがいます。

と申しましても三村様は七石二人扶持の酒奉行、つまりは台所役人で、忠義を立てる

さえ遠慮がちにせねばならぬほどの軽輩でございました。それで血判した神文を当時ご城代の大石様に差し出しますのも恐る恐るであったそうにございます。けれども直ちに神文は受納され、三村様の望みは叶いました。

人はみな同格、まして浅野家断絶の後は、家来であった者に身分の上下はなく、同じ家中の一くくりである、というのが大石様のお考えでございましたから、三村様の加入に苦情をはさむお方は一人もいらっしゃらず、かえってその勇気を讃えられたそうにございます。

現在三村様は喜兵衛と名を変え、干し魚や漬物を売る町人の態を装っていらっしゃいますが、以前、浅野家がまだ安泰でありました頃、京屋敷に何度か立ち寄られておりますので、大小差したお姿も私は存じ上げております。

「新酒の吟味をしてまいりました。今年は出来がよいようでございます」

裏門から台所の土間に通り、上がり框の下に跪いてまず、応対に出られたお丹様にご挨拶なさるのが例になっておりました。

新酒の調達に伏見まで出向いた折、足を延ばして京に入られるのだそうですが、同時に京屋敷へ赤穂特産の塩をお届けになる役目も負っていらっしゃいました。塩は、旦那様が御用向きでお出かけになる洛中の、諸方のお家へ、手土産に使われます。

浅野家が失くなりましてからはその必要もなくなりましたが、今も三村様は、おいで

になる度に塩を一包み持って来てくださいます。

「ご家内でお使いになります、ほんの当座の分でございます」

赤穂の塩田で働く者たちとの縁がまだ続いていて、この程度なら手に入るということでした。

「山科にもお届けしております」

この日も、まず山科の大石様のお住まいに行き、それから五條の小野寺家へ立ち寄られたそうにございました。

「まァ、お上がりなされ」

お丹様に促されて、三村様は体についた花びらを軽くはたいて落としてからお居間へお通りになりました。

以前でしたら土間を出て、お庭伝いに奥へ廻り、そこで縁先に出られた旦那様にお目通りするのが常でしたが、今は違います。

「同じ浪人、遠慮はいらぬ」

旦那様は気軽に三村様と向かい合い、お煙草などもお勧めになります。けれども三村様は、あまりお煙草をお好みでないようでした。それに、酒奉行をお務めでいらっしゃいましたのに、

「根っからの下戸でございましてな」

とのこと。

「まァ、それではお酒の吟味、お辛うございましたやろ」

お丹様のお訊ねに、

「いえ、酒は口に含みますだけでございます。飲まずに吟味することになっておりますので、下戸でもお役が務まります」

三村様はこうお答えになり、旦那様も、

「飲まぬ者の方が、かえって良し悪しが判るかもしれぬ」

などと、口をお添えになりました。

こんなご様子を余所ながら拝見しておりますうちに、ふとあることに気付きました。

旦那様と三村様は似ていらっしゃいます。

血の繋がりがあるとも思えませんが、面長で中高のお顔つきといい、痩身といい、お話しなさるときのご様子といい、いいえ、それだけではございません、歩き方、座り方、お茶をお飲みになるときの手つきまでそっくりと申し上げてよろしいほどでございます。実の叔父、甥の間柄でありますご養子の幸右衛門様より、三村様の方が真実の叔父、甥に見えます。私には聞こえませんが、もしかしたらお声も旦那様に似ていらっしゃるかもしれません。

「あの、三村様は旦那様にとてもよくお似ましでいらっしゃいますね」

すが、

どうしても我が胸一つにしまっておけなくて、いよ様につい打ち明けてしまったので

「そやろか」

お答えはこれだけでした。

以前、さようでございます、もう十年ほど前、私がお丹様に引き取られ、小野寺家のご厄介になってまもなくの頃のことでございます。どこで手にお入れになったものか、三村様は私に紙人形を一つ、おみやげに下さったことがございました。

「おみやげを頂きました」

早速お丹様にご報告し、紙人形をお目にかけます。

「やァ可愛らしこと、いいもの頂いてよかったなァ、大事にしいや」

お丹様は共に喜んでくだされ、三村様にも、

「おおきに、ありがとう」

一緒にお礼をいってくださいました。

髪を稚児輪に結い、花筏の模様がある赤いべべ着た紙人形でございました。

その紙人形は今も大切に持っております。いよ様の下さったお菓子の空き箱に入れてしまってあります。

時々、そっと箱から出して眺めます。眺めて、指先で撫でて、そして、また、箱にそ

っとしまいます。

紙人形を見る度に三村様を思い、三村様をお見受けすると、紙人形を下さった、あのおやさしさが甦り、胸が熱く痛くなります。

――あんなお方が父親だったら――

すぐに私は見も知らぬ父親に、目の前のお方をあてはめてしまう癖がございますが、三村様も同じでございました。でも三村様は三十六歳とか。今年二十一歳を数えます私の父親ではお気の毒でございます。

それに三村様のおやさしさは別に私だけに限ったことではございませんで、赤穂のご城内でも腰元衆やお端下までが、三村様贔屓であったと伝え聞きますし、昨今にしてからが、行く先々で女子衆の歓待を受けているとの評判でもございました。

判ります。耳が聞こえませんでも三村様のことならば、小さな囁き声でも、ちょっとした目配せでも、私は体中で感知することができます。三村様に女房さんらしい方がおありになることも、私はとうからお察し申しておりました。

そのお方が、つい一月ほど前にお亡くなりになったそうにございます。旦那様はすでに折節届く同志の方々からのお文で、そのことをご存知でいらっしゃったとみえ、ご自分の方から、

「ご愁傷であった」

まず、お悔みをお述べになりました。

「内証事がお耳に入りまして恐れ入ります」

指先を畳について丁寧に会釈なさる三村様のお姿は、町人の装いこそしていらっしゃいますものの、肩の張り具合といい、お膝の揃え方といい、すべてが四角に整っていて、やはりどこから見ましても剣で鍛えたお武家のお体つきでございました。

内証事とおっしゃいますには理由がございました。三村様のお内方は正式に仲人を立て、祝言をあげて迎えた方ではないとのこと。当然、藩にもお届けは出されておりませんので、公の場でその方のことを口にするのは、ご本人様にとりましては、憚り多いことのようでした。それでも身近な方をお亡くしになったお悲しみが浅いはずはございません。ずいぶんお力落としのようにお見受けいたしました。

「身持ちを捨てさせましたものの、なに一つ、仕合わせたという思いをさせてやれませず、不憫なことをいたしました」

ついぞ、お身の上に関わることなど口の端にもかけなかった三村様が、亡き人を偲び、不憫とまでおっしゃるのは、よほどお悲しみが深いからでございましょう。それともう一つ、旦那様のさりげない佇まい、お丹様のゆったりとしたとりなりが、悲しみに沈む方のお心をくつろがせ、内に秘めた思いを表に出させるやさしい力になっているようにも思えました。

手短かではございましたが、三村様は亡くなった方との経緯(いきさつ)をお話しになり、そのあとほっとしたように寂しい笑みをお見せになりました。

お話によりますと三村様の女房さんらしきお方は江戸藩邸にご奉公していた腰元で、三村様は、殿様参勤のお供で江戸に出た折、知り合ったのが縁、ということでございました。

そのお腰元は、ご奉公の年季が明けるのを待って、かねて約束のあった商家へ嫁ぐことになっていたそうですが、親御の反対を押し切って一人、江戸を離れ、国元に戻っていた三村様を訪ねて来てしまったのです。

それから五年、江戸の親御には久離(きゅうり)切(き)っての勘当を申し渡され、身寄り頼りもないままに、三村様のご老母に仕えつつ年月を送っていたところ、やっと子宝に恵まれて、やれうれしや、と思ったのも束(つか)の間(ま)、赤児は死産、産婦は肥立ちが悪く、三月(みつき)の余も患った揚句、亡くなったとのことでした。

「思い廻せば死んだ我が子は親孝行。私のご奉公の足手まといにならずにすみます」

昨年三月、殿様大変の折に逸早(いちはや)く一命捧(ささ)げる決意をなさったのは、生まれて来るはずの赤児への形見のおつもりだったに違いありません。七石二人扶持、台所が領分の三村様にとりましては、忠義に生命を賭けるということさえ恐れ多く、身の程知らずのことだったのです。でも三村様は勇気を出してご城代、大石内蔵助様に血判を差し出しまし

た。

女房さんは同じ主君を頂く浅野家の腰元でした。年季を勤めあげ、お礼奉公もすませておりますので三村様と正真の夫婦になったところで不義にはなりませんが、親に叛(そむ)き、駆け落ち同然で三村様のもとに走ったとなれば、世間からは不行跡の烙印(らくいん)を押されます。女房さんの烙印の痛みは、三村様にとりましても同じ痛み。その間に生まれてくる赤児は世間から、

「あれ見よ、色情(いろ)にふけった男と、身持ち捨てた女を親に持つ子よ」

後ろ指をさされましょう。三村様が主恩に報い、みごと忠義を果たされるならば、たとえ夫として父親として今生を共に過せなくても、不行跡の汚名は雪(そそ)がれ、忠臣の名誉が妻や子に遺(のこ)せます。それは人が、人の世で、誇りを失わずに生きて行くために、とても重要なことでした。三村様は女房さんと赤児に現身(うつしみ)ではなく、魂を形見として遺すおつもりだったのです。

けれどもその心積りとは裏腹に、遺すべきお二人が先に逝ってしまいました。三村様の左の手首に巻かれた珠数(じゅず)が、お悲しみの深さを物語っております。しかし、逆から見れば、後に思いの種を残さずにすみ、未練な心も起きずに一路、ご奉公に邁進(まいしん)することができるということにもなりますが、

「つくづく不甲斐(ふがい)ない男でございます」

三村様のお心には、大きな穴があいてしまったようでございました。その上でさらに三村様には深刻なお悩みがおありでした。それは、女房子を一度に失い、淋しさのあまり自暴自棄になっているのではないか、との世間の風評でした。

自暴自棄になった者では忠義の道を貫き通すことはできません。その死はただの自死で、決して主恩に報い、主君の無念を晴らし、公義に物申すための死にはならないのです。

「身軽がかえって仇になりました」

三村様のお顔を過ぎる微笑みは、泣き顔よりも悲しく見えました。

そのお顔に明るさが少し戻りましたのは、旦那様の次の一言のお蔭でした。

「貴殿、母御がご健在であろう?」

「はい、赤穂に一人、残しております」

同志の多くは、まだ母御様がご健在でした。現に旦那様もそのお一人でいらっしゃいます。どちら様も、本来なら子が見送るべき親に逆縁の憂きめを見せ、先に死出の旅に立つ不孝で胸を痛めていらっしゃいます。

「身軽ではあるまい。貴殿もまだ身軽にはなっておらぬ」

三村様のお悩みはこれで払拭されました。決して自暴自棄から同志の列に加わっているのではないということを、旦那様が証明なさったのです。

この世にまだ残すべき未練があること。その未練を断ち切ってこそ初めて、此度の企てに意味が生じるということでございましょうか。つまり忠義は、武士にとりまして、すべてのものの上に君臨する信念で、その信念を貫くことが武士の一分なのでございます。

「忝う存じます。これで安心して同志の皆様の中に入って行けます」

三村様は手首の珠数をはずして、懐におしまいになりました。

「母御に感謝されたがよい。母御が生きていてくださるお蔭で貴殿の一分が立ったわけじゃからの」

「はい、おっしゃる通りでございます」

三村様は珠数を納めた懐を、上からそっと押さえておいででした。

「赤穂以外の土地を知らず、至って知り人も少ない母でございます。年老いましてからの独り住まいで頼る人とてなく、見苦しき有様にならねばよいがと、ふと、思うことがございます」

旦那様は静かに二度、頷かれました。

その傍らにお丹様が、柔らかい横顔を見せて座っていらっしゃいます。

（見苦しき有様。そやな、見苦しき有様にはなりともないなァ）

お丹様の横顔は、そう語っていらっしゃいました。

昨年、切腹覚悟で京屋敷を出立なされた旦那様が、赤穂ご城下からお丹様にお寄越(よこ)しなされたお文の末尾には、

『わずかの金銀家財、これを有り切りに養育してまいらせ、お命なお長く、宝つきたらば、ともに飢え死に申さるべく候』

とありました。

八十を越えたご老母を残して先立とうとするご子息もまた、六十に手の届くお年。平時ならば、それは、人に羨まれ寿(ことほ)がれる、おめでたい境遇でございますのに、主家(おいえ)の大変を目前にした状況では、同じことが苦難の種になってしまい、いかに生き残る方々に見苦しき有様をさせずにすませるかが、先立つ方々にとりましては最も重い課題になっておりました。

忠義を貫き、切腹するのが武士の一分ならば、見苦しき有様を晒さずに生きて、静かな死を迎えることが、遺された者の一分と申せましょうか。

三村様がお帰りになったあともしばらく、旦那様とお丹様は並んで座って、壺庭(つぼにわ)を見つめておいででした。

(丹よ、静かじゃなァ)

(旦那様、静かでございますなァ)

(こんなに静かでよいのかと我ながら訝(いぶか)しく思うくらいじゃ)

（お覚悟に些かも揺るぎがおありにならんよって）

（片時も企てのこと忘れてはおらんのに、母上を遺しまいらせる不孝の罪も感じておるのに、少しも心が騒がぬ。こんなことで御用のお役に立つのかと逆に心配になるくらいじゃ）

（なにも、わざわざお騒がせにならんでも）

（そうやなァ）

（でも旦那様、私の心は時々騒ぎますえ。旦那様は同志の皆様からのお預かりもの。ことが成就するその時まで、お健やかにお過しいただかねばなりませぬ。風邪（かぜ）ひとつ、おひかせするわけにはまいりませんよって、えろう、気ィを遣います）

（そうやなァ、そうやろうなァ）

（旦那様、お体は、どこも不都合ございませぬやろ？　お気合いの悪いことおへんやろ？）

（至って強健じゃ。先日も瑞光院に数人が寄った折、岡嶋八十右衛門（やそえもん）相手に二、三番手合わせしたがの、儂（わし）より二十の余も年若のくせして息を切らしておったよ）

（お出来（でか）し遊ばしたなァ）

（若い者にはまだまだ負けぬ）

（したが、冷や水はお体に障りますよって、ほどほどに）

（いいおるわい）

（ごめん遊ばせ）

（なにはさて、企ての成るその日に体が弱っていては話にならん。いつ死んでもおかしくない年齢だが、ことが成就する時までは健やかに生きていたい。そうでなければ、今まで生きてきたことが全部、水泡に帰してしまう）

（丹がお付き申しております、旦那様。必ず、旦那様のお望み通りにいたします。成就の日まで、丹がきっと旦那様をお守りいたします）

（丹よ、儂はそもじを守ってやれぬ）

（守っていただいております）

（そうか、守っているか）

（はい、旦那様のお蔭で、深い気苦労もなくこの年月を過してまいりましたもの）

（しかし儂は、なにもかも、そもじに託して先に逝ってしまう）

（守っておくれやすな、魂だけになっても）

（うむ、魂だけで守れるかの）

（守っていただかいで、なんといたしましょう。そうやすやすとお役御免におさせ申しはいたしません）

（丹がこんなに人遣いの荒い女子とは知らなんだ）

（魂遣いでございましょう？）

（そうか、そうじゃの、魂遣いじゃの）

お二人のお体から、朗らかな笑い声が陽炎（かげろう）のように立ち昇っておりました。

野辺送り

一

四月二十一日、いよ様がお亡くなりになりました。

桜が散って藤の花が咲いて、散って、したたるような緑の中に八重山吹の花が咲き、水辺には杜若（かきつばた）の紫が目立ち、日足が伸びる晴れやかな陽気の頃、毎日毎日いよ様は衰弱して、ここ四、五日はお薬も受けつけなくなっていました。

ご実家はお丹様と同じ灰方家ですが、幼い頃、禁裏の御用を務める陶工の家の養女になり、十六歳で公家（くげ）山野井様のお家に後添いのような形で入られました。そして四年、いよ様も病いを受けて山野井様から絶縁を申し渡されました。今さら養家へ戻ることもならず、ご実家の灰方家でも世間体を慮（おもんぱか）って引取りを拒み、結局、当時独り住まいをしていらしたお丹様と共に暮らすようになりました。

そのうち、お丹様が旦那様とのご縁を得て小野寺家にお入りになる。旦那様のお許しでいよ様は養女として、お丹様とご一緒に小野寺家の一員になられました。

「いよを、このまま朽ち果てさせてしまっては親の務めを怠るようで心苦しい」

旦那様は、いよ様になんとかもう一度花の春が訪れるようにと、再縁先をお求めでいらっしゃいましたが、ご当人は、

「お邪魔ではございましょうが、この家に置いていただきとう存じます」

と願い、姉であり義理の母でもあるお丹様もまた、

「再縁の義はどうぞご無用に」

とおっしゃいましたので、それきりご縁談は立ち消えになりました。

なにか、なさりたいこと、おっしゃりたいことが、たんとたんとおありだったでしょうに、これといってお心の内を外に表すこともなく、ご自分にどんな色が似合うか、どんな色に染まりたいのかを見定めることもなく、病いがちのまま三十九を一期に、この世との縁を静かにお切りになりました。

深い眠りにつく寸前、いよ様は最期の力をふりしぼって別れを告げていかれました。

「義父様、いかいご恩になりました。姉様、おおきに、おおきに」

私にまでも。

「ろくや、面倒かけたの」

お口元がかすかに、そう動いておりました。

お丹様は、痩せて枯れ木のようになったいよ様の手をとり、撫でさすりながら語りかけます。

「ご苦労さんやったな、いよさん、もうええ、もう生きんでもええよ。もう、なんにも考えんでよろし、気らくにおなり、いよさん、もう誰にも気がねせんでよろしねんよ。いよさん、おおきに、わたしの娘になってくれはって、おおきにえ。いよさん、いよさん……」

前の日の夕暮れどきから昏睡に入り、翌日の明け方、いよ様が完全に息を引きとるまで、お丹様はずっとそんなことを語りかけていらっしゃいました。それはどんな高僧の引導より、どんなに有難い経典の読誦より、いよ様の御霊に浸み入ったに違いありません。

「ろくや、紅さしてやっとくれんか」

お口元に水をふくませたあと、お丹様は私に、いよ様の死化粧をお命じになりました。

ほぼ十年、ご老母様のご介抱で手のふさがっているお丹様に代って、いよ様のお世話をするのが私の役目でございましたので、最期のお世話も私にさせてやろうとの、お丹様のお気遣いでございます。

いよ様が紅白粉をおつけになったところを、私はこれまでお見受けしたことがござい

ません。いつも水で洗ったままのお顔で過していらっしゃいました。山野井様においでの頃はかなり厚化粧をしていらしたそうですが、

「面倒臭うてかなわん」

とおっしゃり、ろくに鏡も御覧になりません。そんないよ様でしたが、紅皿を一つお持ちであったことを私は知っておりました。懐紙や香袋や扇子など、手廻りの物を入れてある手文庫にそれは入っておりました。お若い頃にお求めになったまま、使いもせずにしまっておかれたようです。

「やァ、いよさん、とっといてくれはったのやなァ」

その紅皿は、いよ様が山野井家を出てお丹様のもとに身を寄せたとき、お丹様が二つお揃いに買い求め、一つをいよ様に渡したものだそうにございます。

「わたしはとうに使いきってしもうたが、いよさんは使わんと、こないに皿伏せたまんまにしはってからに……」

二十年近く経っておりますのに、底を上向きにして伏せた紅皿には、指の跡もほこりもついておりませんでした。お丹様はいよ様の手を撫でたときと同じように、伏せた紅皿の底をお撫でになりました。

「ろく、さァ」

促されて私は紅差し指で皿の紅をなぞり、いよ様の薄い唇にさしました。目が窪み、

頬骨が出た土気色のお顔が、少しゆるんだように見えました。

紅皿には私がなぞった指の跡だけがついております。その跡を別の紅差し指がなぞりました。お丹様でございます。お丹様は紅のついた指先をご自分の唇におあてになりました。それから紅皿を、胸の辺りで合掌させたいよ様のお手に持たせるように置きました。

「持ってお行き、いよさん、たんと化粧しなはれ、な、な」

血を分けた姉妹の心を繋ぐ紅皿は、白無垢の経帷子を身につけたいよ様の亡骸と共に、お棺の内に納められました。

亡骸をお棺に納めますとき、私はまたあの音を聞きました。硬くなったお体を曲げるときに折れる骨の音。人が一人死んだことを確実に示す音。でもいよ様の場合は、立派なご体格でいらした大石久満女様のときと違い、お体も華奢でいらっしゃいましたし、長い間のお患いで骨がもろくなっていたせいもございましょうか、コロコロと軽くて乾いた音だったように思います。

子が親に先立つ、いわゆる逆縁になりますので、義父義母にあたる旦那様、お丹様は共に野辺送りをなさいません。ご実家の灰方家から兄御様がお別れにおいでになりましたが、ご養家からも婚家の山野井様からも、お見舞いはございませんでした。

ご遺骸は、年頃、いよ様が信心なさっておられました日蓮宗の京都本山本圀寺塔頭

の一つ、了覚院に葬られましたが、お寺までご遺骸のお供をいたしましたのは半三郎おじさんと私の二人だけでございました。

同日、山科の大石内蔵助様からお使いがあり、お悔みのお手紙に金包みが添えられておりました。なにかと物入りであろうとお察しくださったのでございましょう。

赤穂開城の際、各々にお金の配分がございましたけれども、あとの補充がきかない浪人の身の上では、一年も経ちますと貯えの底が見えてまいります。ずいぶん切り詰めて暮らしてはおりますものの、病人がいたり、弔いがあったりいたしますと普段よりは出費も嵩みまして、なにかと気のもめることでございました。その辺の事情をお読みになって大石様は、金包みをお届けくださったのだと存じます。

「辞儀なしに頂戴いたします」

旦那様は無理な遠慮をなさらずに、その金子を懐中なさいました。

大石様とてあり余る財をお持ちのはずはありませんが、お手持ちの内の幾分かを融通してくださったのでございましょう。貴重な金子でございました。

その貴重な金子を横合いから半分取り上げた方がいらっしゃいます。灰方藤兵衛様。お丹様の実の兄御でございます。

「些かなりと分配に与りたい。いや、しばし借り受けるわけにはまいるまいか」

この方にも養わねばならぬ妻子や孫がいる。大夫のもとには大商人からの援助金が入

り、その金を必要に応じて同志に分配しているはずであるから、この方が一部分配に与ったとしてもなんら不都合はない、という理屈をつけていらっしゃいます。

　確かに企てに賛同した京の大商人が、有形無形に同志を援助してくれております。金子も確かに大石様のもとに届けられます。しかし、それらは大石様がお一人で按配なさるのではなく、副将格の吉田忠左衛門様に託され、江戸、京、往復の旅費やら、町人に身をやつした同志が商い店を開くときの費用やらに役立てているのです。よほどのことがない限り、個人の暮らしの足しになど廻せるものではありません。それをご存知ない灰方様でもございますまいに、これはまたなんと理不尽なお申し出でございましょうか。

「藤兵衛殿」

　お丹様が実の兄御を名前でお呼びになりました。

「こなた、実の妹の香典を横奪りなさるおつもりか」

いつになくきっぱりとしたお態度でいらっしゃいましたが、そのお姿には深いお悲しみも見え隠れしておりました。

　本来ならば、不縁となって戻ってきた妹を養女として引き取り、長の年月養育してくれた義弟に対して礼を述べてこそ兄の役目が務まろうものを、金の無心とは恥知らずにも程があると、情なさで胸を詰らせていらしたのです。

「横奪り？　これはまた無体ないいがかりよ」

灰方様は口元に卑屈な薄笑いを浮かべておいででした。

「よろしい、御用立てつかまつろう」

旦那様は大石様から届いた金子の半分を、灰方様の前に差し出されます。五両でした。

「旦那様」

お丹様が止める暇もありませんでした。

「さすがは小野寺氏、話が早い」

灰方様は掌で膝をお叩きになりました。この方は確かに企てに加わってはいらっしゃいますが、本気で亡君のためにお命を捨てる覚悟などできておいでにはなりません。口では同志、などとおっしゃいますが、旦那様や三村様や大高源五様や、もちろん大石様から感じられるような覇気が、灰方様からは伝わってまいりませんのです。風の便りには、浅野家断絶の際、赤穂開城を待たずに逐電した不忠の臣、大野九郎兵衛と一脈通じているとさえ聞き及びます。その大野は、吉良の家臣に知り人がおり、仕官の口の世話を頼んでいるとの噂も飛んでおりました。

少し気を廻しますれば、灰方様が企ての一員になられましたのも、大野九郎兵衛を通じて吉良方へ、こちらの動きを知らせるためとも思えます。

(旦那様、このお方はお危のうございますよ)

私は思わず合図を送りました。

（九郎兵衛と通じているのだな）

旦那様からの返事です。

（はい）

（判った）

旦那様は金子と一緒に白紙を一枚差し出し、

「証文書いていただきたい」

とおっしゃいました。

「証文？　なんの？」

「借用証文でござる。宛名は小野寺いゝよ霊位」

「めずらしい宛名でござるな」

灰方様は苦々しげに、それでも薄笑いは絶やさぬまま不承不承、つきつけられた白紙に借用証文を認めました。

「これはいゝよの香典でござる。忌日忌日には寺への供養料も納めねばならぬゆえ必ずご返却願いたい」

旦那様に釘をさされると、

「あゝ、つくづくいゝよは、いい父御を持ちました。幸せなことでござった」

灰方様のお態度は、どこまでも卑屈でした。

灰方様の背信は、それから三ヶ月後、確実になりました。企ての盟約から脱退なさったのです。大石様が預かっていらした神文を返されると、灰方様はその場でずんずんに引き裂いたということでした。

二

この神文と申しますのは権現様や八幡様、祇園様、或いは大和の有難いお寺様から出される厄除の護符でございまして、表面には『牛王宝印』の文字があり、裏面に神文が記されております。

『梵天帝釈・四天王・惣日本国中六十余州大小神祇・別伊豆箱根両所権現・三島大明神・八幡大菩薩・天満大自在天神・部類・眷族・神罰・冥罰各可罷蒙者也。仍起請状如件』

この文言の前に誓うべき事柄を記し、後尾に姓名を自署して血判いたします。赤穂の皆様の場合、起請の内容は、喧嘩両成敗のお定めがあるにも拘らず一方には切腹、家名断絶を告げ、一方にはお咎めなしという幕閣の片落ちのお裁きに対して異議を唱えた上で切腹する、というものでございました。

この起請文は昨年四月、殿様お果てなされましてからほぼ一ヶ月後に作成され、提出

なさった人数は総勢百名を越えた由にございますが、一年余の歳月が過ぎまして、世の中が移ろい行くと同時に人の心にも動きが出てまいりました。

　当初は亡君のご無念を思い、幕閣の裁量に鬱憤を感じて、一途に命賭けの抗議を考えていた忠義の臣も、浪人して、初めて日々の暮らしの厳しさに直面してみると、それを克服することだけで精いっぱいになり、神文にまでかけた『時節到来となれば切腹する』という誓いも二の次、三の次になってしまいます。最近では密かに行われる同志の方々の集まりにも口実を設けて不参する人数がふえ、集まったとしても、

「急がねば仇の吉良が、のうのうと絹の褥の上で天寿を完うしてしまう」

　一日も早い仇討ちの決行を叫ぶ派と、

「性急に事を運んで討ち損じたら、かえって世間の物笑いだ」

　慎重に事の推移を見守るべきであると主張する派が対立し、収拾のつかぬまま散会ということが多くなっているようでした。

　どちらの派もその言い分にはもっともな点と、逃げ口上としか思えない点と両方ありますし、もっともと思われることも、果たして本心でいっているのか、或いは本心は別のところにあり、実は盟約を脱したがっているのか不明な点もございます。

「今一度確かめねばなりますまいなァ」

　六月頃から大石様はその方針で事を運ばれ、旦那様も同意して一つの提案をなさいま

した。

「月日が経てば人の考えも変ります。一度神文を各自に返し、盟約を白紙に戻すという
ことにしてはいかがでござろう」

「素直に受け取れば脱落、怒って突き返す者は変らぬ同志ということになりまするな」

「荒療治ですが」

「それが必要な時期かもしれません」

この時期、大石様はすでに動かぬ決意をつけていらっしゃいました。吉良様を討ち果たし、そのあとで切腹するというこれまでの目標を実行に移す決意です。そのために大石様はご妻女を離別され、ご次男以下三人のお子様方共々、但馬のご実家へお帰しになっていらっしゃいました。ご妻女はご懐妊中であったと承ります。

離別は、後難を家族に及ぼさないためのご配慮でもありましたろうが、もっとも大きな原因は、大石様ご自身のご決断の表れではなかったかと存じます。

この企ては尋常一様の決意では成就できない、とのご分別をおつけになったればこその離別でございます。多数の同志を率いる頭領なればこそ身軽になり、その決意の固さ、厳しさを外々(ほかほか)に示す必要がおありだったのでございましょう。お手元にはご嫡子の主税(ちから)様お一人をお残しになりました。

主税様は十五歳。新たに盟約に加えられた同志でございます。

「そうですか、ご嫡男をお連れになりますか」

この事実を知った旦那様の一言に、大石様は大きく頷いておっしゃいました。

「はい、務めと存じまして」

大石様はご嫡男を、死の道連れにお選びになりました。

旦那様はそれきり、主税様のことについてお触れになりませんでしたが、大石様のお心の内にはいろいろなお悩みがあるはずとのお察しは、充分につけていらっしゃいます。

大石様のお悩みの一つは、お身内から企てへの加盟者があまり出ていないことでございました。

現在は盟約に加わっていらっしゃいますが、このところ、お身内の方々の動向に不審が見えます。そのお一人、叔父君の小山源五右衛門様は当初、堀部安兵衛様などと共に、なかなか腰をあげようとなさらない大石様とは袂を分かち、すぐにでも吉良邸へ踏みこんで仇を討つべきだ、という急進派でした。それが、急に、

「吉良を討ち取ることは幕府に敵対すること。世上への聞こえもいかが」

慎重な態度をとるようになられたのです。

お従弟様の進藤源四郎様も、企てについてはいつも、ぬらりくらりとしてご自分の真意をお示しにはなりませんでした。

「たぶん孫四郎も落ちるでござろう」

大石様は、やはりご親類筋の大石孫四郎様の今後も見通していらっしゃいました。お見通しの要因は、この方々の時代を見極めぬお考えの古さにありました。

「かの者たちは、仇討ちが再仕官の手立てにできると、まだ考えております」

四十人余りのほぼ全員が二度の主取り(しゅうど)を果たしたという浄瑠璃坂の討入りの夢を、三十年後の今も追っている方がいらっしゃるのです。

当時は各大名家が新しい人材を求めている時でしたが、今は違います。各大名家に大金を消費させる幕府の政策が功を奏して、どこの藩も手元不如意になっております。人減らしを進めこそすれ、新規の採用など、よほどのことがない限りあり得ないのが当世でございます。それなのに赤穂の一部のご浪人は、お家柄もよく分別もおありになると思われる方のほうがさらに、仇討ちの向うにご自分の立身を見ていらっしゃいました。

大石様は当初から再仕官の望みはないと告げていらっしゃったようですが、立身ばかりお考えの方々は、それも大石様の方便であろうと軽く聞き流していらっしゃったのでしょう。ここへ来て、さすがに世上の動きを感知なさり、仕官の望みはないと悟った途端、仇討ち参加への意欲も意味も消滅してしまったとみえます。

「同じ一族として、まことに面目ない」

大石様は恥じると同時に、一族の多くが企てに連名している旦那様を、

「実にお羨ましい」

と称賛なさいました。

小野寺家では旦那様のほかに、ご養子の幸右衛門様。甥御の大高源五様、岡野金右衛門様。従兄の間瀬久太夫様、そのご嫡男の孫九郎様。又従弟にあたる中村勘助様。実に六人もの同志を出しているのでございます。

「いやいや、ほかに手立てを知らぬ、融通のきかぬ者共でござる」

旦那様は照れ臭そうに俯いておいででしたが、お顔には誇らしげな笑みが、ほのかに浮かんでおりました。

三

そんな旦那様にとって灰方藤兵衛様の脱落は、来るべきものが来た、という程度のことであったでしょうが、やはりお心の内に一点の陰りが生じたに違いありません。

それは旦那様ご自身にとっての恥というより、お丹様がどれほどか心を痛めているであろう、という思いやりからでした。

「悪いいい方ではあるが、今は人を篩にかけているでの。無用の粉は下に落ちる。落ちた粉が山盛りじゃ。残りは少のうても粒選り。これでのうては事は成らぬ」

旦那様のお丹様へのお慰めは、しかし真実でもありました。大石様が予言遊ばした通

り、大石家ご親族の進藤源四郎様、大石孫四郎様、小山源五右衛門様が次々と脱落していらしたのです。七月から八月にかけて、同志の数は一挙に半減いたしました。

この間に、亡君御舎弟でありご養子でもあった浅野大学様の一年四ヶ月に亘る閉門が解かれ、同時にお住まいでありました木挽町屋敷は召上げ、本藩芸州浅野家にお預けと、幕府の裁断が下っております。お家再興は成りませんでした。大学様は奥方様、お子達をお連れになって芸州広島に向かわれます。赤穂浪人の動きは俄に激しくなりました。江戸と京との往復も頻繁になります。盟約は、時節を見て切腹から、はっきり、仇討ちののち切腹に切り替りました。

吉良邸討入りは決定いたしました。

討入り当日の人数の確定、人材の厳選が一層重要になってまいりました。その手段はやはり、神文の返却です。大石様が預かっていらした神文を一人一人に返す。そのとき、怒って突き返せば可、渋々にしろ受け取った者は不可との以前の取決めは動きませんでした。

神文を返すときの口上はこうです。

「殿様ご最期から一年有余の歳月が経ち、世の中も、我ら旧家臣の身の置き所も変った。仇討ちと一口にいっても万全の警護を破れるものかどうか定かではなく、もし討ち損じた場合は世間の笑いものになり、赤穂旧家臣、生涯人前の回復はできず、亡君尊霊のご

恥辱ともなる。また、みごと仇を討ち果たしてからが、我らを待っているのは死のみ。それも武士の一分を立てて切腹のご沙汰が下ればまだしも、将軍家のお膝元を騒がせた罪人と指弾され、盗賊、火付け、人殺しと同列に扱われて磔（はりつけ）、獄門の辱めを受けることもあり得る。まことに笑止千万の成行きでござれば、この際一切を白紙に戻し、一人一人改めて所存を固めてから、折あらば参集して最良の手立てを練り直したいと存ずる。ついては、大夫お預かりの神文をお返しするゆえ、お受け取り願いたい」

使いの口上を聞くなり血相変えて、

「言語道断、大夫は物に狂われたか、お気は確かか。今更、企てを白紙に戻したいとは、どんなに口をお尽しあっても某（それがし）、承服いたしかねる。吉良殿の御首（みしるし）を揚げずして武士の一分がどこで立つ。亡君尊霊に対しても申し開きが出来申さぬ。生きても死しても恥の上塗りではないか。これよりすぐ大夫のもとに馳（は）せ参じ、神文返却を撤回していただく。某、断じて受け取らぬ」

押っ取り刀で山科へ駆け出そうというお方もありますが、中には、こうなることを待っていたように、少しの躊躇（ちゅうちょ）もなく受け取る方もおありだったとうかがいます。

「さようか。頭領の大夫がそんな弱気では我らがいくら臍（ほぞ）を嚙（か）んでも事は成らぬな。我ら無力じゃ、大夫あっての我らじゃ、残念だが致し方あるまい」

まるで大石様お一人が約束を反古（ほご）にした不義不忠の臣であるかのようないいがかりを

つける方。
「体も気も弱くなった老母がおっての、これを放って先に死ぬわけにはまいらぬで、実は困っておったところよ。大夫はよくぞ思い止まってくだされた。なに、仇討ちなんぞしたところで亡君が甦り給うわけではなし、お家が再興するわけでもない。まァ無駄といえば無駄でござるわな」

ひどく安堵なさる方など様々な反応をお見せになったようですが、どなた様にも共通しておりますことは、一年有余の浪人暮らしに馴れて、武士の一分を忘れておいでだということでした。

赤穂、大坂、京周辺にお住まいの方々を巡り、次々に神文を回収してまいります。このお使いに立ちましたのは貝賀弥左衛門様、大高源五様のお二人でいらっしゃいました。お二人とも当初より盟約の同志であり、旦那様が一貫してそうでいらっしゃいましたように、いかなる場合も大石様と同腹という誓いを立て、その姿勢を崩さずにおいででした。大石様の腹心と申し上げてよろしいでしょう。

同じ頃、江戸でも同様のことが行われておりました。大石様のご内意を受けて横川勘平様が神文の返却、併せて仇討ち決行の同志となる方の連判状を改めて作成していらしたのです。

その結果、連判状に名を記された方は五十余名に止まりました。神文を提出なさった

方は百名以上にも上っておりましたのに。

「こんなものだろう」

旦那様には大体の見当が初めからついていらっしゃったようです。

「大夫も、采配を行き届かせるには、五十人くらいが丁度いい、というてであった」

大石様も、あらかじめこのくらいの人数と踏んで、いろいろの手筈をつけていらしたのだそうです。

「ま、これ以上には間違ってもなるまい。減ることはあってもな」

旦那様の煙管から煙が立ち昇ります。

お丹様はその傍らに座り、うちわで旦那様に風を送ります。煙がうちわの風に煽られて揺らぎました。

八月、残暑のきびしい秋でした。

お丹様は薄手の単衣をお召しでしたが、例年になく汗をよくおかきになり、首筋がしっとり濡れたようになっておりました。時折、旦那様に気付かれないように気遣いながら、そっときちんと四角にたたんだ手拭いを懐から出してお拭きになります。お若い頃からの持病、心の臓のお煩いが、このところ少しずつ戻ってきているようでございました。

人前では苦しいとも痛いとも、素振りにさえお見せになりませんが、お台所に立たれ

た折など、ちょっと顔をしかめたり、左胸を押さえたりなさいます。

母御様もずいぶんお弱りなされ、もうお床の上にさえ起きあがることはなくなりました。

それまでは、一日に数回、お丹様と私とが両方からお支えしながらお連れすることで、厠のご用だけはご自分で足していらっしゃったのですが、つい一月ほど前、間に合わずに粗相遊ばしてからは寝たきりになりました。

そのときの始末は、私さえ部屋にお入れにならず、お丹様お一人でなさいました。常から身仕舞いをきちんとしていらした母御様のご気性を思えば、誰にも知られずに始末してさしあげるのが当然でございましょう。お丹様はその当然を、当然のままになさいました。

その後も、おしもの始末は必ず、お丹様がお一人でなさいます。暑い最中でございましたから、ご病人のお世話は大変でした。でもお丹様はそれを、特別のことのようにもなく、さらさらとやりとげておしまいになります。私が洗い物のお手伝いをするつもりでおりますと、

「わたしの務めやよって、ええよ」

母御様の汚れ物の洗濯も決して他人委せにせず、たすきがけに裾を端折って盥と取り組んでおいででした。

旦那様が仇討ちを決意遊ばしたのが武士の一分なら、お丹様が身をすり減らして母御様のお世話をなさるのは、妻の一分でございましょう。

「実をいうとなァ、かえって今の方がらくやでェ。こっちの手すきの時、お世話すればすむのやよって」

お丹様はなにごともいい方へ、いい方へとお考えをお向けになります。

確かに、母御様のご意志のままに動くということは、お手伝いする者の都合は一切通用しないということで、たとえば厠にお立ちになるにしても、待てしばしは利きませず、今やっていることを投げ出してご寝所へ駆けつけ、お起こし申さねばなりません。お連れする間にお怪我があってもなりませんし、それは、ほんとうに気の張ることでございました。

「母様もそれはご承知や。本心は嫁の世話など受けたくないと思召しておいでやろが、それでも年寄ったら仕方ない。受けたくない世話も礼いうて受けなならん。せめてお世話する者がわたしやのうてろくであってくれたら、ややこしことも少のうなったやろが、それでは嫁の一分が立つまいと無念堪えてわたしにお世話させてくださりますのや。そのご無念にお報いするには、こちらが、なァんもお世話なんぞしておりません、という顔するほかないやろ。母様も、なァんも世話なんぞされておらん、というご様子遊ばす。それが楽しィてなァ。ろくや、まァ考えてもおみ、わたしの毎日なんぞ、母様のお世話

があらへんようやったら、ずいぶん退屈やで。母様のお蔭で人の役に立たしてもろうている。ほんに、面白いことや」

お声がそのままに一言一言、私の耳に届くわけではございませんが、聞きとれない分、かえって確実にお丹様のご本心がこちらに伝わってまいります。

「らくになったはうれしいが、なんや張り合いがのうなったような気ィもするなァ」

母御様のご最期が近付いていることを、お丹様は一月前からお察しでいらっしゃいました。

「母様のお顔見上げたときは必ず、こちらのほうから笑いかけるようにして欲しい。な、ろく、忘れんといてな」

いよ様のときもそうでした。お食が細り、お薬も受けつけないようになりますと、笑顔だけしかご介抱の手立てはありませんのです。

母御様は八十三歳。長いお煩いの末に三十九歳で亡くなったいよ様の場合と違い、天寿を完うしつつ来迎仏をお待ちになる身でいらっしゃいます。周囲の笑顔は、御来迎をお待ちになる母御様のお心を、よりお鎮め申し上げ、より幸せな大気でお包みすることができるに違いありません。

旦那様も一日に数回、枕元に座って笑いかけ、お手をとりながら、

「朝顔が今日は六つも咲きましてございます。昨年、母上が種をおとりになったのを、

ろくが蒔きましてな。毎日、丹精しております」

などと、折々のことをお話しになります。

私は早速、咲いた朝顔を二、三輪摘んで、水を張った平たい桶に浮かべてお目にかけます。毎日毎日少しずつ小さくなっていかれる母御様は、生まれたての赤さんのような邪気のないお顔つきで、それをじっとご覧になっていらっしゃいました。

四

閏八月の半ばから、それまでの暑さが嘘であったかのように急に秋風が立ち、末頃には早くも山の頂きから木の葉が色づき始めました。

九月八日、赤穂藩の新しい藩主が決定したとの知らせが、旦那様のもとに届きました。新藩主は下野国烏山藩、永井直敬公。三万三千石で転封とのことでございました。

一年半の間、赤穂は幕府直轄の地となっており、代官が置かれ、龍野藩脇坂家が在番の任務にあたっておりました。お家断絶でございますから、浅野家が再び赤穂に返り咲くことなどあるはずもございませんが、それでも不可思議というようなものが起こりまして、また赤穂のお城に入れるのではないかと、ひそかに見ていた夢も、はかなく、消えました。赤穂はもう他人のもの。二代様がお築き遊ばした名城も、もう浅野家臣が仰

ぎ見ることはなくなりました。

　その二日後の朝、母御様は息をお引取りになりました。

「おはようさんでございます、母様」

　お丹様が声をおかけになっても目をつむったままピクリともお動きにならず、すでに冷たくなっておいででした。

　前日の昼頃、お丹様のご介抱ですっかりお体を清められ、お召物も洗いたての小ざっぱりしたものに着更えたばかりでしたので、それはそれは静かで、おきれいで、お可愛らしいお姿でいらっしゃいました。

　小野寺家の菩提寺が浄土宗でありますところから、ご遺骸は東大路の西方寺に葬られました。

　野辺の送りを無事におすませになった旦那様は、母御様のお床がのべてあった辺りにお座りになり、お部屋の内を見廻していらっしゃいました。

「母上は、まもなく儂が江戸に発つことをお察しでいらしたのだろう。儂の荷を軽くしてくだされた」

　お丹様が相槌をお打ちになります。

「なんでもお見通しであらっしゃいました」

「最期はまるで仙人であったな」

「菊慈童のようであらっしゃいました」

菊慈童と申しますのは、周の穆王の侍童で、菊の露を飲み、不老不死の身となった仙人のことじゃそうにございます。

「幸せな晩節をお過しなされた」

「日頃のお心がけでございましょう」

「そうだな、それゆえ丹のような嫁に巡り逢えた」

「まァ、旦那様、どう遊ばしました」

「誉めているのだ。心を尽した丹の世話が受けられた母上は、お幸せであった」

「どういたしましょう」

「礼をいう、有難かった」

旦那様はお膝に手をお置きになったまま一礼なさいました。その一礼には、おそらく、お別れの挨拶も含まれておりましたでしょう。旦那様は近い内、同志の方々数人と連れ立って江戸に向かわれます。二度と京にお帰りにはなりません。お別れになったが最後、お丹様との再会も、もう決してありません。ことが成ろうが成るまいが、それだけは動きません。それだけは確実でございます。

一瞬、お丹様は俯いておしまいになりました。けれどもすぐに顔をおあげになり、もじもじと両のお手をこすり合わせてから、思い切ったようにおっしゃいました。

「旦那様、実を申しますとな、私、一度でよろしいから旦那様に誉めていただきたかったのでございますよ。まァ、うれしいこと、礼までいうていただいて、ほんに、うれしいこと」

浮き浮きとしたお心持ちが、お体全体から溢（あふ）れておりました。

ご不幸の直後、不謹慎との謗（そし）りもございましょうが、このご様子こそ小野寺家の皆様の魂の結びつきを表すもので、どれほど母御様の、或いは半年前に亡くなったいよ様のご供養になっているかしれません。なんですか、御霊様までが浮き浮きとなさっているようにさえ、思えたことでございます。

「はて、誉めたことがなかったかな」

「あらしまへん」

「心の内ではいつも誉めておる」

「お心の内では聞こえしまへん」

「そうか、初めてか」

「はい、初めてでございます」

母御様のご最期を見届け、旦那様は心置きなく江戸にお発ちになれます。あとに残るのはお丹様お一人。お淋（さび）しくないわけはございませんし、旦那様もご心配でないはずはございません。けれどもお二人とも、役にも立たぬことを思い煩う習慣（ならい）をお持ちではい

らっしゃいませんでした。

　武士である以上、死は日常でございます。死が約束されていればこその武士でございます。太平の世になって死場所がなくなり、馬が鼻先に餌の人参を見せつけられたままま走るように、武士は『死』という餌を自ら鼻先に吊るして見せびらかしたまま、べんべんと生きているのです。そして、いつしか、餌の『死』は吊るされたまま朽ちて、武士は己れに課せられた職分を忘れてしまいました。

　赤穂のご浪人は、その失われた職分を掘り起こし、洗い上げて、武家の頭領である将軍家にさし示し、その意味を問おうとしていらっしゃるのです。

　戦国の世でございましたら、武士が戦場に出て死ぬのは当り前のことでした。妻子には理屈抜きで、そういうもの、との覚悟がありました。その覚悟が、生まれもったものとしてお丹様の胎内に宿り続けているのでございます。旦那様は、そういうお丹様をよくご理解でいらっしゃいました。

（儂には心配の種がない。贅沢なことだ）

（私にはございます）

（ほう、なにが？）

（本懐遂げる日まで、旦那様のお体に支障が出てはならぬとの心配が、まだ）

（儂は大丈夫じゃ。風邪ひとつひかぬし、身内にかすり疵ひとつない）

（ぜひとも、そうあっていただきとう存じます）

（見くびるな）

（ごめん遊ばせ）

元禄十五年九月、小野寺家の秋は足早に過ぎようとしておりましたが、そんな最中、旧知の京商人が訪ねてまいりまして、新藩主となられた永井家のご家老が、旦那様に面会を求めていると告げたのでございます。

「当方、赤穂の土地不案内にて、なにかと不都合のこと多く、困惑致しておる。ついては人物と聞き及ぶ小野寺十内氏に諸事ご教示賜わりたいのだが、取り次いではくれまいか」

　というお申し越しがあったとのこと。

　この京商人は赤穂、加里屋の大年寄の家にも出入りしておりまして、その家から使いを頼まれたということでございました。

　旦那様のお気持ちはもう江戸に向いております。出立の日も近々に迫っておりました。言下にお断りなさりたいところだったでしょうが、相手にこちらの行動を悟られぬように振舞わねばなりません。赤穂浪人の仇討ちは、あくまでも隠密裡に運ばれておりました。

　旦那様は使いの者に残念乍らと前置きしてからお伝えになりました。

「当方、老母の忌中でござれば、どなた様ともお目通りはご遠慮いたしておるが、赤穂については、大年寄がなにもかも詳細に心得おれば、そちらにお問合わせあるがよろしかろうと存ずる」

そして直ちに当の加里屋大年寄前川新右衛門様宛に書状を認められ、このことをご報告になりました。その際、万々が一にも、昨午来抱いている企てのことが洩れぬようにと釘をおさしになることをお忘れになりませんでした。更に、この書面のことも口外無用、滅多に互いの消息も交わさぬことが第一と付け加えられましたが、尚々書きに、今もって赤穂に住んでいる姉御様のことをよろしく頼むと添えられ、前川様ご本人には暗に、旅立ちの近いことをほのめかしておいでになりました。

姉御様とは、大高源五様、小野寺幸右衛門様の母御、貞立尼様のこと。気丈にお暮らしではいらっしゃいますが、やはり六十の坂をとうに越えたお方ゆえ、ご案じ遊ばすのも当然でございます。長らく赤穂の母御様のお近くにご逗留であった幸右衛門様も、同志の人数をしぼり始めた頃からご当地を離れることが多くなり、出立間近の今となりましては、もうご機嫌伺いもできませんし、早くから大石様の手足となって東奔西走していらしたご嫡子大高源五様はもとより、お暇乞いもなされぬまま江戸住まいとなられました。ご消息のやりとりは、他人に託したお文ばかりでございます。

けれども、貞立尼様も武士の娘、武士の妻、武士の母でいらっしゃいます。お丹様と

同じく、『死』というものを特段のものとは考えていらっしゃいません。もしご心配があるとするならば、それはやはり、その日まで病み煩いをせず、立派な働きをして欲しいということだけでございましょう。

江戸の同志からの便りがしきりに届きます。

京坂住まいの同志が順次、出立してまいります。

九月十九日、大石様のご嫡子主税様が、父君に先行してまず江戸へお発ちになりました。同行は大石瀬左衛門様、茅野和助様、そして小野寺幸右衛門様。

幸右衛門様はほかの同志の方数名と瑞光院に寝起きして出立の日を待っていらっしゃいましたが前日、お丹様のもとへお暇乞いに見えられました。

お丹様は用意の白小袖、合い薬とお結びをお渡しになり、

「あとのことは気遣い召さるな。立派な働きしてくれることこそ孝行ぞ。赤穂の母様とて同じ思いでいられるに違いない」

いつもと変らぬご様子で、にこやかに送り出されました。

五

翌日は旦那様のご出立でございます。同行は間瀬久太夫様。旦那様のお従兄様で六十

二歳になられます。

「五條橋の西詰めで落合うての、そこから爺二人連れ立っての長旅じゃ」

旦那様はまるで物見遊山にでもお出かけになるような気軽さでお笑いになりました。手甲脚絆に旅合羽、手には菅笠と杖、背にお結びと手廻りのものの包みを斜めに負い、頭巾を冠り、腰には矢立て。どこから見ましても俳諧の宗匠といった出で立ちでございます。半三郎おじさんが江戸までお供いたします。

おじさんは美濃大垣の門徒寺に寺男の口があって、そこに移ることになりました。旦那様が知るべに頼んでおじさんの身柄を引き受けてくれる所を探してくださったのです。四十年以上も小野寺家で働いていたおじさんは、動くのを拒みましたけれども、旦那様がいらっしゃらない家に、おじさんの働き場所はありません。いえ、働いて役に立ってもらうことはいくらもありますけれど、口を減らす必要に迫られておりますので仕方がありませんでした。

初め、おじさんは桑名までお供して、そこでお別れすることになっていたのですが、どうしても江戸まで行く、といってききません。

「半三郎の心ざしは忝いが、そうもならん」

旦那様がお諭しになりますと、

「四十年間、ただの一度もお願いを申し出たことはごぜましぇん。生涯一度の願い、お

きき届けくださらねば死にます」

おじさんは涙を流して訴えました。

子どもの頃から「のろま、のろま」と笑いものにされ、どこの家でも雇ってくれなかったのを、赤穂にいた頃の小野寺様が引き取ってくれたのだそうで、おじさんはその御恩を強く強く感じているのです。

「道中、旦那様のご厄介にはなりましね」

小粒（豆板銀）を入れた袋を、おじさんはしっかり肌身につけておりました。

旦那様の路銀が余分にないことを、おじさんは知っていたのです。それが、少しでも多くの金子を後に残していこうとなさる旦那様のお気持ちであることも、おじさんは察しをつけていました。おじさんは決して「のろま」ではありませんでした。

「半三郎、おおきに、しっかり旦那様をお守りしておくれ」

お丹様に礼をいわれたおじさんは、しょんぼりしながらも、顔が膝につくくらい頭をさげました。

私は、仏光寺様にお願いして、河原で拾ってきた小石を朝のお勤めのときの読経でお浄めしていただき、夜なべ仕事で縫ったお守り袋に入れて、

——どうぞ、おじさんをお守りください——

一所懸命に念じてからあげました。

「さ、半三郎、出かけようか」

旦那様があっさりとおっしゃいます。と、お丹様もあっさりとおっしゃいました。

「五條橋までお見送りしょ。ろくもおじゃ」

いうなり旦那様と肩を並べて歩き出しておしまいになりました。私は、三歩ばかり後ろを行く半三郎おじさんの跡について歩きます。お二人は、まるでこうすることが前々から決まっていたことのように、はしゃぐでもなく沈むでもなく淡々と振舞い、ほどなく五條橋に着きますと、朝靄（あさもや）の引いて行く東山を眺めながら即興のお和歌（うた）を披露し合っていらっしゃいました。

それとなく周囲を見渡します。花売りや旅人や、幾つかの人影が橋の上を往来しておりましたが、そのいずれにも忍びらしい気配は感じられませんでしたし、河原にも怪訝（けげん）な様子は見えませんでした。

赤穂近隣の藩にとって、断絶して雲散霧消した赤穂浅野家はもはや、なんの意味も持っていないことが、忍びの数の減った理由でございますけれども、代りに吉良方の探索が増えてきたように思います。吉良様の長子が当主となっている米沢（よねざわ）藩上杉（うえすぎ）家が放つ忍びです。赤穂藩の討入りを恐れ、探索に力を入れているとの風聞がありました。それが吉良様のお命を守るためなのか、上杉家の体面を保つためなのか、真意は判りませんが、やはり油断はできませんでした。今、この場に気配がなくとも、道中筋は随所で見張ら

れているでしょうし、江戸表ではもっときびしい監視がなされていることでしょう。

(旦那様、ご油断なく)

そっと旦那様の横顔をお見上げ申しますと、

(心得ておる)

こちらに顔をお向けになって、まばたきを一つなさいました。

北の方角から間瀬久太夫様がこちらへ近付いていらっしゃいます。旦那様と同じような身拵(みごしら)えで、お供も連れずお一人でスタスタと。

お二人は顔を見合わせて、

「やあ」

「やあ」

「まいろうか」

「まいろう」

そのまま揃って歩き出されました。

間瀬様はお丹様に軽く会釈なされ、お丹様もいつも通りの丁重さで会釈をお返しなされただけ。お二人と半三郎おじさんは東への道をとり、お丹様と私は今来た道を戻りました。後は一度も振り返りませんでした。

これが、旦那様のお姿をお見上げした最後でございます。

元禄壬午年九月二十日、卯の刻を少し廻った刻限と記憶しております。

そして十月七日、大石様が山科を出立なさいました。在京同志の殿でございます。

同行者は潮田又之丞様、早水藤左衛門様などと、三村次郎左衛門様。

知らせは普段からなにかと世話になっている綿屋の手代藤助さんから受けました。

――三村様にもうお目にかかれなくなる――

と思いますと胸が詰って前の晩はまんじりともせず、その朝早く起き出すと、お丹様にお断りもせぬまま一里余りもある山科に向かって走り出しております。

――三村様、三村様――

山科は大石様のお住まい、そこに行ったからとて三村様に逢えるとは限りません。おそらく皆様、大津辺で落合って行かれるかと存じますが、三村様はご身分柄、お一人別に山科まで大石様をお迎えにあがり、同道してほかの方と合流することも考えられます。その考えはすぐに、そうに違いない、に変り、私は夢中で駆け出しておりました。けれども鴨川にかかる橋を渡り、東山の登りにさしかかったところで、

――なにをしているのだろう、私は――

ふと足が止まりました。

山科に着いても、すでにご出立なされているかもしれないし、万が一お目にかかれたところで、一体どんなご挨拶をすればよいのか。先方様も私の姿をご覧になりましたら、

何事かと、ご不審を抱かれるかもしれません。

――ろく、愚か者――

自分の頭を拳で二、三度叩いてから、私は踵を返して五條通りを戻りました。

家に戻りますと、お丹様が竈の埋み火を掘り起こし、火種をお取りになっているところで、私の顔をご覧になるなり、

「今朝はお芋さんのお粥にしょ」

いいつつお居間に上がって火鉢に火種を移し、炭を添えて、いつも通りの朝の仕度にかかっていらっしゃいました。

「はい」

私もすぐにお手伝いをいたします。

食膳に向かうのは二人きり。お丹様も私とご一緒に、お台所の板の間で召し上がります。

「なァろく、大石様はどの辺まで行きなはったやろか。大津か瀬田か、なァ、江戸まで百三十里、遠いなァ」

お茶碗もお箸も置いたまま、お丹様は遠くを見つめていらっしゃいました。

大石様ご一行の内には三村様も。

――三村様、三村様――

そのお顔を思い出しておりますと、ふいに涙が溢れ出てまいりました。抑えようとすると胸が苦しくなって嗚咽が洩れます。

「ろく、ええよ、泣きたいときは、たんとお泣きゃるがええよ」

お丹様は私を傍らに呼び寄せて、そっと肩を抱いてくださいました。

悲しいのか、うれしいのか、自分でもよく判りません。なんですか際限もなく涙が溢れ出て、私はなにも考えず、ただお丹様のお胸にすがって泣いておりました。

楽土へ

一

江戸にお着きになった旦那様から初めてのお便りが届きましたのは十一月に入ってからのことでございます。

道中、江戸から京に戻る途次の旅人に、折々お詠みになったお和歌(うた)を託しておよこしになっただけで二月(ふたつき)近くもご消息が知れませんで、万が一にも間違いが起こるようなことはあるまいとは信じておりましたが、やはり、ご無事との証拠を手にするまでは、ずいぶん心配でございました。届けてくれましたのは綿屋の手代、藤助さんでございます。こちらからの便りも、綿屋に預ければ随時、ほかの同志のご家族の分とまとめて、江戸へ届けてくれることになっておりましたので、お丹様は毎日、お和歌を詠み、消息を添えてお文(ふみ)に認(したた)めていらっしゃいました。

旦那様のお手紙は、ほんの数行の短いもの、巻紙一巻きをまるごとお使いになってしまわれたかと思えるほど長いものと合わせて、いちどきに十六通もまとまって届きました。風呂敷包みにいたしますと、かなりの嵩でございます。

「いやァ、えらいお荷物どしたなァ」

お丹様の指が躍るように動いて風呂敷包みの結び目をほどきます。

「おおきに、藤助さん、おおきに」

礼をいいながらも十六通のお手紙を一列に並べ、まるでお子達が、沢山出されたお干菓子のどれを選ろうかと迷うように、右手の人差し指を並べたお手紙の上で往ったり来たりさせていらっしゃいます。

「これにしょ」

やっと中の一通を選んで読み始めたお丹様は、次から次へ、またたくうちに十六通を読み終えてしまわれました。

そのあと、お丹様は何回このお手紙を読み返されたでしょう。読んだお手紙を広げたまま、くり返しくり返し、読んでは置き、次のを取り上げてまた読んでは下に置き、飽かずに同じことを続けていらっしゃいます。

昼前に届いたお手紙も、日足の短い初冬のお部屋では、夕闇が迫るにつれ字性もおぼろになってまいりますのに、お丹様はその迫り来る夕闇の中に身を置いて、ひたすらお

目を旦那様の文字の上に走らせておいでです。

　人が少なくなって家具調度も極端に減りました。お丹様ご自身、物にあまり執着をお持ちではありませんので、旦那様がご出立なされてからというもの日々の食用以外、新しくなにかをお求めになることはほとんどなく、逆に、あれもいらぬ、これもいらぬ、と身の廻りの物を整理していらっしゃいまして、家の中はがらん、としておりました。

　いつも旦那様がおいでになりました奥のお部屋も、床の間に尾形光琳様のお筆になる墨絵の雁を描いた扇面とあり合わせの器に挿した一輪の寒牡丹のほかはなにもありません。そのお部屋いっぱいに旦那様からのお手紙を広げ、お丹様は湖に浮かぶ小舟のように、お手紙の真ん中に座っていらっしゃいました。

　しだいにお丹様のお姿が薄墨色の宵の中に溶けこんでまいります。

　――お丹様が消えておしまいになる――

　怖くなって、私は灯りをともし、お部屋に運びました。

　冷えきったお部屋に灯影が暖かく揺れます。

「ろくや」

　灯影に浮かんだお丹様のお顔の口元が動きました。

「はい」

　私はお腹の底から声を出してお返事いたしました。

「旦那様な、お医師に身をやつしておいでじゃといな。仙北十庵とお名もお変え遊ばして。お住まいはどこじゃやら、所は知れぬが、お健やかにあらっしゃるそうな」

お住まいは、江戸にお着きになってから何ヶ所か移られたようでございます。初めは幸右衛門様とご一緒でしたが、後に大石主税様と同宿になられた由。いずれも若い方々とご一緒で大層大事に扱われ、一日中これといってする仕事もなく、酒を飲み、肴を食べて暮らすいい身分である、とのことでございました。

それでも着る物の繕いにはご不自由なさっていられるようで、袖口や裾が破れても、誰に頼むこともできずそのままにしてあるが、裏の綻びは、幸右衛門が針を持って繕ってくれた、と書かれてありました。

「貞立様のお躾のお蔭や。なァ、有難いこと」

お丹様は遠くに向かって手をお合わせになります。

江戸へご出立の前、荷拵えをしながら、

「今一枚、袷をお入れ申しましょう。破れを繕う者もおりませぬゆえ、お手数でも着更えは多めにお持ち遊ばせ」

お丹様がおっしゃるのへ、

「逗留にさほどの時はかからぬ。あとの処分を思えば、荷は少ない方がよい」

旦那様はお断りになったのでございます。

それがここへ来て、

『そもじのいいつけに叛いた科が出た』

とおかしそうにお知らせくださいます。そんな旦那様の変名は、ご先祖の地、陸奥からとった仙北十庵。旦那様のお体の内にはやはり、かつて陸奥を広く支配する名家であった小野寺家の先祖の血が、熱く滾っていられるのでございましょう。

お丹様がお出しになった折にふれてのお便りも、かなりの時を経てから旦那様のお手元に届いたようで、このこともほっと安心いたしました。時を費やした原因は、旦那様の居どころが転々として定まらなかったためで、便りは江戸に着きながら、同志が信頼を置く宿に留まっていたようでございます。

旦那様からのお便りにはお和歌の添削まで含まれておりました。旦那様もお丹様も同じ師、金勝慶安先生についてお和歌を学んでいらっしゃいましたが、どうやらお丹様の方がより秀れた詠み手でいらっしゃるようで、それはとくより、旦那様のお認めになるところでございました。ですから、これまでもよく、

「こう詠んでみたが、どうであろう、どこを直せばよいかの」

などと、ご自分のお作の批評を、お丹様にお求めになっていらしたのです。

お丹様が秀れた和歌詠みであることは、古くからお付合いのある大石様はもちろんご存知ですし、他々にも広く知れ渡っておりまして、そのせいでございましょう、ほかの

同志の方からの短冊が同封されていることもございました。

　ながらへて　いのちともなき夢の世に
　越ゆるや名残り小夜の中山　　兼亮

旦那様の添え書きには、吉田忠左衛門に頼まれたので送る、とあり、さらには、『歌はすぐれねど心は哀れにてまいらせそろ』
ご自身の批評まで書き添えられておりました。
このお和歌は江戸への道中、詠まれたものでございますが、間瀬久太夫様とお二人で京を出立なされた旦那様は途中、先行、後行の方々と入り交り、同行の人数や顔ぶれを折々換えて道中なさったと思われます。これも探索方の目を逃れる方法の一つであったのかもしれません。
このときの旦那様のお和歌は九首ございましたが、そのうちの一首が特に秀れていると、お丹様は早速お返事を認めておいででした。

　別れても又あふさかと頼まねば
　たくへやせまし死出の山越え

旦那様ご自身、このお和歌が一番お気に召していらしたご様子で、のちに、大変満足であるという意味のお便りがまいりました。

大石主税様のご筆跡が大変みごとなので『そもじにぜひ見せまいらせたく』、わざわざ自作の一首を書いておもらいになり、お送りくださったこともございます。

あふ時は語りつくすと思へども
別れとなれば残る言の葉

旦那様とお丹様、互いの消息を通わせる手段は文字ばかりでございます。

筆の跡見るに泪（なみだ）の時雨（しぐれ）きて
いひかへすべき言の葉もなし

お丹様の返歌でございます。

のちに承りますれば、この一首は同志の方々の口から口へ伝わり、皆様の感涙を誘いましたとやら。お丹様のお嗜（たしな）みのほどもこれ以後、更に広まった由にございます。

うち見たところ、お丹様のお暮らしはお和歌三昧の、暢気らしい日々のようではございましたが、旦那様ご下向の後も果たさねばならぬ御用がいろいろあって、お忙しいことでございました。

まず、九月に亡くなった母御様のお石塔を建立するお役目がございます。了覚院に建立なさったいよ様と同じほどのお石塔を西方寺に建て、非時のお振舞いも滞りなくおすませになったのが十月十四日。旦那様が江戸の旅宿にお着きになった日が十月十九日とうかがいますから、まだご道中筋にいらっしゃる間に、お丹様は大事なお務めを一つお果たしになったことになります。そして、十月二十八日が四十九日忌。お寺様にお香典をさし上げ、真新しいお石塔の前で、ご不在の旦那様の分も合わせて二人分、お丹様はじっと合掌なされてでございました。

次は灰方藤兵衛様への掛け合い。

灰方様は神文を破って同志の盟約を脱して以来、旦那様から義絶を申し渡され、小野寺家と交渉はございませんでしたが、いよ様が亡くなった折に借り受けた五両を未だにお返しくださいません。旦那様はのちのちのことを思い、この貸金のことをしきりにご心配遊ばして、藤助さんを使いに出していらっしゃいましたが、一向に埒があきませんでした。

うっかり催促いたしますと、旦那様のご不在が相手方に伝わらないものでもなく、ご

不在が知れれば、行く先は江戸、目的は仇討ちと鎖のように話が繋がっていく恐れがあります。

「子どもの使いのようで面目ないことでございますのやけど」

藤助さんにはお気の毒なお使いをさせてしまいました。

灰方様だけではございません。旦那様がお発ちになって二月も経ちますと、いかに隠居暮らしの目立たぬ家とは申しましても、主の不在は目についてまいります。

「こちらの旦那殿はどこぞへお出かけでいなさるんと違いますか。ちぃともお姿見かけしまへんな」

家主が訪ねてまいりまして問うようにまでなりました。どうやら町役人からのいいつけのようでございます。

赤穂浪人が不在。すわ、仇討ちか。当然、話はそこに落着きます。

「へえ、江戸へまいりましてございます」

お丹様は少しも悪びれません。

「江戸？　江戸。それは一大事」

問うた家主の方が慌てふためき、二の句が継げずにおりますが、お丹様はいつもと同じ調子で後をお続けになりました。

「へえ、お和歌仲間が江戸で亡うなりまして、これまでは宮仕えの身ゆえ勝手に旅もな

りませず、お仲間内の付合いにも不義理を重ねておりましたが、今は浪人、どこへ行こうと行くまいと勝手しだいでござります。年が年ゆえもう二度と行くことはあるまいと、同じお仲間誘って二人して、喜び勇んで出かけました。というても喪の旅、まして懐具合いもございます。そう長逗留にはなりますまい。戻りましたら江戸の土産(みやげ)話携えてご挨拶に出ますよう、申しきけますゆえ、どうぞお待ちくださいますように」

家主は納得して帰りましたが、おそらく、町役人にもその通り伝えたに相違ございません。時には、大石様のご消息をそれとなく訊(き)くお人もございまして、なかなか油断がなりませんが、そんなお人にもお丹様は、

「さァ、浪人して以来、前々のような往(ゆ)き来がございませんゆえ、とんと存じませぬ。どうなされてでございましょうなァ」

軽く受け流していらっしゃいました。

しかし上辺(うわべ)とは裏腹に、ご心労は一通りではございません。

お丹様とお仕えする私と二人きりの暮らしに、この家は広過ぎます。再び転居を考え、藤助さんにも相談いたしましたが、

「今はお動きにならぬがよろしかろうと存じます。うっかり転居いたしますと十内様のご不在が世間に知れましょう。ことが成るまでは、なにごともこのままで」

理の通った助言が返ってまいりました。

「家賃のご心配はご無用に。綿屋がきちんと引き受けております」

人頼みは決してお丹様の願うところではありませんが、本懐遂げたとのお知らせが江戸から届くまでは、藤助さんの才覚に委せるよりほかに、残された者のとるべき手立てはございません。周囲への気兼ねやら、方便の使い分けやらでお丹様の心労は増すばかり。それにつれてご持病もしだいに重くなっていったのでございます。

近頃では左を下にして横になることができません。昼間でも、針仕事の最中、突然左胸を押さえて倒れこんでしまうこともおありでした。さしこむ痛みを堪えかねてあげる呻き声は、息苦しさに襲われて激しい喘ぎにかき消されます。お背中をさすろうが、帯をほどいてさしあげようが、お苦しみは治まりません。以前の御典医、現在は京の町医者に戻られた寺井玄渓先生から頂戴するお薬も、だんだん効きめが薄れていくようでございます。

それでもお薬はさし上げねばなりません。それが私の役目でございます。

「ろく、丹を頼むぞ」

江戸へご下向の折、改めて旦那様から申し渡された私の役目でございます。

旦那様は寺井玄渓先生にも、折にふれての往診とお薬の調合を念入りにお願いしていらっしゃいました。

寺井玄渓先生が旦那様のご推挙によって赤穂藩の御典医をお務めでいらした期間は短

こうございますが、義心に厚い方でいらっしゃいますので、此度の江戸下向にはなんとしても同行したい旨、切にご要望なさったとうかがいます。けれども大石様は、京に必要な名医であるとの理由から同行を許可なさいませんでしたので、玄渓先生はご名代としてご子息の玄達先生を江戸にさしむけられました。

玄達先生は江戸の本町という所にお住まいになり、ひそかに同志の方々と一脈を通じていらっしゃる由にございます。

そんなこともあって、京に残られた寺井玄渓先生は殊更、古くからの馴染みでもある小野寺家のご妻女の病状を、気にかけていてくださいました。そのお蔭で、お丹様のご病状に見合ったお薬がいつも手元に置いてあります。けれども、そのお薬の効きめがだんだん薄くなっているのです。以前はすぐに治まったお苦しみが、今ではなかなか治まってくれません。しかも治まったあとの、お丹様のご疲労は一段と深まり、げっそりとお顔は窶れ、お体も日毎に痩せ細っていらっしゃいました。

それでもお丹様は気丈に毎日をお過しになりました。朝起きてから夜床に就くまで、誰でもがそうするような、暮らし振りをくり返していらっしゃいます。

本懐をお遂げになるその日まで、旦那様がお健やかなままでお過しになれるようにお心を砕いていらっしゃったと同じ意味で、お丹様ご自身、旦那様のご最期を見届けるまでは弱音を吐けぬ、という強い信念をお持ちだったのでございます。

様のお姿からは常に、凜然とした気概が感じられたことでございました。

(女の一分や)

どんな場合にもやさしげな、匂い立つような嫋やかさをお見せになりながらも、お丹

二

待ちに待った本懐の知らせが届きましたのは、極月も押し詰りました二十一日でございます。知らせてくれましたのはいつものように藤助さん。同時に、本懐の知らせと一緒に届いたという旦那様からのお文も、まとめて持って来てくれました。

「よそへも廻らねばなりません。詳しいことは後日に。ごめんやっしゃ」

台所口からではなく、お庭先から奥のお部屋目がけてとびこんで来た藤助さんは、放り出すようにお文を縁側に置くと、討入りは十四日夜半、見事、仇吉良上野介の首を討ち取り、ご一同はいずれもご無事とだけ告げて、また急いで外へとび出して行ってしまいました。

(本懐を遂げた。仇吉良を討ち取った。一同は無事)

お丹様はしばらくその場に立ち尽していらっしゃいましたが、やがて、縁側に散らばっているお文を拾い上げてお仏壇の前に座り、お文を供えてご焼香遊ばしました。

お文の日付は極月十二日。差出人は小野寺十内。宛名はおたんどの、となっております。

討入りを二日後に控えての、いわば書置き。心静かにその時を待っていること、どんな結果になろうとも、それは天運であること、周囲の人々によろしく伝えて欲しいことなどを淡々とつづられた文面になっておりました。

それから後の数日は、暮れも正月もなく、落着かぬ日々でございました。あとからあとから知らせが届きます。知らせを運んでくれますのは、やはり藤助さんが多うございますが、ほかにも寺井玄渓先生のお家からのお使いであったり、始終東海道を上り下りする商人や飛脚の宿元からの使いというのもございました。もはや秘密にする必要もございませんので、その辺はずいぶん気がらくになりました。

江戸で同志と行動を共にしていらした寺井玄達先生も、討入りを見届けるとすぐ京への道を急ぎ、すでにご帰宅でいらっしゃいました。

討入りは当初、十二月六日ということになっていたそうでございます。この日、本所松坂町（まつざかちょう）の吉良邸で茶会が催されることになっていたのですが、直前になって延期されてしまいました。

茶会は、当日吉良が在邸であるか否かの目印でした。しかし、延期となればそれが確認できません。茶会の延期に伴い、自然に討入りも見合わせることになりました。

茶会延期の原因は、将軍家が五日、ご寵愛の側用人、柳沢美濃守吉保公のお屋敷にお成りと決まったからだそうで、すぐ翌日の人寄せは無礼となりますのでご遠慮なさったのだと承ります。その後、八方に手を廻した結果、吉良邸での次の茶会は十四日であることがほぼ知れましたが、この情報が確実であると判明したのが当日の朝と申しますから、まことにこの日、この時は、同志の方々の誠がもたらした天与の日付と申しましても過言ではあるまいと存じます。

昼頃、各自に招集がかかり、三々五々所定の場所に集合いたしました。

旦那様はこの頃、大石主税様と共に石町という所にお住まいでいらっしゃいましたが、ご近所に宿をとっていられた大石内蔵助様と合流し、お駕籠で目ざす本所松坂町近くに住居を定めていた堀部弥兵衛様のお宅に向かわれました。そこで皆様、討入りの装束にお着更え遊ばされたそうにございます。

旦那様と幸右衛門様は、お丹様がお縫いになった白羽二重の下着に定紋つけた黒の小袖を重ねてお召しになったはずでございます。兜頭巾、鎖帷子、その他の小物は江戸で調えられたものでしょうが、お刀の家重代の名刀道永、差し添え備前国助は、古くからの付合いである大坂の塩問屋に頼み、小袖と共に荷の中に紛れこませて江戸まで運んでもらったものでございます。

なにしろ旦那様と間瀬久太夫様は極めて気軽な町人の旅姿でご出立でございましたか

ら、お腰の物をつけるわけにはいかず、半三郎おじさんが背負う包みも、関所でのお調べを考えまして、当り障りのないものばかりでございました。お刀や槍の運搬につきましては、どちら様もほんとうにご苦労遊ばしたようでした。

討入りの刻限は寅の上刻。ご一同は二手に分かれ、旦那様は吉田忠左衛門様と共に裏手の大将大石主税様にひっ添うていらっしゃったそうですが、この裏門組には三村次郎左衛門様もいらっしゃいました。三村様は裏門組の先陣をきり、誰よりも早く、仇の寝所と思われる所へ駆けこんで行かれたとうかがいます。

三村様、お手柄でございました。

「まァまァ、幸右衛門が立派な働きしやったそうな、まァ幸せなこと」

表門では幸右衛門様が、実の兄御の大高源五様、吉田忠左衛門様のご子息沢右衛門様と共にまず一番に切りこまれたとお聞きになるや、お丹様は誇らしげな様子をお見せになりました。

「まァ旦那様もえらいお手柄おたてなされた。裏門から逃げ出す吉良の家来を、槍でお突きなされたとえ。お出来し遊ばしたなァ」

お丹様はほんとうにおうれしそうでした。こんなに手放しでお喜びになるお丹様を、これまでお見上げ申したことがございません。

まことに皆様、遊ばされました。おめでとう存じます。

（お丹様、おめでとう存じます）

（ろくや、おめでとうさんやなァ）

旦那様にも幸右衛門様にも、頭領の大石様にも、それから三村様にも、お丹様と、私、ろくの祝賀が届きますようにと、お仏壇に向かって一心に念じました。両手に力が入り、掌と掌を強く押しつけて拝みましたので、しばらくは手がしびれていたほどでございます。

総勢四十六人どなたにも大きなお怪我がなかったことも有難いことでございました。

「四十六人……四十六人やて。ずいぶんと少のうなってしもうたんやなァ」

当初は百名を超える人数であったものが、神文の返却後は五十余名になりました。それから更に一人減り二人減り、討入りの三日前には、仇の動きを見張り邸内の様子まで探ってくるような目ざましい働きをお見せになっていた毛利小平太様が消え、討入り当日、裏門付近まで来ていたはずの寺坂吉右衛門が行方知れずになりました。

どんな苦しい入り訳があるにせよ、討入りの人数に入っていなければ脱落の烙印は押されます。特に、仇を目前にしながら姿を消した寺坂には臆病者の汚名が被せられても致し方ございますまい。軽き身分ゆえ、根が忍びゆえ、義理には薄いと人の口の端にかかりましょう。無念なことでございますが、やはり寺坂は、白刃乱れる現実の戦いの場で、自らも白刃を振りかざさねばならない武士の正真の生き方には付いて行けなかった

のだと存じます。

四十六人。人数は少なくなりましたが、それだけこの方々のご意志は固く、各々の心が通い合って足並みも乱れず、それゆえにこそ特段の怪我もないまま思い通り、事が成就したのだと存じます。万が一にも深傷（ふかで）を負う者が出た場合、ましてや死する者などありましては、たとえ大願が成就したとしても、軌跡に一点の曇りが生じましょう。四十六人は、天の与えの人数、人選だったかもしれません。

「なァ、ろくや、さぞお月さんが美しことやったろなァ」

追々便りが増えるにつれ、その日のお天気の様子も聞こえてまいりました。

十三日の夜から降り出した雪は十四日の昼頃に大方やみ、日暮れ前にはすっかり空が晴れ渡っていたと申します。十四日の深夜、冷気に凍った積雪踏みしめて吉良邸へ向かう、黒の討入り装束に身を固めた皆様方には、冴（さ）え渡る月光が降りそそいでいたことでございましょう。ほぼ満月の明るさに導かれたお蔭で、松明（たいまつ）を用意する必要もなく、その手間暇がかからなかっただけ、どなたも存分のお働きをなされたと考えますと、此度の討入りにはやはり、天もお味方くださったのだと改めて感謝せずにはいられません。

これがもし、当初の予定通りの六日でございましたら、月も細く雪もなく、月明り雪明りに助けられることはなかったでしょう。

「同じお月さんやったのやなァ」

極月十四日の夜を思い返してみます。京の空にも丸いお月様が出ておりました。

雪は降りませんでしたが寒い夜でした。お丹様は早めにお床にお入りになりましたが、障子越しにさしこむ月の光の美しさに見とれ、起き上がって戸を開けて、冴え渡る夜空を見上げていらっしゃいました。

「ろくや、なァ、ほんまにお月さんの中で兎が餅搗いてはるえ」

いつもより大きく見えるお月様の表面に浮かび出たしみのような影が、確かに横向きの兎が杵ふり上げているように見えました。

その刻限、旦那様は百三十里離れた江戸の本所で、討入りの装束おつけになって、その時をお待ちでいらっしゃったのです。

その場にも月光がさしこんで、痩身をやや前かがみになさる旦那様のお姿を、映し出していたに違いありません。月光は百三十里の隔たりをものともせず、各々の人の目に届いていたのでございます。

極月十四日深夜から十五日未明にかけて、四十六人の方々が、ご自分の生命の証である武士の一分を守るために働いていらっしゃる頃、京の町は深い眠りについておりました。お丹様もこの夜は格別のお苦しみもなく、心静かにお休みでございまして、私も夜中、ご介抱のために起きることはございませんでした。

三

四十六人の方々が吉良邸を引き揚げ、亡君の菩提寺（ぼだいじ）であります高輪泉岳寺に到着したのは、遅い冬の朝もすっかり明け放たれ、市街を往来する人の数もふえた五つ半（午前九時）とうかがいます。途中、吉田忠左衛門様と冨森助右衛門（とみのもりすけえもん）様が列を離れ、大目付様のもとへ『浅野内匠頭家来口上』と記した一状をもって、昨日来の動向をお知らせに出ました。

年来の志を果たした今、ただお上（かみ）のお裁きに一切を委ね奉る、という趣旨のことを口頭で申し添えます。お二人は大小を取り上げられ、そのままそこに留め置かれました。

その余の方々は泉岳寺にあって、亡君の墓前に吉良様のお首を供え、順次お焼香をなさいましたそうにございます。

お焼香の順番はまず第一が仇吉良様に一番槍をつけた間十次郎（はざまじゅうじろう）様、二番目に同じくその場に行き合い、吉良様を討ち取った武林唯七（たけばやしただしち）様。そして三番目が大石内蔵助様でございましたが、大石様は亡き萱野三平様にその順番をお譲りになりました。

誰にも劣らぬ忠臣であり、同志への義心も一入（ひとしお）厚いところから切羽詰って自刃の道を

選ばざるを得ず、本年一月郷里で切腹遊ばした、あの萱野三平様でございます。四十六人、どなたの胸にも萱野様のご無念が宿っていたとみえ、異論なく第三番のお焼香となりました。ご苗字が同じ読みであるところから、茅野和助様が名代となり、

「萱野三平重実、第三番に焼香仕る」

と唱え拝礼なされたそうにございます。

これで萱野様は間違いなく同志の一員になりました。同志の人数は都合四十七人になったわけでございます。萱野様の一分は、四十六人の方々の誠によって見事に立ちました。同志の皆様が一年有余の歳月を費やし、生命賭けでなさりたかったこととは、まさにこれ、誠を示し、武士の一分を立て貫くことだったのです。だからこそ、八十に近いご老齢もあり、十五歳の少年もあり、千五百石のご城代も、七石二人扶持の台所役人も等しなみに一つの目標を目ざし、同じ行動をとることができたのです。

志の勝利です、誰に勝ったのでもない。皆様、ご自分自身に勝ったのです。ですから、どなた様もきっとお心の内は、鏡のように澄んでいたに違いありません。

いつぞや旦那様が、幸右衛門様に仰せであったことを思い出します。

「どのような死に方をするとも、地獄に着いたればな、亡君の意趣を継ぎ、仇吉良殿を討ち取ったる家臣なりと、堂々と名乗りをあげて閻魔の庁を通行せよ」

討死、或いは刑死もあり得ることを考えてのご教訓でしたが、今後、皆様のお身の上

になにが起ころうと、どなた様も大盤石のお心でいらっしゃれましょう。そのお心通り、それからのちの皆様の動きは至って静かでございました。

大目付様からのお呼び出しがありまして、ご一同は泉岳寺を去り、愛宕下の仙石伯耆守様のお屋敷に移ります。ここで留めおかれていた吉田忠左衛門様、冨森助右衛門様と再会を果たし、細々としたお訊ねがございましたのち、四十六人の方々は四ヶ所に分かれてお預けということになりました。

熊本藩細川越中守様、伊予松山藩松平隠岐守様、長府藩毛利甲斐守様、岡崎藩水野監物様でございます。

旦那様は、大石様、吉田忠左衛門様、間瀬久太夫様などとご一緒で、細川家にお預けとなりました。

大石主税様は松平家、幸右衛門様は毛利家と、ご親子は別れ別れでございます。堀部弥兵衛様、安兵衛様親子、間瀬久太夫様、孫九郎様ご親子もやはり別のお屋敷お預けとなりました。そして、あの三村様のお預け先は、水野家でございました。

ものものしい警固の中、仙石様のお屋敷を出ました時が四十六人皆様が顔をお揃えになった最後でございます。

「お別れ申す」

皆様一礼遊ばして四方に各々連行されていかれたと承りました。

いつが暮れやら正月やら、心落着かぬまま一月近くを過してしまいましたが、その間にお丹様は今までの五條に近い万寿寺通りのお家を引き払い、四條寄りの綾小路に移りました。

以前、いよ様が私淑しておいででした庵主様が亡くなりまして、丁度空いておりましたのを借り受けたものでございます。仏間のほかは小さな納戸と水屋があるだけの庵でしたが、お丹様と私が寝起きいたしますには申し分のない広さでございました。

住み家は移りましても次々と、江戸から戻って来た方々のお話が伝わってまいります。また、討入り前にお書きになったお文も、遅れ馳せながら届きました。その中には、お丹様にあてた大石様のお文もございます。

お若い頃から大石久満女様を通じてお付合いがございましたし、なによりも、旦那様とお丹様とを結びつけた出雲の神様でもあります。ですからお文も至って懇ろなもので、お読みになりながら時折、お丹様はお口を手で覆って笑っておいででした。

「ろくや、大石様はこちの旦那様と相宿してはったのやて。なんや、悪さ二人して楽しそうやなァ」

幸右衛門殿、大高源五殿も健やかに過しおるゆえ心配せぬようとのお気遣いもあり、昔を偲んでもいらっしゃいます。

『在京の内は度々参り、御目にかかり御馳走になり申し候。何ごとも何事もむかし夢

の心地に存じ候』

長い長いお手紙の最後はこう締めくくってありました。

『もはや御返事下され候事、御無用に存じ候、かしく　大石くらの助

十二月十日

十内様御内儀様』

さらに尚々書きが続きます。

『返す返す折角御無事おしのぎ候べく候十内どの事、お気遣いなられまじく候昼夜うち寄り、酒なと飲べ候て、その日をたのしみ、かえっておもしろく存じ候』

まるで藩校か私塾に通う若侍たちが集って、天下国家を論じ合ったり、御酒を飲んだりするような、そんな気配が伝わってまいります。

そういえば十一月、旦那様からまとめてお便りが届いた時、一緒に雁の肉の味噌漬けがついてきたことがございます。江戸ではお口に合うものも少のうございましたろうに、これはよほどお気に召したものか、なんとしてもお丹様にその味をお伝えになりたく思召したのでございましょう。飛脚が京へ上る日の頃合いをみてご自身に鳥屋へ出向いて一羽買い求め、味噌漬けにした、ということでございます。銀杏切りにした大根を添え、汁に仕立てよ、と料理の方法まで書いてお寄越しになりました。『藤助にも振舞え、慶安先生にも進上せよ』とも仰せられます。

幸右衛門様もその場に呼ばれ、お手伝いを仰せつけられた由。京にお住まいのときにはとてもとても思いもよらぬ仕儀でございます。旦那様など手あぶりの炭火ひとつおつぎになりませんでしたのに殿方ばかりの所帯では、かえってこんな手すさびが、お気晴らしになるのかもしれません。

「こんなことやったら、普段にもお台所に立っていただくのやったねえ」

半分は笑い、半分は涙ぐみながら、二度に分けて雁のお汁を頂いたことでございます。

そんな泣き笑いも、もう終ります。お預けとなった皆様は、各々結構なお扱いを受けていらっしゃるようですが、ご処分を待つお身の上でございます。その日も、そう遠いことではございますまい。

「人間の欲は果てしのないものやねえ。討入りの日まで、ご健勝にと祈っていたものが、今は、さらに立派なご最期を、と願うている」

本心からお丹様はそう念じていらっしゃいます。

「折角ここまでおいでましたのやもの、今少し、今少しのご辛抱。御身お大切に遊ばして」

お丹様は庵室にお移りになりましてからも毎日毎日お手紙を書いていらっしゃいます。なかには幸右衛門様へあてたものもございますが大方は旦那様宛。旦那様も、お丹様か

らのお便りを今か今かとお待ちのご様子で、お二人の睦(むつ)まじさは、皆様の評判になっていたようでございました。

四

その方はなんの前触れもなく突然お越しになりました。

年の頃は二十歳(はたち)前後でしょうか。小柄で地味な拵えをしてはいらっしゃいますが、お顔立ちの整った、どことなく華やいだ気配をお持ちの女子(おなご)さんでした。

「あの、小野寺様はこちらでよろしゅうございましょうか」

小腰をかがめる姿にも艶(あで)やかな風情があり、

「どちら様？」

うかがいながらも私は思わず、自分とそう違わぬ年頃と覚しきそのお方に見とれておりました。

「二条寺町(にじょうてらまち)に住まいいたします者、お丹様にお目もじいたしたく罷(まか)り出ました。憚(はばか)りながらお取次ぎ願いたく存じます」

小さなお口元が動く度、そこからまるで、折から満開の梅の花がこぼれ散るようで、そのあまりのお美しさに気を取られ、私はうっかりお名前をうかがい損じてしまいまし

た。

お丹様にお取次ぎいたしますと、

「どなたさんやろ」

お心当りのないご様子でしたが、ともかくもと中へご案内いたしますと、その方は丁寧にご挨拶をなさり、

「めずらしくもないものでございますが、お口汚しに」

お菓子折一つ差し出されました。その脇に金子（きんす）少々入っているらしい小さな紙包み。

「無躾ながらお次さんへ」

お次の者、私へのお心遣いでございます。

「痛み入ります」

お丹様はあっさりと相手の方のなさるがままを受け入れ、私もお丹様のお指図のままに頂戴物を持って水屋にさがりました。

お茶をいれ、お持たせのお菓子と一緒に持って出ますと、お丹様は初対面のお客様となんのわだかまりもなくお話ししていらっしゃいました。

お美しいお客様のお名前は阿軽（おかる）様。二文字屋（にもんじや）という諸道具の目利きをするお家の娘御で、そして、大石内蔵助様のご側室でもいらっしゃいました。

昨年四月、ご内室を離別遊ばした大石様を気遣い、周囲の方々が、身の廻りのお世話

する者、ということでお奨めした女子さんじゃそうにございます。

お家断絶、赤穂城明渡し、切腹の決意、亡君のご意趣の継続、隠密裡に運ばれた仇討ちの企てと実行、そのいずれも、公儀を向うに廻し、大勢の人数束ねる頭領としてことに当っていらした大石様。お体もお心もそのお疲れはいかばかりでございましたろう。しかも、事後の余波をお考えになり、ご嫡子主税様のみを道連れに遊ばして、そのほかのお子様は御内室様に付けて実家方へお帰しになりました。時にはお気慰みをなさらねば、お体が持ちますまい。

それでもかつての同志の内には、それを理由にして、

「大夫の放蕩は目に余る。頭領がこれでは仇討ちなど、とてもできまい」

とばかり脱盟した者もあるとやら。けれども逆にそれが、

「大石にはもはや、仇討ちの志はない」

仇側に油断させる一因にもなったと申しますから、やはり大石様の言動は人の耳目を集め、その存在の大きさは余人をもって代え難いものであったと申せましょう。

旦那様はもちろん、阿軽様のこともとくより御承知であったそうにございます。女子がらみのことゆえ、お丹様に詳しくお伝えにはならなかったのでしょうが、四方山のお話の内に匂わせるくらいのことはおありだったらしく、お丹様も薄々は感付いていらしたようでした。

お逢いになっていくらも時が経っておりませんのに、お二人はすっかり打ち解けて、側で拝見しておりますと仲の良い姑と嫁といった感じでございます。それと申しますのも阿軽様が常々大石様のお口からお丹様のことをお聞きになっていらしたからで、

「お丹様は人の思いをそのまま理解なさる、やさしくて怖いお方じゃと、旦那さんがよくおっしゃってでござりました」

此度、討入りのことにつきましても阿軽様には誰といって喜び合う相手もなく、矢も楯もたまらずこの庵をお訪ねになった由にございます。

ごもっともでございます。京住まいの長い二文字屋次郎左衛門様のお娘御、決して不幸な生い立ちではございませんけれども、一口で申せば妾奉公。たとえ相手が大石様であろうと、奨められ、望まれてなったことであろうと、世間には通りの悪い身の上であることに違いはございません。表立って大石様のお噂もできず、討入りの快挙も余所ごとのように聞き流すしかなかったのでしょう。

「ようお越しやしたなァ。たんと、大夫のお話いたしまひょなァ」

それとなく左胸に手をあてながらもお丹様は、淋しい身の上の阿軽様を労り、お慰めでいらっしゃいました。

「ありがとう存じます」

阿軽様のお目に涙が浮かびました。

派手を競いがちなお身の上でありながら紅もおつけにならず、質素なお身なりでいらっしゃいますけれども、白磁のようなお肌、涙を拭う懐紙を持つ手の形のよさ、やはり大石様ほどの方が思いを寄せる女子さんは、生まれながら身に備わったものが違うと感じ入ったことでございました。

お若い頃の大石様のことなどお話しなさるうち、お丹様は感慨深げにおっしゃいました。

「大石様のご裁量がなければ此の度の仇討ちは果たせませなんだやろ。ほんにたいしたお方じゃ、大石様というお方は」

「またとない方のお側にお仕えできましたことは、この身の果報やと思うております」

阿軽様は悪びれません。

「考えてみれば首尾ようことが運んだのも、そもじ様のお蔭様やなあ。この年月、四、五十人の人の命背たら負うて、埒もない者ならすぐに潰れてしまうところを、お心もお体も健やかにお過しなされたは、そもじ様がなにもかも心得て、お世話してくだされたればこそ。大石様はさぞ有難く思うていやはりますやろ。同志の方々も同様。おこがましいようなれど、皆様に代ってお礼申します」

深々と頭を下げるお丹様もまた、悪びれたところは毛筋ほどもございませんでした。

「なにをおっしゃいますやら」

た。

耻ずかしそうに俯かれた阿軽様でしたが、やがて意を決したようにお訊ねになりまし

「お丹様、あの、江戸表では、赤穂のご浪人はお命助かって、このままご赦免になるとの噂が立っているそうにございますが、本当でございましょうか」

その噂は、この庵室にも届いておりました。

『君主が積年の恨みを抱いて斬りつけた相手が存命ならば、その遺恨を臣下が継いで相手を討ち果たすのは極めて当然の成行きである。もし仇を討たなかったとするならば、それこそ不忠の臣、武士の魂を失った所行として、かえって糾弾されるべきものである。しかも幕府は、その発端となった殿中松の廊下での刃傷事件を、喧嘩両成敗という幕府自身が定めたかねてよりの不文律があるにもかかわらず、一方だけを厳罰に処し、一方をお咎めなしと裁いた。この裁断に対し、赤穂の遺臣が不満を抱くのになんの不思議があろう。しかし赤穂の遺臣は幕府に対しては少しの恨みもないといい、仇を討ち果したあと、亡君の墓前において一同切腹という仕方もあったのにあえてそれを選ばず、わざわざ公儀に名乗り出て身柄の処断を一任した。これは決して命を惜しんでのことではなく、命と共に名誉も公儀に差し出したということではないか。実に潔い。

これほど思慮深く、勇気ある者たちを死なしてしまうのは天下国家の損失である。ついては、忠臣としての栄誉を与え、再び世に送り出してこそ公儀の英断というものであ

る』

　このような論議が巷では頻繁に交わされ、江戸の市井の人々に多く受け入れられて、その他の意見、たとえば、赤穂浪人は公儀に弓引く謀叛人であるから極刑にすべきであるとか、抑々、なんの手出しもしなかった吉良上野介に斬りつけたのであるから浅野内匠頭の切腹は至極順当なお裁き。それを片落ちなりとするのは逆恨みというもので、此度の討入りを認めるわけにはいかない、などという意見を押さえつけておりました。

「かかる忠臣を野に下すはあまりに勿体ない。当家において高禄で召し抱えたい」

と申し出る大藩もあったやにうかがっております。

　そこで四十六人のご赦免が広く取沙汰されるようになったわけですが、阿軽様はその噂に一縷の望みを抱いていらしたのでしょう。ひょっとして大石様にまたお目にかかれるかもしれないという望みを。

　それは一度諦めていたことだけに、より以上阿軽様のお胸の内に大きな光を投げかけたのかもしれません。けれどもお丹様は、その阿軽様の切ないお望みを、静かに打ち消されました。

「酷いこと申しますようなれど、どなたも決して生きてお戻りにはなりません。たとえ公儀からお咎めなしの御沙汰が出たとしても同じこと。その時には皆様、亡君の御墓前にうち揃って必ずお腹を召されます。武士でござりますもの。生命を断つ場所を求めて

の討入りでござりますもの。生き恥を晒すようなことは、四十六人、どなた様も決して決してなさいません」

「生きることが恥？」

「生命は主君のご遺志に捧げましたゆえ」

「そのご遺志は、仇討ちで果たしましたのではございませんか」

「仇討ちは手段、生命を断つことこそが初手から目ざしていたことでございます」

「生命を……お一人のご主君のために、四十六人のお生命を？」

「武士でござりますものなァ」

息を吸って吐いて、普段、気にも止めずにくり返していることと同じ習慣のように、お丹様は仰せられました。

阿軽様は大きなお目を見開いて、そんなお丹様を見つめていらっしゃいましたが、ゆっくり呼吸を整えてから口をお開きになりました。

「さようでござりますなあ、旦那さんはお武家さんでいられますなあ」

どちらからともなくお二人は顔を見合わせ、こんな場合には不似合いなほど明るくお笑いになりました。ほのかに桜色を含んだ白いお手をお口の前に軽く添えたしぐさも、同時でした。

帰り際、立ち上がりかけた阿軽様に、お丹様がお訊きになります。

「無粋ながら、おめでたか？」

阿軽様は俯きがちにお答えになりました。

「六月になります」

大石様のお子でございます。

「元気なお子をお産みなされませや」

人それぞれ、生きて行く道が違います。お丹様の一言には万感の思いが籠っておりました。

「ありがとう存じます」

阿軽様のお顔が輝きました。朝の光の中に飛び立つ、鮮やかな羽色の目白のようでした。

五

二月半ば、四十六人切腹の報せが京に届きました。各々お預け先の庭前にて、作法通り行われた由にございます。日付は二月四日。晴天とのことでした。

ご遺骸は亡君の葬地、高輪泉岳寺に葬られました。

旦那様、小野寺十内秀和様、享年六十一。戒名、刃以串剣信士。辞世、

迷わじな　子とともに行く後の世は　心の闇もはるの夜の月

切腹の前日に詠まれたものでございます。

ご辞世に詠まれた『子』、小野寺幸右衛門秀富様は享年二十八。戒名、刃風颯剣信士。討入りの際は見事な働きをなされたと、旦那様のお文にもございました。なんでも屋敷内に踏みこむや、床に立て並べてある弓の弦を残らず切り払い、弓の使用を不可能にしてしまったそうにございます。吉良家は強弓の者を多く抱えておりましたので、もしこれらの弓をもって防がれましたら、四十六人の内に死者が出ていたとも考えられ、

『よく心付きたるとて、軽きことながらその砌、人々感じ入り申し候』

ご養子とはいえ血を分けた甥御様の働きぶりを、旦那様は大変お喜びでいらっしゃいました。

むさし野の　雪間も見へつ古郷の　いもが垣根の草も萌ゆらん

これも旦那様のご辞世でございます。旦那様はご辞世を二首お詠みになりました。前の一首は思い通りに仇討ちを果たした赤穂浪人四十六士の一員として。後の一首は……

この一首は、お丹様への今生最後のお便りでございます。

綾小路の小さな庵室にも春がまいりまして、露地の跳び石の隙間から若草が萌え出ております。

（旦那様、ほれ、ご覧遊ばせ、あこの隅に芽を出しておりますのは菫でございますよ）

お丹様は切腹の報せを受けるとすぐにお仏壇の前に座り、懐剣で、ほどいた髷の根元から、すっぱりと髪の毛をお断ちになりました。断たれた長い髪の毛は、経机に寄り添うように置かれてご仏前に供えられます。お丹様が絶えずお焚きになる香の煙に包まれて、その切髪は不思議なほど艶めいて見えました。

この日からお丹様は尼僧のご修行に入り、お名も妙薫と改められました。旦那様は、妙薫お丹様の願い通り、最期の日までお健やかにお過しでいらっしゃいました。

「身心共に鍛練を積んでいなければ、鮮やかな切腹はできぬ」

日頃からその心構えでいらした旦那様のご最期は、お預かりの細川家でも語り草になるほどご立派であったと伝わります。長身を少し前かがみになさったご姿勢で三方をおし頂き、上に載った九寸五分の腹切り刀に作法通り奉書を巻きつけ、臍下丹田に力を籠めてから一息に左脇腹に切先をお立てになったことでしょう。

介錯人がお首を刎ねるまで、おそらくお声もたてずにいらっしゃったと存じます。

(旦那様、お出来しなされた)

妙薫様のお心が叫びます。

私も遠い江戸の空に向かって叫びました。

――旦那様、おめでとう存じます――

旦那様はご自分の思い通りのご最期をお遂げになりました。

そのお志を受けて、妙薫様も一つ一つ順序よく、旦那様亡きあとのご自分のお務めを果たしていかれます。

妙薫様は母御様のお墓があります東大路の西方寺に、旦那様、幸右衛門様、大高源五様、岡野金右衛門様の戒名を刻んだ石碑をお建てになりました。ご子息、お孫様とご一緒の奥つ城で母御様をご供養申し上げたいという、妙薫様のお心入れでございました。

このことは赤穂にお住まいの貞立尼様にもお知らせし、改めて京へお上りあるよう申し上げましたが、かなりの時を経てから来た便りには、

『貞立尼様四月初め死去なされ候』

とありました。

赤穂にお残し申すことはご嫡男の大高源五様を始め、ご次男幸右衛門様、弟御である旦那様にとりましても大変な気がかりで、再三再四、知り人の多くいる京に移ることをお勧め申し上げたのですが、遂に最期までお聞き届けなく、お一人でご自分の身の始末

をおつけになりました。

世や暗き　心は清しむさしのの　露と消えにし名は苔のした

ご辞世には、ひつじの年　大高源五はは　貞立　六十五　と記してありました。自刃でございます。

「みごとに遊ばされた、貞立様も」

妙薫様はその日、終日普門品を読誦していらっしゃいました。

ご実家の灰方家とは絶縁になっております。兄御様から金子の返却はなく、もちろん音沙汰もありません。ただ風の便りに実の母御様のご逝去を聞いたばかり。妙薫様にはもう誰も、お身内はいらっしゃいません。

「ろくや、長い間よう世話してくりゃったの。見ての通り、わたしの余命も残り少ない。これからはこの庵室も引き払うて了覚院に移り、できるところまで修行して観世音菩薩様のお導きいただくつもりや。ここで別れや、な、ろく、そなたと暮らして楽しかったえ。そなたがいてくれたお蔭で、どれほど毎日が明るうなったことか。旦那様もよう、そういうておいでやった。ろく、おおきに、長い間、ほんまにおおきに」

私の今後は寺井玄渓先生にお頼みしてあるともおっしゃいました。玄渓先生は私の身

の上についてもよくご承知でいらっしゃいますので決して悪いようにはなさらぬとのことでございました。

それは判ります、よく判ります。けれども私は、妙薫様が、お丹様がこの世におわす限りお側にいとうございました。もしご修行の障りになりますのなら、よそながらでも構いません。

「妙薫様のご最期を見届けさせてくださいませ」

私は声に出して、はっきりと申し上げ、お許しを乞いました。

「ろくや、おおきに」

えくぼです。妙薫様のお顔にえくぼが浮かびました。

その日のうちに妙薫様は了覚院の御堂にお入りになり、私はお住職にお願いして納屋に置いていただくことになりました。

妙薫様が最期の場所を了覚院にお定めになりましたのは、妹御いよ様の奥つ城がここにあるためでございます。いよ様は長年のお煩いもあり、かつての嫁ぎ先、山野井家にいる頃からこの御寺をご信心でいらっしゃいました。ご実家の灰方家とは絶縁となっておりますので、妙薫様が小野寺家の墓所に入りますと、いよ様は一人ぼっちになってしまいます。

「いよさんが可哀相やろ」

姉妹であるほかに義理の母娘でもある深い縁を、死後も繋いでおこうというのが妙薫様の思召しでございました。

一日一回、わずかに粥をすするほかは水垢離をとり、護摩を焚き、普門品を誦え、終日ご修行にお励みになります。そして六月、妙薫様は遂に断食の行にお入りになりました。

私の役目は汲みたての水をそっと所定の位置に置いて来ることでしたが、それも三日で終りました。

昼日中でも薄暗い御堂の内に、ぼんやり浮かぶ妙薫様の、日ましに小さくなっていく座像が少し動いて、二、三度手をお振りになるのが見えたのです。拒否の合図でした。

それからの数日は、小さな窓にかかる板戸の隙間から日に数回中を覗いては、須弥壇の前のお灯明が消えることなくほのかに揺れているのを確かめて、

――まだご定命が尽きてはいらっしゃらない――

ほっとしたり、

――早くこの苦行から解脱なされますように――

祈ったりするのが日課になりました。

六月十七日、夕刻、御堂脇の花の終った紫陽花の葉にただ一匹蝸牛が這っているのに気付きました。

昨年の初夏、堀部安兵衛様、奥田孫太夫様とご一緒に京の小野寺家へお越しなされた高田郡兵衛様のことを、ふと思い出しました。

止むに止まれぬことあって脱盟なさったお方でございましたが、かつての同志が本懐を遂げたと聞くや、自刃してお果てなされたとの風聞が京にも流れてまいりました。

企ての秘密を守るためにご自分を殺して生きた高田様も、これでやっと誇りを取り戻されたことでございましょう。

――お丹様、蝸牛でございます――

私は時季遅れの蝸牛がここにいることを、どうしてもお丹様にお伝えしたくて、窓の板戸の隙間に口を寄せました。

お灯明の灯がゆらりと揺れました。

その灯が消えていることに気付きましたのは、翌十八日早朝でございます。

妙薫様は、須弥壇に安置された観世音菩薩に対座した形のまま絶命していらっしゃいました。まことに即身成仏を目の当りにする思いでございました。

苦しいご病気と戦いながら数々の責務を果たされ、他人を理解し、理解され、目の前に立ち塞がる孤独や困難から逃げることなく、どんな難関も愉快に越えられる豊かさをお持ちでいらっしゃいました。そして尚、ご自分の人生を充分にお楽しみになり、ご自分の望み通りの生き方を完うなさいました。

生命の瀬戸際に立ち至っても、あえてご自分の手でご自分を傷つけず、最期の最期まで生きて生きて生き抜いて、定命を使い尽してから逝かれました。

旦那様が切腹をお決めになった瞬間から、お丹様はご自分も共に死ぬ覚悟をつけていらっしゃいましたし、旦那様もその決意を悟っておいでです。けれども旦那様に武士の務めがおありのように、お丹様にも妻の務めがありました。それを全部果たし、すべてを見届けるまでご自分の生命を、ご自分の魂で支えて生き延びていらしたのです。

（たんどの、出来(でか)した）

旦那様のお声が聞こえます。

ご辞世は前もって詠じ、認(したた)めておかれたものを、観世音菩薩の御前にお供えしてありました。

つまや子の　待つらんものをいそがまし
なにか此世に思ひおくべき

妙薫様は二月、旦那様ご切腹の報せを受けてから今日までの四ヶ月間、ずっとこのお気持ちを持ち続けたまま、『死』を生きる目標にして過しておいでになりました。享年四十八。ご遺骸は御堂の脇の墓地に埋葬してあります。

お棺にお納め申し上げますとき、これまでのように私が、骨の折れる音を聞くことはございませんでした。お座りになったままの姿勢でご絶命でいらっしゃいましたので。

――お丹様、ありがとう存じました。これでお別れ申します――

これから私は赤穂へまいります。赤穂に行って、三村様の母御様のご介抱をいたします。

同志の多くの方々は年老いた母御様を遺して先立つことを、なによりの心残りにしていらっしゃいました。三村様もそのお一人でございます。しかも、ご自身がお詠みになった一句、

雪霜の数に入りけり君がため

に見るように、本来ならば同志の数にも入れぬ軽輩でいらっしゃいます。その母御様が一人、身寄り頼りもない土地に残されていらっしゃる。どんなにか心細くいられることでございましょう。

赤穂のどこにお住まいか、どんなお方か、私は皆目存じません。けれども、三村様の母御様のご介抱は、私の務めのような気がしてなりません。

お丹様が、妙薫様が、私をそのように導いていらっしゃるのではないでしょうか。

寺井玄渓先生のお許しもいただきました。

先生は私にいくつか、ご病人や怪我人の扱い方のいろはをお教えくださいました。

――お丹様、私は生きている限りどなたかのお役に立てる所にまいります――

昔、三村様がくださった紙人形と一緒に、私はこれから、志す方に向かいます。

解説

澤田瞳子

まず最初に、これまで誰にも語ったことのない事実を打ち明けよう。実は竹田真砂子氏はかれこれ三十年前、私の食わず嫌いを直してくださった方なのだ。

食わず嫌いといっても、食べ物ではない。小さい頃から歴史好きだったにもかかわらず、私は十代の半ばまで、戦国時代だけが苦手でならなかった。

武将たちがこれでもかというほど続ける戦と繰り返される築城にまず関心が持てなかったし、織田信長も豊臣秀吉もさして魅力的な人物とは思えなかった。自宅には嫌というほど本があったので、戦国期を舞台にした歴史小説も数多く読みはしたが、ただただ争いに明け暮れるばかりの物語のどこが面白いのか、正直、まったく分からなかった。

そんな矢先である。竹田氏の書き下ろし長編、『信玄公ご息女の事につき』(新潮社)を何気なく手に取ったのは。信玄公ということは甲斐国の戦国武将・武田信玄がらみだろう。また男っぽい戦の話か、とまことに失礼ながらさして期待せずに読んで、仰天した。確かに戦国期の物語であるにもかかわらず、それまで読んできた男くさい作品とは

まったく異なる涼しい風が、全編に吹き過ぎていたからだ。ことに主人公が謡曲「安宅」の一節を口ずさみながら滝の水を汲むシーン、時代を越えて幾度となく繰り返されるその描写が、まだ中学生だった私の中に強く刻まれた。

この物語は武田信玄の三女・万里姫の生涯と彼女を取り巻く有為転変を、万里姫の侍女の眼から描いた長編小説である。争いによって翻弄される女性たちの静かな営み、それでも生きていかねばならぬという諦念と希望。それらが美しい言葉で織りなされた様に、こんな戦国時代小説があるのか、と文字通り目を開かれた。そしてこの時代をさして深く知りもせぬまま毛嫌いしていた自分が恥ずかしくなり、私は遅まきながら戦国時代への関心を抱くようになったのである。

さて本作『白春』の舞台は、江戸・元禄期の京。主人公の小女・ろくは、浅野内匠頭長矩を藩主としていただく赤穂藩の京留守居役・小野寺十内とその妻・丹に仕える、耳の不自由な娘。かれらの慎ましやかな日々の向こうには、あの歴史的大事件である忠臣蔵が大きく暗い影となって佇立している。

赤穂浪士の家族がテーマと聞けば、松の廊下事件は、吉良邸討ち入りはどのように描かれるかと期待なさる読者も多いだろう。しかし本作では、それら武張った出来事はあくまで伝聞として描かれるばかり。代わって丁寧な筆致で紡ぎ出されるのは、元赤穂藩国家老・大石内蔵助の実直なる右腕・小野寺十内と、そんな夫をひそやかに支える丹を

始めとする小野寺家の女性の静かな生き様である。

それというのも本作の真実の主人公とも呼ぶべき丹を始めとして、小野寺家の女たちは常にひそやかな翳(かげ)りを身にまとっている。男山八幡宮(おとこやまはちまんぐう)に捨てられ、親を知らずに育ったろく、病ゆえに婚家を出されて十内の養女となった丹の実妹・いよ、長患いの床につき、お丹の介護を受ける十内の母、そして心臓の持病を持つ丹。さりながら彼女たちは自らの境涯をあるがままに受け止め、それぞれの一分(いちぶん)を貫いて静かに日々を送る。それはろくの最初の主(あるじ)・大石内蔵助の母である久満女(くまじょ)の優しくも激しい姿とは対照的であるが、だからといって彼女たちは決して、何もかもを諦めきっているわけではない。

「生きるのだよ。まず、生きるのだよ」

とは、赤穂の家臣たちを代表するかのように十内が語る言葉。私にはこの言葉が、武士の一分、妻の一分を描いた本作の主題であると映る。

会者定離(えしゃじょうり)(会った者は必ず離れる)との言葉もあるように、この世のすべてには始まりと終わりが対となって存在する。人の終わりである死、物事の終わりである終末は確かに哀(かな)しむべき出来事である。わたし自身、彼岸の人となった方々を思い、いまだ涙ぐむことは数知れない。だが闇があればこそ光が際立つ如(ごと)く、死や終末は確かに在った命の輝きの証(あかし)でもある。

武士の一分を貫いた十内の死後、お丹もまた妻の一分を貫き通す。「最期の最期まで

生きて生きて生き抜い」たお丹の生涯は結果として、病に倒れた妹や姑のそれとはまったく異なるものである。だが三人の女性はともに、与えられた生を生き抜いた者だけが得ることができる静かな美しさをまとい、その姿は深い水の底に沈む古跡をそっと覗き込むに似た静かな情感を我々に与える。

思えば『信玄公ご息女の事につき』においても、竹田氏はいかにも戦国小説然とした戦闘シーンはほとんど描写なさらず、混乱の世にあっても生きる女性たちの静かな喜怒哀楽に焦点を据えた。

そもそも歴史とは大勢の耳目を引く事件だけで、成り立つわけではない。現代において、数々の大事件が起きてもなお我々が毎日の営みを続けるように、歴史を支えるのはただひたすら日々を生きる人間たち。氏は普段、忘れがちなその事実を嫋やかな物語に仮託して、我々の前にそっと差し出してくれているのではなかろうか。

ところで二〇〇二年十二月、すなわち赤穂浪士吉良邸討ち入りから三百年目に当たる月に刊行された本作は、その後、第九回中山義秀文学賞を受賞している。

芥川賞作家・中山義秀を顕彰すべく始まったこの賞は、創設当初は彼の故郷である福島県大信村、市町村合併が行われた現在は福島県白河市が主催する、全国で唯一の公開選考会制の歴史・時代小説対象の文学賞である。書評家・縄田一男氏はやはり竹田氏の『あとより恋の責めくれば　御家人大田南畝』（集英社文庫）の解説において、第九

回の公開選考会の模様を次のように記している。

「誰ともなく――確か佐江衆一氏がはじめだったと思うが、この作品は素晴らしい、と、まず、本文の何節かを朗々と読みはじめた。すると、それにつられて、故立松和平氏や北原亞以子さんら、錚錚たる面々も自分の気に入った箇所を読みはじめ、私もそれに続いた」

初めてこの解説に触れた時、私は本棚から本作を引っ張り出した。江戸の地で本懐を遂げた十姑を見送ったお丹に十内が礼を述べるやりとりだろうか。それとも、と冒頭の内に向かって、ろくが胸の中で祝詞を伝える箇所だろうか。いや、それとも、と冒頭のページに立ち戻れば、「誰かがこちらに向かって駆けてまいります。仏光寺様の御門前を過ぎた辺り」とまるでたった今、ろく自身からその見聞を聞かされるようなリズムの虜になってしまう。なるほどこれでは、選考会が朗読会になってしまうわけだ。

竹田氏は『白春』での受賞を縁に、二〇〇七年より十年間、中山義秀文学賞選考委員に就任。その間、私は『孤鷹の天』という作品で、氏を含めた四名の委員の選考を受けて第十七回中山義秀文学賞をいただき、以後、可能な限り、公開選考会の場に聴衆として足を運ぶようになった。

それらの席で、竹田氏はあるいは他の選考委員が軒並み言葉を尽くして謗ろうとも、「私は評価します。理由は次の通りです」と意を尽くして意見を述べられ、またあるい

は他の委員の褒詞に真っ向から疑問を呈された。小説家としての自作への向き合い方、物語の視点、歴史用語の用い方。候補作に細やかに目を通され、ご自身の判断を貫き通されるその姿は、まがうことなく氏の作品に登場する女性たちとそっくりと見えた。

二〇二一年現在、私は竹田氏の次々代の委員として、中山義秀文学賞の選考を仰せつかっている。あと数年で三十回を迎える伝統ある賞の委員を務めるにはあまりに力不足で、文字通り末席を汚す思いであるが、そのたびにどんな時も自分の意見を貫かれた竹田氏のお姿を思い出して、自分を励ます。

――たんどの、出来した。

ろくの胸の中に息づく十内は、そう言って妻の一分を貫いたお丹を褒める。さて、私はどこまでお丹のようになれるだろう。

直向に生きること、貫くこと。それらは時代や場所を越え、この世に生きる人間すべてが胸に抱くべき静かなる灯である。ならばお丹の思いを受け、新たな道へと歩み出す主人公・ろくは、悩み、苦しみ、喜びながら生き続けるもう一人の我々でもある。

ひそやかなる光に満ちた世々不変たるその門出を、読者の皆さまにも何卒寿いでいただきたい。

（さわだ・とうこ　作家）

伊藤仁斎の思想については石田一良著『伊藤仁斎』（吉川弘文館）を参考にしました。

本書は、二〇〇二年十二月、書き下ろし単行本として集英社より
刊行されました。

集英社文庫

白春（はくしゅん）

2021年9月25日　第1刷　　定価はカバーに表示してあります。

著　者　竹田真砂子（たけだまさこ）

発行者　徳永　真

発行所　株式会社 集英社
東京都千代田区一ツ橋2-5-10　〒101-8050
電話　【編集部】03-3230-6095
【読者係】03-3230-6080
【販売部】03-3230-6393（書店専用）

印　刷　凸版印刷株式会社

製　本　凸版印刷株式会社

フォーマットデザイン　アリヤマデザインストア　　マークデザイン　居山浩二

ISBN978-4-08-744300-4 C0193